ジャイロ

二度転生した少年はSランク冒険者として平穏に過ごす

~前世が賢者で英雄だったボクは来世では地味に生きる~

7

十一屋 翠
illustration がおう

リリエラ【冒険者ランク：A】

レクスとパーティを組んでいる少女。彼との冒険でかなり力をつけて来ておりSランクへの昇格が期待されている。

レクス【冒険者ランク：S】

二度転生し念願叶って冒険者となった少年。自身の持つ力は今の世界では規格外過ぎるが本人にその自覚はない。

チームドラゴンスレイヤーズ
【冒険者ランク：C】

レクスとの修行を経て、着々とランクアップしているジャイロ、ミナ、メグリ、ノルブの4人組パーティ。

モフモフ

この世を統べる世界の王(自称)。レクスを倒す機会を狙うが本人にはペット扱いされている。名前はあくまで仮称。羽が好物。

あらすじ

賢者、英雄と二度の人生を経て転生し、憧れていた冒険者となり、瞬く間にSランクにまで昇格した少年・レクス。今回は、仲間のリリエラとドラゴンスレイヤーズの面々の対ドラゴン戦の技を磨くため、ドラゴンが生息する龍峰へと向かった。地獄の特訓に心折れそうになりながらも、徐々に腕をあげていくリリエラとドラゴンスレイヤーズ。

その後レクスたちは、狩ったドラゴンを冒険者ギルドに持っていくと、ギルド内はパニックに。レクスはその場で、ドラゴンの解体技術をみんなにレクチャーすることを約束した。

解体講座の当日、一人の少女が弟子入りを申し出る。その少女の名はリューネ。彼女は、いまや過去の伝説となった竜騎士になりたいという。それを聞いたレクスは、リューネを龍峰に連れていき、問答無用のハードトレーニングに放り込むのだった。

第12章

書き下ろしエピソード

第12章

第113話　王都激震

◆王都の貴族達◆

ここは龍国ドラゴニアの首都ロンゴニア。

その更に中心と呼ぶべき場所、ロンゴニア城の一角にある大会議室に我等はいた。

ここに居るのは私を含めて皆有力な貴族や騎士団の上役ばかりだ。

しかも集まっている者達の中には敵対する派閥の者達もおり、普段なら共に行動することなどありえないほど仲の悪い者達もいた。

だがそうした者達も今だけは黙って会議室の中にいた。

大会議室のテーブルには、我が国を描いた大きな地図が敷かれている。

そしてテーブルの側には、一人の騎士が緊張した面持ちで立っている。

「それで、タツトロンの町の状況はどうなっておるのだ？」

我が国の最高権力者である皇帝代理が騎士に問う。

皇帝ではない皇帝代理だ。

しかしその地位は皇帝と同義である。

そして皇帝代理に問われた騎士が緊迫した様子で説明を始めた。

「はっ！　現在タツトロンの町は魔物の大群に包囲されております」

そう、この会議は龍峰ロンライドに近いタツトロンの町が、魔物の大群に包囲されているという情報を受けて急遽開かれたものなのである。

情報を運んできたのは、タツトロンの町があるイソルべ男爵領の隣の領地を治めるユーザルール伯爵で、説明をしている騎士もユーザルール伯爵の部下だ。

伯爵本人はイソルべ男爵と共に救援の為の軍の編成を行っている為、王都には来ていない。

だがタツトロンの町の様子を見る限り、とても自分達だけでは町を救う事は出来ないと判断して、家臣の騎士を王都へと送ってきた。

「魔物はタツトロンの町を守る防壁近くまで接近しており、既に町の守備隊と戦闘が開始されていると思われます。魔物の大群の規模ですが……」

そう言って騎士は地図の上に魔物を示す駒を並べていく。

駒はタツトロンの町を包囲するように、大小二つの円を作る。

小さな円はタツトロンの町のすぐ側で包囲し、大きな円は町から離れた位置にある森の側から広がって町を包囲している。

それはまるで二つの包囲陣形を敷いているかのような形だ。

「何故魔物達は二重の円陣を敷いているのだ？　これでは戦力を分散しているようなものではないか？」

確かに皇帝代理の言う通りだ。

いかに数が多かろうとも、円陣の一角に戦力を集中して突き破れば、被害は避けられぬが逃げられないこともなさそうに思える。

外に広がるもう一つの円陣が、逃げた者を待ち受けていたとしても、これだけ陣形が広がってしまってはその厚みも大したことはあるまい。

これならばイソルベ男爵とユーザルール伯爵の軍でなんとかなるのではないか？

しかし騎士は悲壮な顔で皇帝代理の言葉を否定した。

「いえ、これは二つの円陣ではありません。内側の円から外側の円まで、全てが魔物で埋まっているのです」

「……なに？」

皇帝代理が素っ頓狂な声をあげる。

だがそれは我等も同様だ。

「町の側から森まで全て魔物だと？　いやいや、それはあるまい。地図の上で見ればほんの数センチだが、実際の距離では数百メートル以上あるのだぞ？」

そう口を挟んだのは、我が国の王都を守護するドラゴニア騎士団の騎士団長だ。

専門家である彼の言葉に、貴族達が耳を立てる。

「それだけの範囲を埋める数の魔物を集めるには、我が国だけでなく周辺国の魔物まで根こそぎ集めねばならんぞ？　ありえん」

「騎士団長がそこまで言う程か……」

騎士団長が否定するのも当然だ。

領地を持つ貴族なら分かるが、魔物の大量発生といえばせいぜい数十から百体くらいだろう。

そもそも、大抵の魔物は冒険者達によって常に間引きされているようなものだ。

それゆえ、大量発生という現象自体がそうそう起こるものではない。

過去にはそれ以上の数の魔物が暴れたという話もあるが、真偽の怪しい昔話だ。

そしてこの騎士の報告が確かなら、通常の魔物の大量発生をはるかに超える数の大群が町を包囲している事になる。

それこそ数千といった数になるな。

「タツトロンの町へ向かう途中だった多くの旅人達より報告がありました。また我々が送った偵察部隊もその情報が事実であると確認しております。しかも確認出来た魔物は全てCランク以上の強力な魔物ばかりだったそうです」

「なっ、馬鹿な!?」

「ありえん……Cランク以上の魔物の大群だと!?」

騎士団長達が騎士の報告に信じられないと困惑の表情をうかべるのも当然だ。

Cランクの魔物となれば、訓練を受けた騎士が数人がかりで相手をするような魔物だ。

そんな魔物が数千体など、信じられる訳がない。

「と、ともあれ、タツトロンの町に援軍を送らぬ訳にはいかぬであろう。魔物がタツトロンの町を滅ぼせば、次に襲われるのは近隣の町や村であろうからな」

皆が困惑する中、皇帝代理が兵を集めるべきだと騎士団長に告げる。

そうだ、人間の軍が相手ならば、そのまま町を征服するなり我等に交渉をしてくるだろうが、魔物にあるのは食欲くらいのもの。

集まった魔物達がタツトロンの町の住人だけで満足出来なかった場合、餓えた数千体の魔物が国中に解き放たれる事になる。

いや、それだけの数の魔物ならば寧ろ分散させて個々の群れの数が減る方がやりようもあるか？

寧ろ魔物達が一丸になったままで他の町へ向かおうものなら、少数の守備隊しか持たない町ではひとたまりもないだろう。

「そ、その通りです皇帝代理！　急ぎ騎士団を出動させるべきです！」

「なんとしても被害が少ないうちに魔物達を殲滅せねば！」

魔物達が自分達の領地に来てはたまらないと領地を持つ貴族達が口々に騎士団の出動を後押しす

る。

「うむ、騎士団長。急ぎタットロンの町へと援軍を送るのだ」

「はっ、すぐに部隊を編成して出動いたします！　……とはいえ、Cランク以上の魔物の大群となると、王都に常駐している部隊だけでは対処は困難かと。急ぎ各地に散っている部隊と各貴族領より兵を送ってもらう必要があるかと」

「貴族達の兵もか？」

自分達の兵も集めると聞いて、領地持ちの貴族達が嫌そうな顔になる。

だが領地を持つ以上、防衛の為に兵を出すのは当然だ。

「高ランクの魔物の数が報告通りならば、国境を守る騎士団からも兵を割く必要があります」

「国境の兵までもか!?」

騎士団長の言葉に皇帝代理がそれはまずいと声を上げる。

国境に配置された騎士団は、我が国への侵略を目論む他国への威嚇に他ならない。

その騎士団が突然いなくなれば、敵は喜び勇んで攻めてくるだろう。

さすがに全ての兵を撤収させる事はありえないが、それでも騎士の数が減れば攻めやすくなる。

「国境で戦う者達は相手の異変に敏感です。砦から兵の数が減ったらすぐに察知される事でしょう」

すぐさま外務大臣が耳の痛い事を言ってくるが、専門家の発言だ。

相手に気付かれるのは間違いないと暗に言いたいのだろう。

それを理解して皇帝代理も騎士団長も渋い顔になる。

「敵に察知されぬよう気を付けつつ、出来うる限り多くの兵を出させるのだ」

「御意」

皇帝代理の無茶な命令に、外務大臣が頭を下げる。

今の会話を聞けばどう考えてもバレない筈はないのだが、相手が気付かなかった事にするのも外務大臣の仕事という事なのだろう。

「では急ぎ兵を集めタツトロンの町に援軍を送るのだ！」

「「「「はっ!!」」」」

そして騎士団と貴族達が兵を集めるべく会議室を出ようとしたその時、突然扉がノックされた。

「失礼いたします。ユーザルール伯爵の使者がまいりました」

入ってきたのは城で働く文官と、泥や血で汚れた鎧を纏った騎士の二人だった。

「何っ!?　ユーザルール伯爵だと!?」

会議室にいる全ての人間の視線が先ほどまで説明をしていた騎士に注がれる。

ここにきて新しい使者だと!?

「はっ、緊急の報告とのことです！」

皇帝代理の顔が不機嫌そうに歪む。

しかしその表情は怒りよりも困惑の色が強い。

当然だ、この状況で緊急の報告など、碌な事ではないだろうからな。

「申せ」

意を決した皇帝代理が新たにやってきた騎士に報告を促す。

「はっ！　タツトロンの町を包囲していた魔物の大群が殲滅されました！」

「…………」

「……？」

「「「……は？」」」

一瞬何を言われたのか分からず、その場にいた全員が首を傾げる。

「……タ、タツトロンの町を包囲していた魔物の大群が殲滅されました」

全員に問い返されて困惑した騎士がもう一度同じことを言い直す。

「「「……」」」

どうやら聞き間違いではなかったらしい。

聞き間違いではないのかー……

「って、なにぃぃぃぃぃぃぃぃぃぃぃぃっ!?」

第114話　龍帝の儀

町を襲ってきた魔物の群れの討伐が終わり、町は平穏を取り戻していた。

町の被害も最小限で済み、負傷者はいるものの死者は無しという結果に町の人達は大喜びだ。

「ガッハッハッ！　俺の一撃でこーんなデカい魔物を倒したんだぜ！　見ろよこの立派な角をよ！」

「おめぇその話何度目だよ。それよりも俺が倒した魔物の牙のデカさをだなぁ」

「てめぇこそ、その話何度目だよオイ」

「「ガッハッハッハッ」」

大量の魔物を狩って懐が温かくなった冒険者さん達が、上機嫌で自分達の武勇伝を語り合っている。

そしてご機嫌な人はここにもいた。

「もうすぐ龍姫の儀が開催されますね！」

リューネさんだ。

リューネさんは元々龍姫の儀に参加する為にこの町に来たんだもんね。

魔物の襲撃があった事で開催が危ぶまれていたんだけど、予想外に被害が少なかった事もあって、龍姫の儀は例年通り開催されることが決定して一安心みたいだ。

そしてその事を何より喜んだのは、町の人達だった。

突然魔物の群れに町が襲われただけでなく、年に一度の楽しみまで無くなるんじゃないかと、皆気が気じゃなかったみたいだね。

「優勝出来るといいね」

「はい！　その為に今日まで厳しい訓練を積んできたんです！　絶対に勝ちますよ！」

そう意気込むリューネさんに対し、リリエラさん達はのんびりとした様子で優しい視線を送っている。

「まぁ気負わなくても優勝は間違い無しでしょ」

「そうねぇ、ドラゴンを投げ飛ばすような人に勝てる人間なんて、そうそういる訳が無いものね」

とそこでリリエラさん達が僕の方に視線を向ける。

「そのそういない人も、女性限定の大会じゃあ参加しようがないし、勝利は揺るがないわよねぇ」

「見る方も気楽ってものよね」

「……この儀式の賭けってどこで仕切ってるのかな」

リューネさんが勝つと確信している女性陣がまったりムードのなか、メグリさんだけは儀式の裏で行われている賭けに参加しようと胴元を探してキョロキョロしていた。

「というか、皆は参加しないんですか？」

この大会は女性限定だから僕やジャイロ君達は参加出来ないけど、リリエラさん達なら女性なので参加可能の筈だ。

「やめておくわ。ただでさえこの町では目立っているんだもの。これ以上目立つような真似は避けたいわね」

「おや、それは困るな」

とその時だった。

リリエラさんの発言に対し、聞き覚えのある声が反応してきた。

「貴方は……ギルド長!?」

そう、僕達に話しかけてきたのは、この町の冒険者ギルドを管理するギルド長だったんだ。

そしてギルド長は隣に見覚えのない、恰幅の良いおじさんを連れていた。

「おいあれ、ギルド長じゃねぇか？」

「また何かあったのか？」

ギルド長がギルドのロビーに現れた事で、冒険者さん達がざわめき出す。

「今年の龍姫の儀に龍姫の再来と噂される君が出ないのでは盛り上がりに欠けるというものだろ

う」

　ギルド長の言葉に、リリエラさんがうんざりした顔になる。

「皆さんそう噂していますけど、私は龍姫じゃありませんので」

　リリエラさんがそう言うと、ギルド長はうんうんと頷く。

「成る程成る程、君の言い分ももっともだ。しかしだね、君が単独でドラゴンを討伐した事は事実だ。それも町の住人の目の前で。ならば君が龍姫でなかろうと、この時期に町にやってきたのだから龍姫の儀に参加するのではないかと期待するのも当然だろう」

　色々とタイミングが良すぎたって訳だね。

　たまたま龍姫の儀が開催される時にやってきて、たまたま町に現れたはぐれドラゴンを討伐して、たまたま町を襲った魔物の群れの撃退に協力した。

　うん、普通に考えれば関係性を疑っても仕方がない気がするよ。

「更に先日の魔物の襲撃では、この町を守るかのようにゴールデンドラゴンとシルバードラゴンが戦闘に介入してきた。まるで伝説の竜騎士のように」

「私はそのドラゴンとは関係ないですよ。地上で戦っていましたから」

「らしいな」

　リリエラさんが自分のアリバイを主張すると、ギルド長はあっさりと肯定する。

「だがやはり君が単純に強い事に町の住民は期待しているのだよ。君が龍姫の儀に参加して優勝する姿をね」

「先ほども言いましたが、興味ありませんので」

「なぁなぁ、なんでリリエラの姐さんは大会に出ないんだよ？　勝てば有名になれるじゃんか」

と、後ろでジャイロ君が小声でミナさんに質問する。

冒険者になったジャイロ君の目的は一流の冒険者になって名声を得る事だから、リリエラさんが目立つのを嫌がる理由が分からないみたいだ。

「まぁ普通に考えると龍姫と勘違いされてるのが一番の理由でしょうね。冒険者としての活動を認められて有名になるならともかく、自分と関係ない伝説と結び付けられて有名になるのは他人の手柄を掠め取るみたいな気分で嫌なんでしょ」

「ふーん、そういうもんか」

まぁそれについては僕も龍帝が復活したと言われたから、分からないでもないかな。

前世でも英雄として持て囃された所為《せい》で厄介事に巻き込まれ続けたし。

だから僕も今回はじっとしていよう。

儀式に参加する事も出来ないしね！

「では私からの依頼という事でどうですかな？」

とその時、ギルド長の隣にいた男の人が会話に割って入った。

「依頼……ですか？」

「はい、貴女に龍姫の儀への参加を依頼します」

突然の奇妙な依頼に、リリエラさんが首を傾げる。

「……ええと、なんでわざわざそんな依頼を？」

うん、リリエラさんの疑問ももっともだよね。

だって依頼をするって事は依頼料が発生するって事だから。

いくらリリエラさんに戦って欲しいからって、お金を払ってまで戦わせる理由が分からない。

周囲の冒険者さん達も奇妙な依頼に首を傾げていた。

「おっと自己紹介が遅れましたな。私この町の町長を務めるモルニグと申します」

依頼主がまさかの町長さんで僕達は思わず声をあげてしまった。

「「「「町長さん!?」」」」

「龍姫の儀は町の重要な儀式ですからな。それも単純な儀式ではなく、町の外から人を呼び込む祭りの側面も大きいのです」

以前リューネさんが話していた、龍姫の儀を武闘大会みたいにしてお客さんを増やしたって話の事かな？

「祭りの運営に関わるものとして、祭りが盛り下がるような真似は避けたいのです」

「まぁそういう事なら分からないでもないですけど……」

つまり町の人達にとって、ドラゴンを討伐したリリエラさんは特別ゲストみたいな認識なんだろうね。

ゲストだから当然祭りに参加するだろう。

そう期待していたのに出てこなかったらガッカリしてしまう。

そして期待が外れてしまったら来年の祭りのリピーターが減ってしまうかもしれないと。

そんな事になったら運営としては大弱りだから、お金を払って事実上のゲストになって貰おうって考えな訳だ。

前世でも知り合いの商人が「たとえ予定になかった出来事だとしても、客が期待しているのならその期待に応えるのが一流の商人だ！　でないと売り上げが下がるからな！」って言ってたもんね。

でもだからといってたまたま任務で町に来ていた僕を、無理やり参加させたのはどうかと今でも思うよ。

「うーん、報酬付きかぁ……」

報酬が貰えると聞いてリリエラさんが悩み始める。

「報酬で気が付いたんだけど、龍姫の儀自体には何か報酬があるの？」

とメグリさんが龍姫の儀に参加するメリットは何かあるのかと質問する。

「ええありますとも。龍姫の儀では力自慢を呼び寄せる為に優勝者に金貨２００枚を報酬として提供しております」

「おお！　金貨２００枚！」

金貨200枚と聞いてメグリさんが目を輝かせる。

「200枚……報酬の二重取り、宿の家賃に換算して……」

いやいやリリエラさん、今の僕達は家持ちですよ？

「あ、あれ？　もしかしてライバルが増えるんですか!?」

メグリさんが準備運動を始め、リリエラさんが真剣に悩む姿を見て、リューネさんが顔を青くしてオロオロし始める。

「いや、でもやっぱりデメリットも……今は仕送りするお金も十分あるし……」

けれどやっぱり龍姫扱いが嫌なのか、リリエラさんの心が依頼を拒否する方向に傾き始める。

だけどここでギルド長からの援護射撃が入った。

「それについてだが、ギルド側としても龍姫の儀に参加して貰えるなら、それに見合うメリットを提供出来る」

「ギルドからですか？」

「ああ、君が龍姫の儀に参加してくれるのなら、君のSランク昇格を確約しよう」

「「Sランク昇格だって!?」」

まさかのSランク昇格発言にギルド内が騒然とする。

「そ、それはさすがにまずくないですか？」

「いや、君は単独でドラゴンを討伐出来る戦力だ。ならばSランクの昇格に問題はない。多少細かい問題はあるが、儀式の場で君が力を示せば実績の上積みとしても十分だろう。なにせ儀式を見に来た観客の全てが証人になるんだからな」

上手い事考えるなぁギルド長。

メリットが大きいから、リリエラさんも一気に断り辛くなったよ。

「う、うーん……報酬二重取りとSランク確約……しかもギルド長から直接の要請……」

更に追加で報酬を提案されて、リリエラさんが頭を抱えながら、ちらりとギルド長に視線を向けて悩んでいる。

「あわわ……」

ついでに言うと、決断を悩むリリエラさんをリューネさんが顔を青くしながら見つめている。

そして少しの間を置いて、決断を下したらしいリリエラさんが顔を上げた。

「……分かりました。その依頼受けさせて頂きます」

「「「おおーーっ!!」」」

「ギャァァァァアッ!!」

ロビー内に歓声と悲鳴が響き渡る。

「いやーありがとうございます。これで私も龍姫の儀に武闘大会を組み込んだ先祖に顔向け出来ますよ」

あー成る程、ご先祖様が儀式に関わっていた人だったからこんなに真剣に交渉してきたんだ……

ね？

「「「「って、あんたの祖先だったんかい!?」」」」

うわー、まさか町長さんのご先祖様が龍姫の儀を今みたいにした張本人だったとは……何というか血が繋がってるって感じだなぁ。

「リリエラさん、本当に受けちゃうんですか？　今ならまだ断れますよ？」

なんというか厄介事の予感がヒシヒシとしてくる。けれどリリエラさんは首を横に振って断らないと告げた。

「……だって、ギルド長直々のご指名だもの。断るとか無理でしょ」

成る程、リリエラさんが大会参加の依頼を受けたのはギルド長の顔を立てる為だったんだね。

確かに僕達冒険者は冒険者ギルドに所属している。

そんな僕らがギルド長からの要請を断るのは色々と気まずいもんね。

でもそんなリリエラさんがボソリと口にした呟きは、ロビーの中で吹き荒れる歓声にかき消されてしまい、近くに居る僕達にしか聞こえていなかった。

「話が纏まって何よりだ」

と、ここでギルド長が声と共に手を上げると、ギルド内が再び静かになる。

まだ何かあるのかと皆がギルド長に視線を注ぐ。

「龍姫の儀だが、ある事情から開催日を延期する事となった」

「「「「ええーっ!?」」」」

まさかの延期宣言に、皆が不満の声を上げる。

「やっぱり魔物の襲撃で何か悪影響があったのかしら?」

「いや、今年からある儀式も同時に開催する事にしたんでな。その準備の為に開催時期をズラす事にしたんだ」

「ある儀式?」

「そうなのです! 今年からは女性のみの龍姫の儀だけでなく、男性を対象にした龍帝の儀も開催する事が決定したのです!」

「「「「なんだって!?」」」」

町長の口から、男を対象にした龍帝の儀が開催されると告げられて、ギルド内の冒険者さん達が色めき立つ。

「マジかよ!? 今まで見るだけだった大会に俺達も参加出来るのか!?」

「勿論こっちの大会にも賞金は出るんだよな!?」

「勿論ですとも! 何しろ我が国の伝説の龍帝陛下役を選ぶ儀式なのですからね! そして初めての儀式である事を記念し、賞金は龍姫の儀の倍額である金貨400枚とします!」

「「「「おおぉぉぉぉぉぉぉぉっ!?」」」」

「儀式の開催は一ヶ月後! 龍帝陛下役を選ぶ初の儀式という事もあって、王都に住まう貴族の方々もいらっしゃるそうです！　活躍次第では騎士として登用される可能性もありますよ！」

「「「「うぉぉぉぉぉぉぉぉっ!?」」」」

「マジかよ!?　金貨４００枚だけでなく騎士にまでなれちまうのか!?」

「ばっか、お前に優勝なんて無理だっての。金貨４００枚と騎士の座は俺のモンだ！」

「ふざけんな、優勝するのは俺だ！」

町長の立て続けの発言に、冒険者さん達がギラギラとした目になって興奮している。

そういえば大剣士ライガードの冒険でも、冒険者が貴族に認められて騎士になるお話は、平民が立身出世する物語として人気が高いからね。

その物語では仲間と貴族を救ったライガードが騎士に推薦されるんだけど、ライガードは自由を選んでその話を辞退するんだ。

でもその代わりにライガードは自分の仲間の剣士を騎士に推薦したんだ。

皆はライガードの仲間が騎士になった所が好きっていうけど、僕は栄誉を捨ててでも自由を選んだライガードに共感を感じたんだよね。

「兄貴兄貴！　俺達も参加しようぜ！」

と、そんな事を考えていたら、ジャイロ君が興奮した様子で僕を大会に誘ってきた。

「え？　ジャイロ君って騎士になりたかったの？」

いやでもジャイロ君の目的は有名になる事だから、優勝して騎士になれば目的を達成出来るのかな？

「騎士とかはどうでも良いよ。なんか堅苦しそうだし。それよりも俺は大会で戦いたいんだよ！　なんせ国で一番強い王様役を選ぶんだぜ！　しかも金貨４００枚の賞金付きで！　絶対すっげぇ強い連中がわんさかやって来るに決まってるぜ！　んで俺はソイツ等と戦って確かめたいんだ！　兄貴に鍛えられた俺は、強くなったってよ！」

成る程、賞金と騎士の座を求めてやって来た猛者と戦うのがジャイロ君の狙いなんだね。

確かに人間と魔物じゃあ同じランクだったとしても知恵の有無で思わぬ苦戦をする事もあるからね。

「だからさ、兄貴も一緒に出ようぜ！」

「ええっ!?　僕も!?」

いやいや、僕はあんまり目立ちたくないから、こういう大会には参加したくないんだよね。

「そんな事言うなよ兄貴ー、俺は兄貴とも戦いたいんだよ！　ノルブも参加させるからよー」

「ええっ!?　僕も参加するんですかっ!?」

うう、ジャイロ君がキラキラした目で僕を見つめて来る。

本当に強い相手と戦いたいんだなぁ。

あとノルブさんごめんね。

「それについては私からも要請したい所だな」

と、そこにギルド長が加わって来る。

「ギルド長まで……」

「部下から解体場での経緯は聞いているよ。君達はドラゴンを討伐する事が出来る冒険者だそうじゃないか。しかもその内の一人はSランク冒険者ときたものだ」

あー、ギルド長だもんね。所属する冒険者の素性くらい分かるか。

「彼女、リリエラ君にしてもそうだが、やはり祭りにはゲストが必要だ。特に龍帝の儀は今回が初の大会というだけでなく、龍帝という我が国において最強の代名詞を決める栄光ある大会でもある。そんな時にSランクの冒険者がこの町にやって来た事には、何かしらの運命を感じてもおかしくあるまい?」

いえおかしいですよ！　偶然です、本当に偶然なんですよ！

「あはは、でも僕は賞金にも騎士の座にも興味はありませ……」

「良いじゃない、受けましょうよレクスさん」

と、そんな時だった。

突然後ろからリリエラさんが会話に参加してきたんだ。

「私が参加する事になったのも、もとはと言えばレクスさんが街中で私達だけでドラゴンと戦えって言ったのが原因じゃない。だったら、レクスさんもこの大会に参加する義務があると思うわぁ」

ニンマリと僕の腕を掴むリリエラさんの表情を見た僕は、何故か暗い土の底に犠牲者を引きずり込もうとするアンデッドを想像してしまった。

まるでお前だけ暖かな太陽の下に居させるものかとでも言わんばかりのどんよりとした眼差しで。

「いやー、僕はお金にも困ってませんし、名誉にも興味ありませんから」

というか、本当なら適当に魔物を狩ってその日暮らしをする地味な冒険者活動をするのが僕の目的だしね。

今度の人生じゃあ名誉なんかとは無縁の生活をしたいよ。

「ああ、それなら大丈夫よ。私に良い考えがあるわ」

「……」

何故だろう、とっても良い考えの気がしないんですけど。

◆王都の貴族達◆

「予定通り国中に龍帝の儀の開催が伝わっているようだな」

「うむ、これで予定通り大会の名目で新たな龍帝を燻り出す事が出来るというものだ」

屋敷の一角、使用人を遠ざけたサロンで私達はある策略の為に集まっていた。

この時代に蘇ったという新たな龍帝を人知れず葬る為の陰謀を成功させる為の集まりが。

タツトロンの町を襲った魔物の群れが、何者かを乗せたゴールデンドラゴンの活躍によって殲滅されたと聞いた我等は戦慄した。

何故なら最強のドラゴンであるゴールデンドラゴンを駆る竜騎士とはすなわち、ドラゴニア最強の竜騎士、龍帝である事を意味するのだから。

偉大なる皇帝の復活、それは我等ドラゴニアの民として祝福すべき慶事……ではなかった。

少なくとも我等上級貴族にとっては。

かつて龍帝は魔人との決戦で帰らぬ人となり、ドラゴニアは龍姫との間に生まれた皇子が受け継ぐこととなった。

しかし後の時代に起こった流行り病によって、当時の竜騎士達は一人残らず命を失ってしまったのだ。

何より問題だったのは、犠牲者である竜騎士の中に、当時の龍帝がいたことだ。

更に最悪だったのは、当時の龍帝の血縁者が皆竜騎士だったということだ。

ごく僅かな間に龍帝の血縁者が一人もいなくなってしまったという恐るべき事実。

これで国が割れない訳がない。

指導者を失ったドラゴニア上層部は荒れに荒れた。

一時は国が二分される寸前にまでなったのだ。

最終的には当時の宰相がいつか龍帝が帰ってくるという伝説を利用して、貴族達の中から最も優秀な者を選出し、その者を代理の皇帝とする事で国は落ち着いた。

それは代替わりする度に新たな皇帝代理を選出するという椅子取りゲームでもあり、優秀でさえあれば自分達に事実上の皇帝の座が回ってくるかもしれない希望に満ちたシステムに多くの貴族が賛同した。

まぁ実際には十分な教育を受ける事の出来る大貴族が、皇帝代理の座を独占する仕組みではあるのだがな。

とはいえ、それでもこの仕組みは上手くいっていた。

何しろ誰にでもチャンスがあるというのは形ばかりとはいえ、貴族達が優秀な後継を育てる事に躍起になっているのだから、新たな皇帝代理にこそなれずともその家臣として取り立てられる可能性が高いのだ。

だがこの仕組みにも一つ大きな穴があった。

それは、誰かが帝位を独占しない為に、あくまでも自分達は皇帝の代理だと宣言する事だ。

その宣言は、あくまでも自分が龍帝の代理だと宣言するものであり、この宣言を反故にすれば、国内の敵対派閥だけでなく、他国の介入すら招きかねない制約だった。

その内容とは『龍帝陛下がお帰りになられた暁には、皇帝代理は龍帝陛下に帝位をお返しする』というものだった。

そして今、ゴールデンドラゴンを従えた竜騎士という否定しようのない証拠を伴って、龍帝がタツトロンの町に現れたことで王都の貴族達は大騒ぎになっていた。

だが……

「蘇ったという龍帝は、未だ名乗りも上げず、帝位の返還の要求もしてこないでいる。これに何らかの意図があるのは間違いあるまい」

そう、ゴールデンドラゴンに乗って戦いに参戦したというのに、龍帝はそれ以後姿を消してしまったのだ。

まったくもって不気味な沈黙である。

「我々が帝位を返還する気が無い事を察しているという事か？」

「我等上級貴族が皇帝代理の座を独占している事を面白く思っていない下級貴族共が、龍帝に味方しているのやもしれんな」

その可能性は高いな。

下級貴族共はどれほど優秀であっても、我等上級貴族が上の役職を独占している為にそれ以上の出世が難しい。

それを不満に思っているからこそ、龍帝を迎え入れて立場の向上を目指している可能性が高い。

「ふん、今更過去の亡霊なぞに帝位をくれてやる事など出来るものか」

その通りだ。どのような意図があったとしても、今現在この国の政を取り仕切っているのは我々上級貴族である事は揺るがない事実だ。

何より、いずれ蘇る龍帝に帝位を返還するなどという宣言なぞ、我等が玉座を手に入れる為の方便に過ぎぬ事は誰もが知っている事。

だからこそ、我等は龍帝復活を名目にタツトロンの町の町長に命じて龍帝の儀の開催を命じたのだ。

その裏で、龍帝暗殺の企みを実行する為に。

「既に大会参加者と偽って暗殺者達を差し向けている。龍帝の正体が判明次第始末させる予定だ」

「いかにゴールデンドラゴンを従わせる竜騎士といえど、街中でドラゴンを暴れさせる事など出来まいて」

「くくく、帝位に返り咲く前に消えて貰うぞ龍帝よ」

これまで我等の支配を盤石とする為に暗躍してきた選りすぐりの暗殺者達が、たった一人の人間を殺す為だけに一つの町へと集結する。

手段を選ばず目標を始末する狂犬の群れに襲われれば、いかに龍帝といえど無事では済むまい。

「龍帝の儀の開催を宣言した事で、町から出る人間の数も大幅に減った。予定通り流しの傭兵や冒険者達も大会に参加する為に町に滞在する事を選択したようだ」

うむ、龍帝の儀の開催を決定したのも、町に潜伏している可能性がある龍帝の足止めが目的であるからな。

皇帝自らが竜騎士として国を治めていたドラゴニアは、強き者に敬意を示す。

それ故に、儀式で自らの役を決める初の大会で龍帝本人が現れなければ、その強さに疑問を抱かれてしまいかねない。

むろん事実はどうでも良い。

民がそう思い込むように噂を流せば良いのだ。

「それと冒険者ギルドが、タットロンの町に滞在している男の冒険者の名簿を用意した。騎士として登用する可能性のある冒険者を吟味する名目でな。その中で一人、気になる者が居る」

「ほう?」

同志であるジホウ伯爵がテーブルの上に名簿を広げ、一人の冒険者の名前を指さした。

「大物喰らいのレクス。冒険者として登録して一年と経たずにSランクに昇格したという凄腕の冒険者だそうだ」

「一年でSランクだと!?」

ジホウ伯爵の言葉に、その場にいた全員が驚きの声を上げる。

それもその筈、我等にとって冒険者とは平民が一攫千金の為になる山師の如き下賤の職業。

だがその中において、Sランク冒険者だけは別格の存在として認識されている。

正規の騎士団を以てしても討伐する事の敵わぬ魔獣を討伐し、伝説と言われる財宝を迷宮の奥深くより持ち帰るSランク冒険者は、近衛騎士にも等しい実力者として各国の上級貴族達のあらゆる難題に貢献しているのだ。

文字通り、人の姿をした化け物、それがSランク冒険者だ。

更に連中は真っ当な性根を持ってはおらず、気に入らねば貴族であっても構わず噛みつくというではないか。

その強さと扱いにくさもあって、我々上級貴族であってもSランク冒険者は対応に気を使わねばならぬ存在だ。

「……あー、確かにそのような大物が滞在している事には驚いたが、その者が龍帝という事はあるまい」

しかし今回に限ってはその心配もあるまい。

「そうだな。これまで名乗りを上げていない以上、龍帝がSランク冒険者などという目立つ立場になるとは思えん」

「うむ、やはりそうか。ただまぁ……ランクがランクであったのでな、少々気になったのだ」

「まぁ実力者が一人候補から外れたのだ。悪い事でもなかろう」

「うむ、そうだな。こんな化け物が龍帝であったら暗殺もへったくれもあるまいて」

「「「「はははははっ」」」」

第115話　新しい装備を作ろう

龍姫の儀と共に龍帝の儀も開催される事が宣言された翌日、僕達は町の鍛治屋へとやって来た。

ちなみにここは、魔物の群れの襲撃に対抗する為の装備を量産する際に場所を借りた工房だったりする。

その目的はもちろん。

「それじゃあ、皆の装備を作るとしようか」

そう、皆の装備を一新しにきたんだ。

色々あって龍姫の儀と龍帝の儀に参加する事になっちゃったからね。

これを機に皆の装備を一新しようと決めたんだ。

なにせジャイロ君達は冒険者になってから今日まで、殆ど装備を変えていないからね。

これまでの魔族との戦いや先日のドラゴンや魔物の群れとの戦いで皆の装備はボロボロだ。

そろそろちゃんとした装備に買い替えないと、魔法による防御にも限度があるからさ。

「うぉぉー！　兄貴が俺達の装備を作ってくれるなんて、滅茶苦茶興奮するぜ！」

「こーらジャイロ、あんまり騒ぐんじゃないわよ恥ずかしいわね」

「とか言いつつ、ミナも興奮してる」

「あはは、何にせよ装備が新しくなるのはちょっとワクワクするもんね」

とジャイロ君達が待ちきれないといった様子ではしゃいでいる。

「私は以前装備を作って貰ったから、今回はこのままね」

と、ちょっぴり残念そうな空気を漂わせながらリリエラさんが呟く。

「いえ、リリエラさんの装備も補修がてら改修します。丁度良い素材も増えてきましたからね」

「えっ!? 良いの!? っていうかこれ以上良い装備になるの!?」

まさか自分の装備も弄って貰えると思っていなかったリリエラさんが、驚きと興奮の入り混じった表情でこちらを見て来る。

「ええ、今までは十分な素材がなかったので有り合わせの装備でしたけど、そろそろまともな素材が増えて来たので、良い感じのが出来ると思うんです」

「……今までのが有り合わせ扱いかぁー……」

あれ? リリエラさんの目が突然宙を彷徨《さまよ》いだしたけど、どうしたんだろう?

今までの有り合わせ装備からようやくまともな装備になる事を喜んでくれると思ったんだけど。

「皆さん良いなぁ……」

と、僕について来ていたリューネさんが羨ましそうに呟く。

「いえ、ちゃんとリューネさんの装備も作りますから、心配しなくても大丈夫ですよ」

「ええ!?　私の装備も作って貰えるんですか!?」

リューネさんがなんでと言いたげに驚きの声を上げる。

「でも、私はレクス師匠のお仲間じゃないんですよ？　押しかけて弟子入りした部外者の私に、龍帝様が扱う装備の秘技を与えても良いんですか!?」

いや別に竜騎士でも龍帝でもないんだけどね。

あ、でもドワーフの技術はちょっと使ってるかも。

……まぁいっか。

「気にしないでいいですよ。リューネさんも龍姫の儀に参加するんですから、装備はしっかりしないと。これから世界中から集まった猛者と戦うんですから」

それに期間限定とはいえ、リューネさんは僕の弟子だからね。

弟子の為に何かしてあげるのは師匠としての親心みたいなもんかな。

まぁ恥ずかしいから言わないけど。

「嬉しいですレクス師匠～っ！」

感極まった様子で興奮するリューネさんがピョンピョン飛び跳ねながら喜びを表現する様は、小動物みたいで可愛いなぁ。

それに、僕もアレの準備をしないといけないからね。

そんな訳で鍛冶屋の親方さんの許可を得た僕は、工房の一角を借りる事にしたんだけど……

工房の人達が皆して僕の手元を凝視しているんだよね。

「「「「ジー……」」」」

まぁ、それが工房で作業させて貰う条件だから仕方ないんだけどさ。

工房を使わせて貰おうと頼んだら、親方さんから条件として僕の仕事を見せて欲しいと言われたんだ。

そんな事で良いのかと僕は困惑したんだけど、親方さんは金を貰うよりもそっちの方が価値があるって言って聞かなかったんだよね。

「先日のドラゴンの素材で武具を作る手際は見事だった。あの時は状況が状況だったんでじっくり見れなかったからな、今回は集中して見させてほしい」

普通に作るだけなんだけどなぁ。

一流の職人の秘術とかだったら見せるのは問題だけど、僕が習ったのは鍛冶師としての及第点程度の技術だし。

それとも親方さんが見たいのは、他流派とも言える他国の鍛冶師のやり方を見たいって事なのかな?

土地が違えば使う素材も違う事が多いだろうし、そうした小さな違いを知りたいのかも。

見て分かる程度の技術なら国が違っても大して変わらないだろうし、そのくらいなら見せても問題ないよね。

「じゃあ、始めますね」

今回使う素材は龍峰で手に入れたドラゴンの鱗がメインだ。

それに以前手に入れたエンシェントプラントの素材や空島で回収したバハムートの鱗、地下遺跡で手に入れた各種キメラの素材も取りだす。

他にもサイズの確認用と改修用に皆から借りた装備一式を並べる。

「じゃあまずは武器から作ろうかな」

僕は炉に砕いたドラゴンの鱗を入れると、炉に保護魔法をかける。

そして高熱魔法で炉の内部の熱を上げていき、ドラゴンの鱗の不純物を焼却しつつ鱗を溶かしてゆく。

溶けた鱗が炉の下部に流れてきたところで、ゆっくり温度を下げつつ加工魔法でおおざっぱな形に形成する。

「お、おい、あれウチで使ってる炉だよな？　なんでドラゴンの鱗があんな簡単に溶けるんだ!?」

「っていうか、なんで炉から流れ込んだ素材がもう武器の形をしてるんだ!?」

「しかも他の装備の作業まで並行して進めているのか!?」

「俺……本当に鍛冶の仕事を見てるのか？」

何か後ろの方で鍛冶師さん達が驚いているけどなんでだろう？

まぁでも、今は目の前の作業に集中だ。

いつも通り、前世でも行っていた手順を繰り返して装備を作るだけだ。

◆

そして数日後、全員の装備が完成したと伝えると皆が急いで工房へとやってきた。

工房のテーブルには皆の装備がズラリと並べられている。

「本当に全員分の装備が完成してるなんて驚きだわ。普通オーダーメイドの装備って一つ作るのに結構な時間がかかるものなのに」

「まぁ有名な工房に特注すると年単位で順番待ちになりますけど、僕はそこまで大した技術は持っていないですからね」

「「「「えっ？」」」」

「え？」

なんで皆そんな目で僕を見てくるの？

「ま、まぁ良いわ。いつものアレよね」

「「「ああアレ」」」

なんで皆アレって言われて納得するのかな。

「じゃあ皆新装備を着けてみて。緩かったりキツかったりしたらすぐに調整するから」

「「「「はーい」」」」

「へっへー、兄貴の作ってくれた新装備ーっと！　おおー！　俺の装備は赤色か！　良いね、すっげーカッコいいぜ！」

「わざわざ色まで付けたの？　表面なんてどうせ戦いでボロボロになるんだし、お金の無駄じゃない？」

新装備を見てはしゃぐジャイロ君を見て、ミナさんがもったいないんじゃないかと聞いて来る。

「あの塗料も装備の一環なんですよ。あの赤い塗料は炎に特化したルビードラゴンの血液を粉末化したものを加工していて、火属性の魔法や熱に対する耐性を得ると共に自分の火属性攻撃の強化もしてくれるんです。ジャイロ君は火属性の強化魔法が得意だから、装備もそれに合わせているんですよ」

「ああ、だから僕達の装備にも色が付いているんですね」

とノルブさんが自分達の装備を見ながら納得の声をあげる。

そう、今回皆に用意した装備は、それぞれの身体強化魔法の属性に合わせた塗料が塗ってあったんだ。

ちょっとした小技程度の仕込みだけど、自分専用の装備なら色にも気を使いたいだろうしね。

「成る程ねぇ……っていうか、ここまで行くともう新装備っていうよりもマジックアイテムっていうんじゃ……」

「うおー！　なんか剣もすっげーカッコいいぜ！　デカくて赤くて強そうで良いじゃねぇか！」

「その剣は炎属性の魔法の威力を強化する魔法の杖としても使えるよ。それに剣自体に魔力を込めれば術式を仕込んだ簡単な炎の魔法も即時発動する事が出来るんだ」

「「「「マジかよ!?」」」」

工房で聞き耳を立てていたらしい鍛冶師の皆が驚きの声を上げる。

「いつの間にそんな物を仕込んだんだ!?」

「作業のスピードと加工の精度が凄すぎて全然気付かなかったぞ!?」

あれ？　僕は普通の速度で作業していただけなんですけど？

前世の知り合いとか、文字通り目にも留まらぬ速さで作業していたけど。

目に見える速度程度でしか作業出来ない奴なんざまだまだ半人前だっていつも言ってたからなぁ。

そうこう話している間に、皆が新しい装備を装着し終える。

「どう？　キツかったり緩かったりしない？」

「全然大丈夫だぜ！」

「ええ、ぴったりよ。というか改修って結構形が変わるのね」

リリエラさんが改修された装備を見て驚きの声を上げている。

「ええ、せっかくなんで新しい素材と交換しつつ大幅に改修したんです。皆の戦闘スタイルや属性に合わせてチューニングしましたから、ちょっと使い勝手が変わってるかもしれませんね」

「成る程ね……けどここまで違うともう新品ね」

とか言いつつも、リリエラさんは嬉しそうだ。

やっぱり新しい装備はワクワクするもんね。

「あ、あのレクス師匠、私の装備なんですが……」

と、新装備に着替えたリューネさんが話しかけてきた。

「なんだか前の装備に似ているような気がするんですけど」

お、鋭いね。

「ええ、リューネさんの装備は元から使っていた装備を流用しているんですよ。元々の素材が良い物を使っていましたからね」

そう、リューネさんの装備はボロボロになっていたけれど、使っている素材自体は悪くなかった。

だからリューネさんの戦闘スタイルに合わせつつ、前世で見た竜騎士の装備を思い出しながら改修したんだ。

いうなれば、古代竜騎士装備改といったところかな。

「リューネさんの装備は代々受け継がれてきたものですから、それをそのまま使い続けるようにした方が良いかなって」

「っ!?　そこまで考えてくれていたんですか師匠……」

リューネさんが震えるような声音で僕に語り掛けてくる。

「リューネさんは受け継いだ槍の手入れの仕方が分からなくて上手く使いこなせなかった時でも、安易に武器を替えたりせずにずっと使い続けてきましたから、きっと鎧にも思い入れがあるんじゃないかなって」

「あ、ありがとうございますレクス師匠ぉ～！」

リューネさんが涙目で感謝の言葉を告げる。

「私、絶対龍姫の儀で優勝してみせます！」

うん、やる気に満ちるのは良い事だね。

「うぉー！　早く新装備を使いたいぜ！」

「そうね、試合をする前に装備を馴染ませておきたいわ」

あはは、皆新装備を試したくて仕方ないみたいだね。

「じゃあ新装備のテストがてら、魔物狩りでもしようか」

「「「「はーい！」」」」

「キュウ！」

モフモフ、試し切りに行くんであってご飯を狩りに行く訳じゃないよ？

◆ダークドラゴン◆

「ゆくぞ」

縄張りより飛び立った我等は人間の集落へと向かっていた。

我等はダークドラゴン。

誇り高き漆黒の龍だ。

間違ってもブラックドラゴンのような雑魚と一緒にしないで貰いたい。

連中とは鱗の艶が違うのだ。

見よこの水で濡れたかのような美しい光沢。

……脱線した。

群れる趣味の無い我等は、他のドラゴン共となれ合う事などせぬ。

故に初めは今回の騒動の事を知らなかった。

だが噂好きのエメラルドドラゴンがやかましく囀《さえず》っている声が聞こえてきた事で、ここ最近巣の外が騒がしかった理由に気付いたのである。

そしてそれ故に我等は人間共の集落に向かう事を決断した。

その理由は人間共を蹂躙する為だ。

というのも、我等の長を自称していた黄金が人間ごときに敗北したと知ったからだ。

しかもカビの生えた古の制約などに従って、人間をその背に乗せるという恥知らずな真似をしたというのだから信じられぬ。

我等ドラゴンは世界最強の生物。

そのドラゴンが人間などという脆弱極まりない存在に従うなど、あってはならない事だ。

故に、我等はふがいないゴールデンドラゴンに代わって、人間共の思い上がりを矯正しに往くのだ。

ふっ、折角だ。最強のドラゴンはゴールデンドラゴンなどではなく、我等ダークドラゴンである事を人間共に教えてやるとするか。

闇の支配者の力、人間共に見せつけてくれるわ！

「頭領、人間共がこちらに近づいてきていますぞ」

と、群れの若いドラゴンが集落から出てうろついている人間に気付いた。

「おやおや、これではあの人間共が集落に帰ったら、仲間が一人も居らずに寂しい思いをしてしまいますな」

「おお、それは可哀そうだ」

若いドラゴン達が、わざとらしく人間共を憐れむような声をあげつつも、何かを期待する眼差しをこちらに向けている。

まったく、仕方のない奴等だ。

「分かった分かった。ではあの人間共が寂しい思いをせずに済むよう、先に蹂躙してやると良い」

「ははは っ！　さすがは頭領！　話が分かる！」

若いドラゴン達が我先にと人間達に向かって急降下を開始する。

しかも若い連中だけでなく年長の者達まで降下を始めおった。

やれやれ、少しばかり人間共が憐れに思えてくるぞ。

そんな心にもない事を思いながら地上を見つめていると、先頭を往くドラゴンが人間に襲い掛かった。

すれ違いざまに人間共を自慢の爪で引き裂くか、それとも急降下の速度を乗せて踏みつぶすか。

人間共はどんな死にざまを晒すのかと眺めていたら、先頭の若いドラゴンが真っ二つに分かれた。

真っ二つに、分かれた。

「……は？」

え？　今何が起こった？

◆ミナ◆

「うぉぉぉ、ビックリしたぁぁぁあっ!!　なんだ一体!?」

突然空から襲い掛かって来た黒いドラゴンを間一髪迎撃したジャイロが驚きの声をあげる。

「どうやらはぐれドラゴンが襲ってきたみたいだね」

と、レクスの視線に従って空を見ると、幾つもの黒い影が空を飛んでいた。

「はぐれドラゴン？　この間町を襲ってきた奴みたいなの？」

リリエラが以前町を襲ったグリーンドラゴンの事を思い出したのか、視線は空に固定したままレクスに質問する。

ドラゴン達は仲間がジャイロによって一刀両断にされた事を警戒しているのか、攻撃してくる様子もなく上空をグルグルと回っている。

「ええ、でも従えてるのはワイバーンじゃなくて同族か。こうなるとはぐれっていうよりも群れとして動いているのかな？」

どっちにしてもドラゴンってだけでヤバい気がするんだけど。

私はちらりとジャイロが真っ二つにしたドラゴンに目を向ける。

その黒い鱗の色は、以前レクスが倒したブラックドラゴンね。

「というか今、ジャイロがドラゴンを真っ二つにした。レクスに強化魔法を掛けて貰っていないのに」

「そ、そういえば……」

メグリの声を聞いて、私はブラックドラゴンを倒したのがレクスでなくジャイロだと気付いた。

しかもそれだけじゃなくてレクスの援護も受けていない事にも。

「ドラゴン素材を精製して作った武器ですからね。ドラゴンの鱗くらい簡単に切れるのは当たり前ですよ」

さらりと断言するレクスだけど、その理屈は凄くおかしい気がする。

「ええっと……そうなの？　ドラゴンの鱗にドラゴンの素材で作った武器を当てたらどっちも壊れそうだけど」

リリエラも訳が分からないときょとんとした顔でレクスに聞き返している。

そうよねぇ、どっちも元は同じ素材だものね。

「鉄と同じですよ。鉄鉱石をそのまま武器の形にしたものよりも、不純物を取り除いた鉄を鍛えた武器の方が強いでしょ？　ドラゴンの素材も同じです」

「な、成る程。そう言われるとそんな気がしてきたわ」

戦士として身近な素材で説明された事でリリエラが納得の声をあげる。

「まぁ良く分かんねぇけど、兄貴が作った武器が凄ぇって事だな！」

くっ、バカは単純で羨ましいわね。

というかそれって、レクスがドラゴンの素材を自在に加工出来る技術を持ってるって事よね。

先日の魔物の大群が襲来してきた時は、硬いドラゴンの素材に簡単に穴をあけたりして簡易な装備として加工して皆を驚かせていたけど、今回のはそんな素人作業なんかじゃなくて、技術者として素材を自在に扱う事が出来るって意味だもの。

同じ加工でも意味が全く違うわ。

戦士としてデタラメに強いだけでなく、魔法使いとしても規格外。

しかもマジックアイテムも当たり前のように作れて、鍛冶師としても超一流の腕前って、本当に何者なのこの人!?

「ともあれ、レクスさんの作った装備が凄いって事がこれで証明されましたね。まぁ分かってはいた事なんですが、寧ろ予想以上だったというかなんというか……」

と、ノルブがジャイロの手にした赤い剣を見つめながら遠いまなざしになっている。

気持ちは凄く分かるわ。

色々と凄すぎて何を言っていいのか分からなくなってきたのよね。

「よーっし、決めた！　この剣は黒いドラゴンを倒したからブラックドラゴンスレイヤーだ！」

「いやその剣赤いじゃない、どこがブラックなんだよって突っ込まれるわよ絶対」

いけない、バカの発言に思わず突っ込んでしまった。

「じゃあレッドドラゴンスレイヤーか？」

「ドラゴンスレイヤーから離れなさいよバカ！」

あーもう、こんな下らない話をしてる状況じゃないでしょうがバカ！

「……」

そんな風にバカに対してどうでも良すぎるツッコミをしていたら、レクスが真っ二つにされた黒いドラゴンの死体を見つめて何かを考え込んでいた。

「キュウキュウ！」

あとモフモフが羽を毟ってるけど良いのかしら？

「どうしたのレクス？」

「いえ、ちょっと鱗の艶が気になって」

鱗の艶？　何それ？　艶が良いと価値が上がったりするの？

「キュ？　ガジガジ」

あっ、レクスにつられて鱗を毟りだした。

まぁいっか。私の狩った獲物じゃないし。

「……あっ、これブラックドラゴンじゃない」

「え？」

じっと黒いドラゴンの死体を観察していたレクスが、突然そんな事を言いだした。

「でも黒いからブラックドラゴンなんじゃないの？」

「いえ、この鱗の艶……これは上位の属性竜であるダークドラゴンですよ」

「「「「ダークドラゴンッッ!?」」」」

って、マジで!?　マジでダークドラゴンなの!?

「ダークドラゴンって、幾つもの国を邪悪な呪いで滅ぼしたっていうあの伝説の邪竜の事!?」

ちょっ、何よそれ!?　そんなヤバい奴が空の上をグルグルしてるって言うの!?

ってというのに、レクスはきょとんとした顔で、え？　何それと言わんばかりの眼差しでこっちを見てくる。

「いえいえ、ダークドラゴンは単に闇属性の力を持つドラゴンで、闇を操ったり精神にダメージを与える攻撃は出来ますけど、呪いなんて使えないですよ？」

「そ、そうなの？」

伝説になるような呪いが使えないのなら、そこまで怖がる相手じゃないのかしら？

いやまぁドラゴンだから十分怖い相手なんだけど。

「まぁ心の弱い人が精神にダメージを受けると、気絶したり最悪廃人になる事はあるかもしれませんけど」

「「「「何それ怖っ!!」」」」

ちょっ、十分怖いじゃない！

「大丈夫ですよ。一応皆の装備にはアンデッド対策にある程度の魔法攻撃の耐性をつけているから、ダークドラゴンの精神攻撃程度なら殆どダメージを受けませんよ」

「え？　そうなの？」

「ええ、僧侶であるノルブさんの装備を考えていた時に、僧侶がメインで戦う相手ってやっぱりアンデッドかなーって思ったんで、皆がアンデッドと戦う事になっても良いように精神攻撃や麻痺攻撃への対策機能を付けておいたんです」

「うわー、さらりととんでもない機能が付いてたわー」

ドラゴンが相手でも効果を発揮するアンデッド対策って何よ……

「今回の装備は手持ちの素材の割には自信作なんですよ。なにせ以前メガロホエールの親から貰った宝石がマジックアイテムの術式に使う触媒として優秀だったもので」

レクスが自信ありげに私達の装備に使った素材について語りだす。

「メガロホエールの親って海で出会ったあの？」

「ええ、クラーケン騒動の時に出会ったあのメガロホエールです。新装備を作る際に以前メガロホエールの親から貰ったあの巨大な宝石の原石も使えないかなと思ったんですよ。宝石ってマジックアイテムや儀式の触媒に優れている事が多いですから」

「余った原石とかある!?」

宝石という単語が出て来た事でメグリが目の色を変えて会話に参加してくる。

本当にこの子は金目の物に弱いんだから。

まぁこの子の場合、実家の事情もあるからしかたないんだけどね。

「で、試しに使ってみたら予想外にマジックアイテムの術式と相性が良くて、おかげで色々な機能を装備に仕込めましたよ」

最高の素材ではなかったけれど、現状で用意出来る素材を使ったベストな仕事が出来たとレクスは満足げに言う。

「はー、その様子だと、どんなとんでもない機能が付いているか分からないわねこの装備」

本当、何が仕込まれてるのか分からないからちょっと……いやかなり怖いわね。

「というか、ドラゴンの攻撃を受け止めたらそのまま相手が真っ二つになる剣とか、危険すぎて試合には使えないんじゃないですか？」

「「「……っ!?」」」

ノルブが何気なく呟いた言葉に私達はハッとなって顔を見合わせる。

「「……？」」

バカとまだレクスの恐ろしさを正しく理解していないリューネは首を傾げているけれど。

「ヤバい……確かにそうだわ！　危うく町のお祭りで死者を大量生産する所だったわよ！」

「祭りの余興どころか阿鼻叫喚じゃないの！」

「……さすがにそれはまずいと思う」

リリエラが慌てた声をあげ、メグリが青い顔で呟く。

「え？　え？　じゃあどうすればいいんですか？　素手で戦った方が良いですか？」

まだ状況が良く分かっていないリューネが困惑した様子で武器を使わなければ良いのかと聞いて来るけど、事はそう簡単じゃないわ。

「駄目よ、武器だけでなく鎧にもどんな恐ろしい機能が付いているか分からないわ。下手したら攻撃してきた相手を消し炭にするような機能が付いていてもおかしくないわよ！」

「ま、まさかそんな……」

いくらなんでもそれは無いだろうとリューネが苦笑いをする側で、レクスがパッと顔を綻ばせる。

「あっ、よく分かりましたね。格上の相手に当たってしまった時の為に、一定以上の大ダメージを受けるとこれまで蓄積したダメージを相手に打ち返す衝撃反転機構を仕込んでおいたんですよ」

「「「ほらあったぁぁぁぁぁっ!!」」」

そんな料理の隠し味を気付いてもらえたみたいな無邪気な喜び方をするんじゃないわよ！

「ちょっとレクス！　他にどんな機能を付けたの!?　全部教えなさい！」

私はレクスにどんな機能を皆の装備に仕込んだのかと問いただす。

「こうなるとダークドラゴンが襲ってきたのは丁度良いタイミングだったかも。装備に仕込まれた機能を試すのに丁度いい相手」

成る程、言葉で聞いてもどれだけ危険な機能が付いているか分からないものね。

頑丈な実験台が居るってのは良い事だわ。

「良く分かんねぇけどアイツ等と戦うんだな！　分かったぜ！」

「は、はい！　良く分かりませんけど、戦えばいいんですね！」

相変わらず事情を理解していない二人が無邪気にダークドラゴンと戦うんだと興奮している。

まぁ良いわ。実際に戦いが始まったら、どういう意味だったのか身をもって理解するでしょ。

「よっし！　皆、片っ端から新装備の機能をダークドラゴン共に試すわよ！」

「「「「おおーっ!!」」」」

「えー？　なんで皆そんなに警戒してるんですか？　装備に仕込んだのは普通の機能ばかりですよ？」

「「信用出来るかぁぁぁぁあっっ!!」」

レクスが作った物が普通な訳ないでしょっ！

第116話　予選試合開始！

◆リリエラ◆

「これより龍姫の儀の予選を開始します」

試合場に審判の声が響き渡る。

「儀式の予選は参加者が多い為、バトルロイヤルという複数の選手を同時に戦わせる乱戦形式で行います。予選は試合場に立っている選手の人数が残り五人以下になった所で終了し、立っていた選手が本選に進めます。これを四つのグループで行います。また試合場から落ちた選手は場外となって即失格です」

「つまり20人は確定で本選に進めるって訳ね」

横で話を聞いていたミナが本選参加者の数を計算する。

「いえ、最大で20人です」

そしてすぐさまリューネが訂正をした。

「え？　五人で四試合でしょ？」

「ミナ、五人残るとは限らない」

「……ああ、そういう」

メグリに指摘されて、ミナがリューネの意図を正確に理解する。

さすがに修羅場を潜り抜けて来ただけあって、この子達は新人とは思えない程察しが良いわね。

うん、まぁ引きずり込まれる修羅場が修羅場だしね。

寧ろ修羅場というよりも地獄かしら？

「試合によっては一人しか残らない場合もあります。あまり人数が少ないと敗者復活戦があるみたいですけど」

「成る程ね。さすが地元の人だけあって詳しいわね」

「あ、はい。いつか自分が参加する時の為に情報は集めていましたから」

と、ミナに褒められたリューネが恥ずかしそうに笑みを浮かべる。

「まぁ私達は四人だから、最悪同じグループになっても全員勝ち残れるわね」

「プ、クク……」

とミナの言葉を聞いた誰かが小さく笑い声を漏らした。

見れば近くに立っていた冒険者らしい選手達がこちらの話を聞いていたみたい。

彼女達は、いえ正しくはその内の一人が私達を見て笑っていた。

「ケイト、失礼よ」

「悪い悪い、でも微笑ましくってさ。皆で勝ち残ろうとか可愛すぎるだろ」

「貴女ねぇ……ごめんね、仲間の口が悪くて」

「いえ、気にしないで下さい」

とりあえず年長の私が彼女達の相手をする事にする。

「貴女達はこの儀式に参加した事があるんですか？」

「あら貴女……ええ、二回ほどね」

二回、か……何か有意義な情報は得られるかしら？

「アンタ達、これが女しか参加出来ない大会だからって油断しない方が良いよ」

とはさっき私達を笑ったケイトとかいう冒険者だった。

「アタシ達が初めて参加した大会でも、デタラメに強い奴が優勝をかっさらっていったんだからさ。ありゃ間違いなくSランクレベルの強さだったよ」

「ケイトの言う通りよ。女しか参加出来ないからこそ、女の実力者がやって来る。なんだかんだ言って、戦いの場で活躍するのは男が多いから、実力を示す為に公の大会に出て来る人も多いのよ」

ふむふむ、確かに大会なんかで勝利するのは男の冒険者が多いものね。

これはまぁ、単純に男の方が体格が良かったり、筋力が付きやすいからってのもあるけど。

とはいえ、私がAランク冒険者になれたように、女性でも実力者は確実にいる。

単純な筋力では勝てなくても、身軽さで対応したり出来るし、魔法使いなら筋力や体格は関係ない。

ここはそういう実力はあっても認められない人達が自分の力を披露する場でもあるって事ね。

「浮ついた事考えてないで、目の前の敵に専念しなよ。予選は実力者でもあっという間に負ける事があるんだからさ」

「そうね、中途半端に実力を見せびらかすと周囲の冒険者達から集中攻撃を喰らう事があるから気を付けなさい」

「色々教えてくれてありがとう。貴女達良い人ね」

「よ、よせやい」

「ふふ、笑ったお詫びよ」

ケイトが顔を赤くしてそっぽを向く。

もしかして笑った詫びに教えてくれたのかしら?

意外に良い人なのかもしれないわね。

「ではこれより第一試合の選手の番号を呼びます！　呼ばれた選手は向こうの試合舞台に上がって下さい」

進行役が番号を呼び、選手達が舞台に上がっていく。

「76番！」

「呼ばれたから行ってくるわ」

「気を付けてねリリエラ」

「がんばれ」

「が、頑張ってくださいリリエラさん！」

「頑張りなよー」

「健闘を祈るわ。まぁ貴女なら余裕だと思うけど」

ミナ達だけじゃなく、ケイト達まで私に応援の言葉を掛けてくれる。

そして舞台に上がると、選手達の視線が私に集まる。

「……あれが龍……」

「やっぱり最初は……」

あー、これは完全に気付かれてるわー。

これは絶対来るわねぇ。

「では予選試合第一戦……」

試合場の選手達が武器を構えるけれど、彼女達の切っ先は狙いを隠す気もなくこちらを向いている。

「はぁ……しょうがないか」

私もそれに対応するように自らの槍を構え、魔力を練り上げる。

「始め!!」

「龍姫を狙えーっっ!!」

審判の宣言と共に、選手達が私に殺到した。

私、龍姫じゃないんだけどなぁ。

盗賊とおぼしき軽装の選手達が正面と左右から私を襲う。

良い連携だけど、もしかして仲間なのかな?

それともあらかじめ手を組んでいたのか。

まぁどっちでもいいわ。

「貰った!」

「貰ってないわよ」

身体強化魔法で氷の属性強化を発動した私は、足元を凍らせる。

「うわっ!?」

当然地面が凍った事で、三人は足を滑らせてバランスを崩す。

体勢を整えようと慌てる彼女達の鳩尾《みぞおち》に、槍の石突きを連続で突き込んでいく。

「ぐっ!?」

「がっ!?」

「ごっ!?」

高速で突撃してきた彼女達は、自分達の速度が乗ったカウンターを受けて悶絶しながら地面に倒れ伏す。

「ファイアーアロー！」

「ウインドアロー！」

「アイスアロー！」

三人が倒れた直後に、後方から放たれた魔法攻撃が迫ってきた。

「甘い！」

私は氷の魔力を槍に通し、放たれた魔法を全て迎撃した。

「嘘っ!? 魔法が弾かれた!?」

「もしかしてマジックアイテムなの!?」

確かにこれはマジックアイテムだけど、原因は貴女達の魔法が弱かったからよ。

多分彼女達は本職の魔法使いじゃなくて、相手の隙をつく為の補助として魔法を習っていたんでしょうね。

だからミナやレクスさんの放つ魔法に比べたら圧倒的に威力が弱かったのよね。

その程度の魔法だったから、身体強化魔法で武器を強化するだけで十分迎撃出来たって訳。

「ははっ、油断したなぁぁぁ！」

そしてようやくこちらに向かってきた集団が私のもとに到達した。

彼女達はさっきの盗賊達のように広がって私を包囲していく。

「どうしようかな」

とりあえず正面から襲ってきた戦士の剣を槍でいなして地面に突き刺させる。

「うぉっ!?」

これで正面はこの選手が邪魔で後続が攻めてこれない。

「はぁっ!!」

左右から選手がジャンプして襲い掛かって来た。

凍った床で足を滑らせないようにって事ね。

「でもそれだと回避出来ないわよ」

私は彼女達の攻撃を身を反らして回避する。

「速い!?」

実は私自身はそんなに速く動いてないのよね。

私の足の裏の魔法で生み出した薄い氷の刃で、試合場の床に張り巡らされた氷の上を回りながら滑っているからそう見えるだけで。

実はこのブーツ、魔力を流す事で裏側に氷の刃を生み出すマジックアイテムになっているのよね。

このブーツを使う事で、以前行った氷の上を高速で滑りながら戦う戦術を簡単に出来るようになったって訳。

更にこの氷はそのまま武器にもなって、魔力の込め具合で長さや硬さを調節する事が出来るの。

こんな風にね。

「はぁっ!!」

私が脚を大きく上げて回し蹴りを行うと、ブーツの裏に生えていた氷の刃が長く伸びて包囲していた選手達を薙ぎ払う。

うん、試合が始まる前にドラゴンで試しておいて良かったわ。

人間相手にぶっつけ本番で新装備の機能を試していたら大惨事になってたところね。

私は自分の体を滑らせながら選手達の攻撃を回避し、回転の速度を力にして槍を振るう。

前の敵を突く。次いで振り返る事無く引き手で背後の敵に石突きをぶつける。

「キャアッ!? なっ、なんでこっちを見ないで攻撃が……」

レクスさんが私用に作ってくれたこの装備には、一つ面白い機能が追加されていた。

それは周囲の温度を感覚的に察知する機能。

これは蛇が持つ能力を再現したマジックアイテムらしくて、敵の体温を察知しやすくする機能だと言っていた。

特に私の得意な氷の魔法で周囲の温度を下げる事で、より顕著に温度の違いが分かるようになるみたい。

おかげで私は見えない方向から襲ってくる選手の体温を感じとり、振り返る事無く迎撃が出来た。

「結構使えるわねコレ」

まぁ、他の装備が物騒過ぎてこういう場面で使える装備が限られているって言った方が正しいんだけど。

「けどいつまでも包囲の中に居るのもね」

いくら後ろからの不意打ちに対処出来るようになったとはいえ、数の不利はやっぱり危険だわ。

私は周りの選手達の攻撃を回避しながら包囲の外へと向かう。

「包囲を崩さないで！　全方位から一斉に攻撃をするのよ！」

包囲の外側に居た選手達が私の移動している方向に集まって、私を再び包囲の中心へと戻す。

「付け焼刃の連携の割には良い連携ね」

私を包囲の中心に戻した選手達が、全方位から一斉に攻撃を放ってくる。

「ととっ、さすがにこれは回避出来ないわね……このままだと」

私は足の裏に展開していた氷の刃に魔力を流し込み、ナイフのように短かった刃を大剣と言える長さに伸ばす。

「なっ!?」

足の裏に展開していた氷の刃が伸び、私の体が周囲の選手達よりも上へと押し出される。

「はいっと！」

更に上に跳躍する事で、私は包囲網の上空へと飛びあがった。

「それじゃあこれでおしまいよ！」

せっかく私のもとに集まってきてくれたんだし、一網打尽にさせてもらいましょうか。

「アイスブリザードスフィア!!」

上空から真下の選手達を包み込むように猛吹雪が吹き荒れると、あっという間に試合舞台が雪と氷に包まれる。

「さ、寒ぅーいっ!!」

選手達が凍えながらも吹き飛ばされないように必死に踏ん張っている。

でも、この魔法が生み出すのはただの吹雪じゃないわ。

「キャアアアァァァァァッッ!!」

吹雪に紛れて選手を吹き飛ばしたのは、人の頭ほどもある大きな氷の塊だった。

そう、この魔法で吹き荒れるのは風と雪だけでなく、氷も含まれていたのよ。

選手達が次々と氷の塊に吹き飛ばされて試合舞台から落とされていく。

そして魔法で生み出した氷吹雪がやむと、試合舞台に立っているのは私一人だった。

「しょ、勝者リリエラッ!!」

審判が寒さで体を震わせながら私の勝利を宣言する。

「ふぅ、何とか無事に勝てたわね」

それにしてもこの魔法は凄いわね。

試合前にレクスさんに習っておいてよかったわ。

でも、新装備の魔法補助が無いと自力での発動はちょっと難しいかもね。

◆とある女性冒険者◆

「何アレ……」

隣に立っていたケイトが驚きのあまり呆然と呟く。

けどそれも当然と言えた。

町で龍姫の再来と呼ばれていた彼女は、自分をマークして一斉に襲い掛かってきた他の参加者達を圧倒的な技量で捌き、あまつさえ見た事もない大魔法で一掃してしまったのだから。

その間僅か十数秒。

たったの十数秒で、龍姫は数十人もの参加者を全滅させてしまった。

ハッキリ言って人間業じゃないわ。

「さっすがリリエラ、圧勝じゃない」

私が言おうとしたその言葉を、誰かが先に言葉にした。

見れば龍姫と共にいた少女達だ。

彼女達は龍姫の戦いぶりに驚く事無く、寧ろ当然のように見ていた。

「うん、結構強そうな人もいたのに楽勝だった。私はああいう全員を相手にする魔法を使えないから、狙われたら苦戦するかも」

それどころか、自分ならどう戦うかなんて言っている。

まさかあの子達にも龍姫と同じ事が出来るというの？

いえ……いくらなんでもソレは無理ってモノよね？

「龍姫様凄いです……うう、私勝てるかなぁ」

そんな彼女達の横で槍を持った女の子が不安そうに呟く。

いやいや、いくらなんでもアレの相手は無理でしょ、死んじゃうわよ。

私達もドラゴンを倒したっていう龍姫をマークはしていたけど、あんな化け物だとは思ってもいなかったのよ!?

悪い事は言わないから、あんなのと戦おうとするのはやめておきなさい。

「萎縮する事無いわよ。全力でぶつかればいいのよ」

ちょっ、無責任な事言っちゃダメでしょ!?

その子の人生がかかってるのよ!?

「ただいまー」

彼女達の話を聞いていたら、龍姫が試合舞台から戻ってきた。

近くで見る龍姫は呼吸の乱れすらなく、大魔法を発動させた事による疲労をかけらも感じさせなかった。

「お帰り。楽勝だったわね」

「そうでもないわよ。全員から狙われるとか、生きた心地がしなかったわ」

嘘おっしゃい！　全然余裕だったじゃないの！

「そぉ？　全然余裕に見えたわよ？」

そうよそうよ！　言ってやりなさい！

「そんな事無いわよ。こっちもいっぱいいっぱいだったんだから」

……本当かしら？

「そういえば、向こうもそろそろ試合が始まってるのよね」

と龍姫が試合会場の外に視線を向ける。

向こうって龍帝の儀の事かしら？

「ええ、あっちも派手にやってるでしょうね。なにせレクスが居るんだし」

レクス？　龍姫の仲間の事かしら？

「きっと向こうの会場はこっち以上の惨状が繰り広げられてるわよー」

こっち以上？　……ええと、なに？　もしかして龍帝の儀にも龍姫と同じような化け物が参加してるって事？

「はー、他の参加者が可哀そうになるわね」

あっはっと龍姫の仲間の少女が笑うけど、こっちにはとても笑い話には聞こえなかった。

だってすぐ側に龍姫の戦いを見ても平然としている彼女の仲間が三人もいるんだから。

しかも三人ともまだ試合を行っていない。

つまり、私達と戦う可能性が非常に高いって事、なのよね……

「ねぇケイト……この大会、棄権しない？」

私は小声で相棒に大会を諦めないかと提案してみる。

けれど相棒は何も言ってこない。

まさか龍姫と戦いたいなんて言うつもり!?

貴女そんな熱血キャラだった？

私は無言を貫くケイトに顔を向ける。

「……」

あっ、駄目だ、ショックが強すぎて放心してるだけだわ。

◆ジャイロ◆

「それでは次のグループの試合を始めます」

審判が選手の番号を呼ぶ。

俺は早く自分の番号を呼べと心の中で審判を急かす。

「27番」

「おっしゃきたぜー！」

ようやく自分の番号が呼ばれた事で、俺は足早に舞台に向かう。

「が、頑張ってくださいねジャイロ君！」

後ろからノルブの声援が聞こえてくる。

「おうよ！　レクス兄貴の一番弟子ジャイロ！　ちょっくら勝利を勝ち取ってくるぜ!!」

俺は振り返る事無くそう答えると、試合舞台へと登って行った。

第117話　ジャイロの華麗なるデビュー

◆ノルブ◆

「それでは予選第五試合、始めっ!!」

審判の宣言を受けて、試合舞台の選手達が一斉に動き出す。

背中を向けている選手を狙う人、弱そうな人を狙う人、あえて隙を晒してライバルを誘う人と行動は様々です。

その中でジャイロ君が選んだ行動はとても単純でした。

「いっくぜぇぇぇぇぇ！　フレイムダーッシュッッ!!」

ジャイロ君が叫ぶと、彼の鎧の後ろにわずかにせり出している二つの突起から炎が溢れる。

炎はまるで翼のように広がり、一瞬でジャイロ君の体は吹き飛ばされるように前に押し出されたのです。

「オラオラオラァァァァァ!!」

前に突き出された剣が前方の選手達の装備を紙切れのように破壊しながら突進していく様は、かつて僕達を襲ったイーヴィルボアの群れを思い出させて、ちょっとだけヒヤリとした思いになります。

前方の選手達があっという間にジャイロ君に吹き飛ばされ、彼は集団から飛び出した……んですけど。

「ジャイロ君、前っ！　前っ！」

「へっへーん、どんなも……お？　おおっ!?」

僕の声が聞こえたのか分かりませんが、ジャイロ君は目の前の光景に気付いて驚きの声をあげました。

それもそのはず、選手達の乱戦を突き抜けたジャイロ君の先にあったのは、試合舞台の縁だったのですから。

このままだとジャイロ君が場外で失格してしまいます！

「なんのぉぉぉっ!!」

ジャイロ君が声をあげると、彼の足の裏から炎が吹き出し、その体を空に押し上げることで場外を免れました。

そして空中で弧を描きながら体を試合会場の中心に向けてゆっくりもどっていきます。

「いやー危なかったぜ。危うく俺だけ予選負けするところだったぜ」

本当ですよ、あんまり心配させないでくださいね。

新しい装備のお陰でなんとかなりましたけど、下手したらあのまま場外だったんですから。

ジャイロ君の鎧から吹き出した炎、あれは純粋にジャイロ君の飛行魔法の炎です。

彼と相性が良かった魔法は火属性な事もあって、彼が飛行魔法で空を飛ぶ時は、炎を吹き出しながら飛ぶのがやりやすいみたいです。

けれどジャイロ君はちょっとムラっ気があるので、炎の力で飛ぶ魔法はさっきみたいに勢いは凄いですけど、その分制御が難しいみたいなんです。

そこでレクスさんはジャイロ君の新しい鎧に、飛行魔法の補助機能をつけたんだそうです。

なんでも術者がこっちに行きたいと思った方向を鎧が自動的に察知して、噴出する炎が出る方向を調整してくれるのだとか。

だから自分で炎が吹き出る方向を制御しなくても、思うだけで勝手にやってくれるから凄く楽だってジャイロ君は言っていました。

……うん、本当にとんでもない機能ですよね。

思うだけで鎧が勝手に察知してくれるとかもう訳が分からないですよ。

レクスさんの説明だと、飛行魔法は術者が進みたいと思った方向の反対側に無意識に魔力が放出されるそうなんです。

でもあくまで無意識レベルなので、実際に移動するほどの魔力が放出される訳ではないとのこと。

けれど鎧はその程度の魔力の動きでも術者の気持ちを汲んで、魔力をうまく誘導してくれるんだそうです。

……理屈は分かりましたが、それをどうやって実行しているのかと思うと、そこに使われた技術の凄まじさにちょっと気が遠くなる思いですよ。

僕は僧侶だから神聖魔法以外の術式には詳しくないんですけど、一緒に説明を聞いていたミナさんがちょっと人前でしちゃいけない表情になっていたのが印象的でした……

「な、なんだあの炎は……ありゃ魔法なのか？」

「あんな魔法見たこともないぞ!?」

「しかもあの小僧、空を飛んでねぇか!?」

試合舞台の選手達だけでなく、周囲で観戦していた選手達もジャイロ君の姿に驚きの声を上げています。

そうですよね、普通はこういう反応しちゃいますよね。

「へへっ、ビビってやがんな」

皆の反応にジャイロ君はご満悦です。

「くっ、こうなったらあのガキを狙うぞ！　おいお前等、優勝したかったら手を貸せ！」

「ちっ、命令してんじゃねぇよ！」

「だがアイツのいう通りだ。まずはあのガキをなんとかしねえと」

ジャイロ君を脅威に思った選手達が、即席の連携を組んで彼に襲いかかります。

「へっ、雑魚がどれだけ集まっても変わんねぇよ！」

ジャイロ君、僕達も数ヶ月前はその雑魚だったんですから、あんまり調子に乗らない方がいいと思いますよ。

ほら、上には上があるって僕達は思い知っているんですから。

「舐めるなガキィィィィッ!!」

選手達が一斉にジャイロ君に襲いかかります。

それは彼が回避したらお互いに傷つけ合ってしまうような、連携とも言えないような同時攻撃。

全方位からの攻撃のプレッシャーはかなりのものの筈です。

外で見ている僕でさえ、思わず手に汗を握ってしまうほどに。

「へっ、纏めてかかってきてくれて手間が省けたぜ！」

けれど、ジャイロ君に焦るそぶりは一切ありませんでした。

それどころか余裕の笑みを浮かべて剣を腰だめに構えると、刀身に魔力が凝縮されていきます。

魔力は真っ赤な炎へと変換され、更に魔力を圧縮する事でその色が赤から蒼へと変化しました。

「な、なんだ!?　剣が燃えている!?　蒼い炎だと!?」

「なんかやばくねぇかアレ!?」

突然燃え始めたジャイロ君の剣に選手達が動揺の声をあげます。

けれど既に走り始めていた彼等の勢いはもう止まりません。

「喰らえ！　メルトスラァァァァッシュッ!!」

叫びと共に彼を中心に炎の輪が描かれました。

そして次の瞬間、ジャイロ君を襲った選手達全員の武器が切断されたのです。

「「「「「なっっっっ!?」」」」」

選手達は何が起こったのか分からず、硬直してしまいました。

それもその筈、一瞬で自分達の武器が破壊されてしまったのですから、困惑するのも当然です。

メルトスラッシュ、それは魔法を飛び道具として使うのが苦手なジャイロ君がレクスさんから教わった武器破壊用の近接魔法。

その内容は剣の刀身に超高温の炎を圧縮して、熱で相手の装備を焼き切るというごく単純なもの。

それだけ言うととても簡単そうに聞こえますが、現実にはそれだけの超高温をごく狭い範囲に集中させた状態で戦闘するなんて至難の業です。

しかも敵の武器を焼き切るという事は、その炎には常に鉄を溶かす工房の炉と同じだけ……いえ、一瞬で溶かし切る為にはそれ以上の熱が必要なのですから。

更に言えば、術者が火傷しないように気をつける必要もあります。

そんな問題の数々を、レクスさんはとあるマジックアイテムを改造する事で解決してしまいました。

ティンダーナイフ。

それは以前レクスさんが、とある冒険者から譲ってもらったマジックアイテムの名前だそうです。

本来なら野営をする時に火種を起こす程度のマジックアイテムだったそうなのですが、レクスさんはそのマジックアイテムを改造してジャイロ君の剣を作り上げてしまったのです。

ええ、ナイフが剣になったんです。

それはもう改造じゃなくて新品なんじゃないのと思うでしょう。僕も思います。

けれどレクスさん的には、ティンダーナイフに使われている魔術回路の部品を流用しているから改造だよと言っていました。

どうもレクスさんにとって、ナイフ本体ではなく魔術回路こそが本体という認識みたいです。

レクスさん曰く「いやー、手持ちの材料だとどうしてもこの程度が限界だったよ。もっとちゃんとした工房と素材があればより良い物が出来たんだけど、今回はこれで我慢してねジャイロ君」との事でした。

そんな訳で、火種を起こすだけのささやかなマジックアイテムは、敵の装備を焼き切って無力化するとんでもない武器へと生まれ変わってしまったのです。

……ほんと、とんでもないですよねぇ。

「はははははっ！　見たかよ俺の力をよっ！　降参するなら今のうちだぜおっさん達！」

武器を破壊された選手達が動揺した事で、ジャイロ君が満面の笑みを浮かべて勝利を確信した発言をします。

　けれど、それがいけませんでした。

「な、舐めんなよ小僧！」

「調子に乗ってんじゃねぇぞ!!」

　ジャイロ君の挑発に怒った選手達が、破壊された武器を捨てて素手で殴りかかっていったのです。

「うぉ!?　マジかよおっさん達!?」

　まさかの素手での突撃に虚を突かれたジャイロ君でしたが、すぐに笑みを浮かべます。

「へへっ、根性あるじゃねぇの！」

　そう言うや否や、ジャイロ君は選手達の攻撃を回避しながら剣を鞘に収めると、自らも素手で戦い始めたのです。

「……って、なんでですかぁぁぁぁ!?」

　せっかく選手達の武器を破壊したのになんでわざわざ不利になるような事をしてるんです!?

「へっ、武器の力で勝ったなんて思われるのは癪だからな！　ちゃんと俺の実力を体に叩き込んでやるぜおっさん達!!」

「しゃらくせぇ！　大人の力ってやつを思い知らせてやんぞこのガキャアァァ!!」

　なんという事でしょう、試合舞台は一瞬にして酒場の乱闘に姿を変えてしまいました。

　さすがのジャイロ君も、武器を使わずにこの人数と戦うのは無謀で、何発も良いパンチを喰らってしまっています。

「っていうか、いつの間にか鎧まで脱いでる!?」

一体いつの間に!?

「ははは っ!　オラァァァッ」

「んなろぉっ!　ウラァッ!」

一発殴っては一発返され、一人殴っては一人殴られ、気がつくと乱闘はジャイロ君だけでなく、周囲の選手達同士でも繰り広げられていました。

そうして、選手達が一人、また一人と倒れていき、最後の五人になるまで減ったところで、審判の試合終了の宣言が鳴り響いたのでした。

「……本当に何やってるんですかジャイロ君」

「いやー悪い悪ぃ。ついノリでな」

なんとか勝ち残ったジャイロ君に回復魔法をかけながら苦言を呈すると、ジャイロ君はちっとも反省してない様子で謝ってきました。

「あ、悪ぃんだけどよ、あのおっさん達の怪我も治してやってくれよ」

と、治療が終わったジャイロ君が他の選手達の治療も頼んできました。

「いいんですか?　いままで敵だったんですよ?」

「別に殺しあってた訳じゃねぇから問題ねぇだろ?」

「……分かりましたよ」

ジャイロ君のこういう所、凄いと思いますよ。

喧嘩が終わったら、勝っても負けても何もなかったかのように相手に接するんですよね。

本人曰く「喧嘩してシロクロつけたから良いんだよ」って。

そういう人だから、僕達のリーダーなんてやってるんだろうなって、ちょっとだけ思います。

「おーいおっさん達！　怪我治したら飯行こうぜ飯！　美味い店教えてくれよ！」

……うん、ちょっと割り切り良すぎじゃないでしょうか。

◆王都の貴族達◆

「予選で凄まじい実力の選手が現れたらしい。剣の腕だけでなく魔法も操り、更には強力なマジックアイテムを所持していたとの事だ」

試合会場に送り込んだ刺客からの報告を聞き、我々は驚きの声をあげた。

「たった一人で数十人を相手に互角以上に渡り合うとは、よもやその者が龍帝なのでは？」

「まだ断定は出来ぬ。試合は始まったばかりだ」

「そうだな、旅の実力者の可能性もあるし、我等に敵対する勢力が送り込んだカウンターの可能性もある」

確かに、まだ大会は始まったばかりだ。

ここで断定するのは早計というものだろう。

「それとな、その選手実力者ではあったのだが、どうもお調子者でもあったらしい」

「お調子者？　どういう意味だ？」

「なんでも他の選手達の武器を破壊した後、何故かトドメを刺す事なく素手で全員と殴り合って決着をつけたらしい」

「「「はぁ!?」」」

なんでそんな事をしたのだその男は!?　バカなのか!?

「何でも、武器の力で勝ったと思われるのが気に入らなかったらしい」

報告書を読む同志が、理解に苦しむと言いたげに眉をひそめる。

その気持ちはよく分かるぞ。

せっかく有利な状況に立ったというのに、何故自らそれを捨てるのか。

きっとその選手はバカだったのだ。

それ以外に説明出来る理由が無い。

「まぁ……その男は龍帝ではないだろうな」

「うむ、そうだろうな」

常識的に考えて、そのような愚か者が龍帝であるはずもなかろう。

なにせ負けてしまったら元も子もないのだからな。

「ではその選手は龍帝候補から外す事にしよう」

「「「異議なし」」」

また一人、龍帝候補が減った瞬間であった。

第118話　驚異の新人達

◆リリエラ◆

次の予選試合に参加したのは、ミナとメグリ、それにリューネの三人だったわ。

自分達全員が呼ばれた事に驚きつつも、三人は互いの顔を見合わせて頷く。

それはチームを組もうという無言の目配せ。

そして審判の合図と共に、選手達が動き出した。

狙いはミナ、一目で魔法使いと分かる彼女に向かって選手達が襲いかかる。

「喰らいな！」

けれどあらかじめそれを察していたミナは、身体強化魔法で自身の肉体を強化すると大きな跳躍と共に包囲を脱出したの。

「な、なんですって!?」

「なんて身の軽さ!?　魔法使いじゃなかったの!?」

想定外の身軽さで包囲を突破したミナの姿に選手達が驚き、その注意が彼女に集中する。

でもそれがいけなかった。

「もらった」

「隙ありです！」

「「キャアァァァァッ!!」」

気配を消していたメグリと、ミナを狙うフリをしていたリューネがミナに意識を集中していた選手達に不意打ちを放つ。

よもやの不意打ちに、攻撃を受けた選手達は一撃で意識を刈り取られてしまったわ。

何気に実力者と分かる相手から先に狙うあたり、あの二人もなかなかエグいわね。

そして選手達の注意がメグリ達に移ると同時に、ミナが無詠唱魔法を発動する。

「サイドバースト！」

嵐のような突風を起こす風魔法が放たれ、選手達が場外へと吹き飛ばされていく。

ミナがこの隙を逃す筈がないと、あらかじめ分かっていたメグリとリューネは即座に左右に展開し魔法の直撃を回避、更に自らの武器を試合舞台に突き刺して吹き飛ばされないように踏ん張る。

ああ成る程ね。だからミナは殺傷力の低い風系の魔法を使った訳か。

そうして、ミナの魔法の効力が切れた後に試合舞台に残っていたのは、たったの三人だった。

……あ、運良く舞台の端にいた選手が三人いるわね。

その内の二人は……ああ、試合が始まる前に私達に声をかけてきた二人ね。

残り六人、さて最後の脱落者は誰かしら？

「……ええと、棄権します」

と思っていたら、残っていた三人のうちの知らない選手が、プルプルと震えながら顔を真っ青にして試合舞台から飛び降りちゃったの。

「あ痛っ！」

よっぽど慌てていたのか、降りた時に転んだみたいだけど、まぁ試合舞台との高低差は1メートル程度だから大した怪我じゃないわね。

「し、試合終了！」

ミナの魔法にド肝を抜かれた審判が我に返ると、すぐに試合終了の宣言をする。

「うん、まぁ予想通りの結果ね」

見れば試合舞台の上では、ミナ達がハイタッチをして予選通過を喜んでいた。

「まだ予選だから、油断しちゃだめなんだけどね」

とはいえ、その気持ちは分からなくもないわ。

初めての武闘大会だものね。

「さて、レクスさん達の方はどうかしらね？」

いやまぁ、レクスさんについては万が一にも心配はしてないんだけど、他の二人はちょっと心配よね。

「特にあっちの僧侶の子の方が……」

なにせあの濃いめのメンツで一番普通の子だもんね。

◆ジャイロ◆

「77番！」

「おっ、呼ばれたぜノルブ」

「う、うん」

審判に呼ばれたノルブは、緊張した様子で試合舞台に上がっていく。

ったく、ビビり過ぎだっての。

「なんだあのガキ、ガッチガチじゃねぇか」

「なんで僧侶が予選に参加してんだ？」

「さぁな、けどありゃ真っ先に狙われて脱落だろ」

「あのガキと戦う連中が羨ましいねぇ。実質ライバルが一人少ねぇのと同じじゃねぇか」

近くで他の選手達がノルブの事を笑ってやがる。

「分かってねぇなぁあのおっさん達」

そうだ、アイツ等はノルブの強さを全然分かっちゃいねぇ。

「試合開始！」

「おっといけねぇ、試合を見逃しちまうところだったぜ」

なにせこの試合は俺にとっても凄ぇ大事な試合だからな。

「ヒャッハー！　雑魚はさっさと退場しなーっ！」

「ヒィッ!?」

さっそく周囲の選手にノルブが襲われる。

相手の迫力にビビったノルブは固まって逃げれなくなっちまった。

そして選手達の武器がノルブに叩きつけられる。

「まぁ大丈夫なんだけどな」

「へへっ、チョロすぎるぜこのガ……キ？」

「な、何？」

ノルブを攻撃した選手達が、戸惑いの声をあげる。

「び、びっくりしたぁ～」

ノルブが安堵の声をあげる。

「なんだ？　アイツ等なんで攻撃を止めたんだ？」

近くで試合を見ていた連中は、ノルブへの攻撃が突然止まった事に首を傾げる。

「違うっての。攻撃を止めたんじゃねぇよ」

そう、選手達は攻撃を止めたんじゃねぇ。

選手達の攻撃は、ノルブの防御魔法に完全に防御されていたのさ。

「止まったんだよ」

「おーいノルブさっさと反撃しろ！」

「う、うん！」

俺が声をかけると、今が試合中だと思い出したノルブが手にしたメイスを振りかぶって目の前の大柄な選手に攻撃を仕掛ける。

「はっ、手前ぇ程度のガキのへナチョコ攻撃なんぞ通じごぼぁっ!?」

ノルブの攻撃を笑って受けた選手が吹き飛ぶ。

そしてその巨体が地面に落ちると、ビクビクと痙攣して気絶しちまった。

「す、すみません！　やり過ぎてしまいました！」

慌てたノルブが気絶した選手に駆け寄ると、すぐさま回復魔法を使う。

まぁ気絶しただけみたい、だから死んじゃいねーだろうけどな。

「……っ」

ノルブを狙ってた連中が困惑して一歩下がったけど、回復魔法に集中している今がチャンスだと思ったのか、もう一度一斉に襲いかかる。

「死ね化け物小僧っ！」

「え？」

全員の攻撃がノルブの脳天に叩きつけられる。

「こ、これならどう……っ!?」

今度こそやったと思った選手達の顔が情けなく歪む。

「な、何するんですかぁ～」

「ひぃぃぃっ!? なんで効かないんだぁっ!?」

ははは、アイツ等マジビビってやがる。

なにせノルブの装備は防御力特化型だって兄貴が言ってたからな。

ノルブは俺達みたいに素早く動くのが苦手だから、兄貴と相談して防御力を上げる方向で敵の攻撃を防ぐ事にしたらしい。

実際ノルブの属性は防御向きの地属性だった事もあって、身体強化魔法を使うと俺達の中で一番防御力が高くなる。

一見すると普通の僧服に見えるノルブの服だが、使っているのは各種ドラゴンの鱗の粉末とエンシェントプラントっていうデケェ木の魔物の樹皮を混ぜて繊維にした糸で作った特別製の服らしい。

……っていうか兄貴って服も作れるんだな。

マジでなんでも出来て凄ぇぜ兄貴は！

他にも防御魔法を上げるマジックアイテムやらなにやらも付いてる僧服は、ドラゴンのブレスにも耐えられるんだって兄貴は言っていた。

それこそマグマってのの中に入っても大丈夫なんだとか。

マグマってのが何なのかワカンねぇけど、兄貴が言うんだから凄ぇんだろうな。

「今度はこっちの番ですよ！　アースバインド！」

倒れた選手の治療を終えたノルブが魔法を発動すると、突然ノルブの周りの地面が波打ち始めて周りにいた選手達の足を掴む。

「な、なんだこりゃあ!?」

「いきます！」

ノルブがメイスを振りかぶり、危険を感じた選手達が逃げようとするが、足を掴まれた選手達は逃げる事に失敗してノルブの攻撃の直撃を受けて吹き飛ばされる。

そう、これこそ足の遅いノルブの為に兄貴が考えた必殺の戦い方、逃げれないように捕まえてから攻撃する作戦だ！

ノルブの魔法で足を封じられた選手達が次々とノルブのメイスに吹き飛ばされていく。

「あ、あのガキヤべェぞ!?」

ようやくノルブの強さに気付いた連中が他の選手を狙い始める。

ノルブと戦うくらいなら、他の選手を倒して予選通過の五人に選ばれた方がマシって思ったみたいだな。

「けど、ヤベェのはノルブだけじゃねぇぞ」

『……』

「うわっ!? なんだコイツ!? 素手でなんて強さだ!?」

向こうじゃ覆面をしたやたらとガタイの良い選手が素手で他の選手を摑んでは場外に放り投げている。

ってかマジで凄ぇ筋肉だなアイツ。

『はぁっ!!』

あっちじゃバケツヘルムの選手が二刀流で周囲の選手と互角以上に戦っていた。

「ちぇっ、俺もこっちの試合に出たかったぜ」

俺の試合は大した奴が居なかったけど、こっちは面白そうな奴等が一杯で羨ましいぜ。

「とくにあそこが凄ぇよな」

俺はノルブと一緒に戦っている選手達の中の四人目を見る。

ソイツは黒い鎧に黒い兜、黒い剣と黒いマントの全身黒ずくめの選手だ。

その選手の動きのキレは他の選手に比べると明らかに格上で、ソイツが動くとマントの裏地の赤色がまるで炎のようにはためいていた。

間違いなくアイツがこの中で一番強い。

「あーマジで俺も参加してぇ」

そして予想通り、試合はノルブと覆面にバケツヘルム、そして全身真っ黒な鎧の選手と最後にこれまた顔を隠した選手の五人が勝ち残った。

「つーか顔を隠した連中ばっかりだな。そういう格好が流行ってんのか？」

「これにて予選試合を全て終了とする！　本選は二日後！　それまでに選手はしっかりと準備を整えておくように！」

こうして、龍帝の儀と龍姫の儀の予選は無事に終わった。

さーて、本選が楽しみだぜ！

◆王都の貴族達◆

「龍帝の儀の予選が終わったそうだ」

タツトロンの町に忍ばせた部下からの報告を同志が告げる。

「それでどうなった？　龍帝の正体は判明したか？」

「いや、まだだそうだ」

「では龍帝が本選に参加してくる可能性は高いな。我等の刺客はどれだけが本選に参加出来たのだ？」

「……」

何故か同志が眉間に皺を寄せて黙りこくる。

「どうした？　何人が本選に参加出来たのだ？」

予選には大量の刺客を参加させた。

万が一予選で龍帝を始末出来なかった場合、本選に参加する選手を龍帝以外全て刺客で固める予定だった。

その為に腕利きの刺客ばかりを参加させていた。

万が一にも部外者が交ざらないようにな。

「……三人だ」

「何!?」

馬鹿な、少なすぎる！

「本選に参加出来た刺客は三人だけだ」

どういう事だ!?　龍帝の儀に参加した刺客は一流の訓練を積んだ精鋭ばかりだぞ!?

その刺客達がハンパ者の冒険者に負ける筈がない！

「予選にデタラメに強い選手が何人もいたらしい」

デタラメに強い選手だと!?

よもや龍帝を守る為に敵対派閥が兵を出してきたのか!?

だが連中の部下にそこまでの実力者は居なかった筈だ！

「それと……」

「それと？」

まだ何かあるのか!?

「予選に参加させた刺客の数が多すぎて、選手の割り振りがくじ引きになった。そしてたまたま我々が送った刺客達が同じ試合に参加することになった……」

「「オーゥ……」」

何という事だろう。

我等の送った刺客達は同士討ちでほぼ壊滅してしまったのだった……

第119話　暗躍する影と黒い鎧

◆？？？◆

夜の町を歩く者はほとんどいない。

いかに町の中とはいえ、治安は決して良くはないのだから。

魔物が襲わぬ代わりに、人間が人間を襲う。

「うぃーっ、ちーっと飲み過ぎちまったか。まぁ良い。試合前の景気付けだからな！」

酒場からの帰りか、覆面姿の男がフラフラと夜道を歩いている。

鍛え上げられた鋼のような肉体は、服の上からでもその脅威を我々に警告している。

だが、それも正常な判断力を持っていたらの話だ。

酒に酔ったその頭では、まともな判断は下せまい。

「行くぞ」

私は小声で部下に命じ、覆面の男を背後から一斉に襲った。

「うぎゃっ!?」

哀れ、男は一瞬で意識を刈り取られてしまった。

「よし、ではお前がこの男の代わりに本選に参加しろ」

「はっ！」

私は一番体格が似ている部下に今まで男が被っていた覆面を被ることを命じる。

「儀式が終わるまで眠らせておけ」

「承知いたしました」

殺してしまうと死体の処理が面倒だ。処分するところを見られたら厄介なことになるし、放置しておけば腐臭がしてくる。

それゆえ、儀式が開催されている間だけ眠らせることにした。

我等の姿を見られる前に意識を刈り取ったゆえ、素性を知られる心配もない。

「よし、このまま他の選手達も狙うぞ」

「「はっ！」」

我々は龍帝を暗殺しにきた特務部隊だ。

だが龍帝暗殺の為に龍帝の儀に参加したにも拘わらず、くじ引きの運がなかった事で仲間同士で戦う事となってしまい、たった三人を除いて予選落ちとなってしまった。

前代未聞の大失態である。

だが我々は諦めない。

予選落ちした我々は、試合に参加する選手達を闇討ちして、大会に出場する権利を手に入れることにしたのだ。

幸いにも、今大会では顔を隠して参加している選手が多かった。

「隊長、選手を襲撃した者達が返り討ちに遭いました」

「正体がバレるようなヘマはしなかっただろうな？」

「仲間の援護で逃亡に成功したそうです」

「ならば良い」

「それと、顔を隠している選手の一人はどこを探しても見つからなかったそうです」

「ほう？」

部下の報告に私は興味を示す。

「よほどの実力者か、それとも……」

ある可能性を考慮し、私は部下に命じる。

「その選手が龍帝の可能性が高い。姿を確認次第、人員を総動員して追跡せよ。手は出すな。どこに潜んでいるかを突き止める事に専念するのだ」

「はっ！」

私の命令を受けた部下が即座に行動を開始する。

「さて、それでは龍帝討伐を行うとしようか」

◆

「皆予選突破おめでとう！」

「「「「おめでとうっ!!」」」」

皆が飲み物の入ったコップを掲げて乾杯をする。

「危なげなく予選を突破出来たわね」

「まぁ当然の結果だな！」

「あんまり調子に乗ってると、あっさり負けるわよ！」

「おいおい、今の俺はSランクだって怖くねぇぜ！　目指すは優勝よ！」

「まったくこのバカは調子に乗っちゃって」

上機嫌なジャイロ君の様子に溜息を吐くミナさん。

でも予選を突破出来たからか、ミナさんも機嫌が良さそうだ。

「やりました！　予選突破です！　私、頑張りますよお父……師匠！」

リューネさんも予選突破出来た事で、興奮気味だ。

「それにしても、まさか僕達がこんな大規模な大会の予選を突破出来るなんて、思ってもみませんでしたよ」

「うん、レクスの特訓のおかげ」

ノルブさんが予選突破出来た事への驚きと興奮を飲み込むようにコップをあおると、メグリさんも同意しながらご機嫌で料理に手を伸ばす。

「いや、これは皆の実力だよ」

「さすがにそんな自惚れはしないわよ。あの頃のままの私達だったら、そもそもここに来る事すら出来なかったもの」

そんな事はないと思うんだけどなぁ。

皆の素質は本物で、僕はあくまで皆の成長を早めたに過ぎないんだけど。

「あー、それにしても早く兄貴と戦いてぇよ！　一体誰が兄貴の変装なんだ？」

「ふふ、それは秘密だよ」

そう、僕はこの大会に変装して参加していた。

元々僕は今度の人生で目立つつもりはない。

何故か大した活躍もしてないのに、Sランク冒険者に昇格してしまったのはもう仕方ないけど、こんな大会で優勝してしまったらそれこそ貴族達に目をつけられてしまう。

それじゃあ前世の二の舞だ。

だから龍帝の儀に参加する気はなかったんだけど、リリエラさんがある提案を僕にしてきたんだ。

「変装すれば良いのよ」

変装して名前を変えて参加すれば、観客や貴族に僕の正体がSランク冒険者のレクスだとバレないと。

確かにそれは良いアイデアだ。

参加を依頼してきたギルド長は難色を示したけれど、龍帝の儀が終わって僕達がこの国を出た後からなら、『実はSランク冒険者が参加していた』と公表しても良いと許可したら納得してくれた。

素性不明の謎の参加者の正体がSランクという話題なら、僕ではなく他のSランク冒険者かもしれないと思ってくれるからね。

大会に箔をつけたい運営側との妥協案さ。

「けどなんで僕達にまで内緒なんですか？　仲間なんですから、僕達には教えてくれても良いのに」

とノルブさんが自分達にまで正体を内緒にする理由が分からないと首を傾げる。

「そりゃアレだ。兄貴は俺達が本気で兄貴に挑めるようにわざと誰に変装したのか内緒にしてんだよ！　そうだろ兄貴！」

「成る程。確かにレクスの実力を知っている私達なら、レクスに勝てないと諦めてしまってもおかしくない」

「だからレクスはジャイロ達が臆さないように、私達にも素性を隠して参加しているのね」

「……そうそう、試合を勝ち抜いていけば、必ず戦えるさ」

……本当はそこまで真面目に考えてなかったんだけど……うん、そういう事にしておこう。

「うぉぉー！　絶対兄貴と戦ってやるぜ！」

◆ミナ◆

試合当日、会場は多くの選手で賑わっていた。

けど、それ以上に観客席の賑わいの方が凄いわね。

「いやー、凄い人だな」

「そりゃそうだろう。今回の大会には、あの龍姫様が参加してらっしゃるんだからな」

近くの選手達も、あまりの人の多さに驚いている。

実際、人が多すぎて立ち見の客がいるくらいだものね。

「そうだな、けど人が多いのは儀式の龍帝陛下役を決める為に、龍帝の儀が開催されるようになったからってのも大きいだろ」

「ああ、初の男が参加出来る大会だからな。賞金もとんでもない金額だしな」

毎年開催される龍姫の儀は、優勝者に賞金が支払われる事もあって祭りの目玉だけど、女性しか参加出来ない大会だったから、男が参加出来る龍帝の儀が開催されるとなって町の男の人達の間で大きな騒ぎになったらしいわね。

実際、予選じゃ普通の男の人達が沢山いたってジャイロ達も言っていたし。

といっても、魔物と戦ったこともない一般人じゃ、本当の意味での腕自慢が集まる大会を勝ち抜く事は出来なかったみたいだけど。

大会が二つになって男の人が参加出来るようになっただけでも十分凄い事だけど、町の人間が興奮している理由はもう一つあったのよね。

「なぁ、龍帝陛下が大会に参加されてるって本当かな？」

「ああ、ゴールデンドラゴン事件だな」

一ヶ月前、タツトロンの町が大量の魔物の群れに襲われたあの事件。

「実際に戦った連中が、生き残れたのが不思議なくらいだって話してたもんなぁ」

「まさかそんな危険な戦いの場に、あのゴールデンドラゴンが現れるなんてなぁ。しかも俺達を守るように戦ってくれたなんて信じられないぜ」

「そのゴールデンドラゴンの背中に、人が乗っていたんだってな」

実のところこの話は結構有名だったりする。

そもそもこの町の人達が初めてゴールデンドラゴンを見た日に、背中に人が乗っている事は確認されてたんだもんね。

あの時は日が落ちかけていたお陰で顔までは確認されていなかったのが幸いしたけど。

「ゴールデンドラゴンの背中に乗れる人間なんて、一人しかいねぇよなぁ」

「だな。龍帝陛下しかいないよな」

町の住人は龍帝が町を守る為にゴールデンドラゴンに乗ってやってきたと思っているみたい。

真実を知っている私達からすると、溜息の出るような話だけどね。

そしていつの間にか、その龍帝が今回の龍帝の儀に参加しているんじゃないかって噂が流れていたのよね。

全く誰がそんな噂を流したのやら。

「これより龍帝の儀、龍姫の儀を開催します！」

会場に司会の声が響く。

「本大会は、龍帝の儀と龍姫の儀を同じ会場にて同時に開催いたします。ただし試合自体は男女別に行われます」

まぁ当然よね。

龍帝の儀と龍姫の儀なんだから、ちゃんと男女を分けて試合をしないと、下手したら龍帝と龍姫がどっちも男やどっちも女なんて事になっちゃうかもしれないし。

「それでは龍帝の儀第一試合ティラン選手対サルバル選手の試合を開始します！」

◆

ティランと呼ばれた選手は、全身が黒い鎧に覆われたフルプレートの騎士で、サルバルと呼ばれた戦士は軽装の槍使いだった。

ティランは黒いフルプレートメイルに黒いマント、顔もフルフェイスの兜で素顔が見えないようになっているから、体のラインも分かりにくいし年齢も性別も分からないわね。

まぁ龍帝の儀に出ている以上男だとは思うけど。

「おおー、全身鎧で固めて、ガチガチに防御してんなぁ」

「随分と豪勢な鎧だな。貴族か？」

「コケおどしだろ。あんな目立つ鎧を着ている奴が有名にならない筈がない」

周りの観客達もティランの鎧姿を見てその正体を推測しているけど、ティランの実力には懐疑的みたいね。

町の人間が知らないって事は、この国の人間じゃないのかしら？

「この戦い、あのティランって選手が不利ね」

と、ティランを見つめながらリリエラが呟く。

「試合会場の狭さなら、硬い鎧で身を固めた選手の方が有利じゃないんですか？」

確かに、リューネの意見も一理あるわね。

「同じリーチでの戦いなら守りが固い方が有利ね。でも相手のサルバルは槍使いよ。ティランよりも遠くから攻撃出来る。彼は自分の武器の利点を考慮して軽装を選んだんでしょうね。常に相手と一定の距離を開けて、間合いの外から攻める戦法。シンプルだからこそ、実力で上回らないと対処は難しいわね。更に言うと、フルフェイスの兜は視界が悪いわ。間違いなくサルバルは兜の死角から攻撃してくるでしょうね」

成る程ね、サルバルは相手に攻撃させない為に動きやすさを優先しているのね。

けど実戦でそれをやるのは結構度胸がいるでしょうね。

なにせ軽装じゃ当たりどころが悪かったら死んじゃう訳だし。

魔法使いの私じゃ接近戦の装備の選び方とか実感が湧かないから、叩き上げのAランク冒険者の意見は参考になるわ。

「試合開始！」

審判の宣言と共に、サルバルは真横に跳ぶ。リリエラの推測通りティランの視界の外から攻撃する作戦みたいね。

「はっ！　こんな試合でフルプレートの鎧なんざ、無駄な重りでしかねぇぜ！」

サルバルは挑発を交えながらティランの背後に回り込む。

「喰らいな！」

そして走る勢いを活かしたまま、ティランの背中へと槍を突き立てた。

槍はティランの鎧と鎧の隙間へと突き立てられる。

その勢いはまさに電光石火。

「うわっ!?」

「きゃっ!?」

戦いに縁のない観客が、開始早々にもう凄惨な決着かと悲鳴をあげて顔を伏せる。

誰もがティランの敗北を確信した、その時だった。

「……なっ!?　馬鹿な!?」

なんと、背後から攻撃したサルバルの槍の刃先が、ティランの鎧に突き刺さる直前で静止していたの。

「攻撃が止まった?」

「なんで止めちまったんだ!?　そのまま突けば勝てただろうに」

「違うわ」

観客の疑問の声に、リリエラがボソリと否定の言葉を発する。

「止めたんじゃなくて止められたのよ」

それは事実だった。

サルバルの放った槍は、ティランが伸ばした二本の指に挟まれて、完全に動きを止められていたの。

「信じられない。指で槍を止めた……!?」

「どうやったらあんな事が……」

その光景に、メグリとリューネが目を白黒させる。

「くっ!? 動かん!?」

そしてティランが手を動かすと、それに引っ張られてサルバルがバランスを崩す。

その動きは、サルバルの重さを完全に無視していて、まるで彼が存在していないかのようだった。

っていうか、どんな力で引っ張ったらあんな事が出来る訳?

そしてティランはサルバルを槍ごと真上に放り投げると、サルバルが空高く舞い上がった。

「うわぁぁぁぁぁぁっ!」

「「「「えぇぇぇぇぇぇぇぇっ!?」」」」

投げ飛ばされたサルバルの悲鳴と、その様子を見ていた観客達の驚きの声が重なる。

そして空の上へと投げ飛ばされたサルバルの姿が、どんどん小さくなっていく。

「お、おいおい……一体どこまで上がっていくんだ!?」

「っていうか、あの選手大丈夫なのか?」

近くにいた観客が、今なお上昇し続けるサルバルの様子に困惑の声を上げる。

うん、その気持ち凄くよく分かる。

私達もレクスのやる事には毎回驚かされて……

「って、もしかしてあの選手……」

「「「おおっ!?」」」

と考え事をしていたら、空に舞い上がったサルバルがようやく落下し始めたみたいね。

「降りてきたぞ」

「あのまま雲の上まで飛んでいくかと思ったぜ」

サルバルの姿が少しずつ近づいてきたことで、そのまま消えてしまうんじゃないかと思っていた人達が安堵の声を上げる。

正直言って明らかにズレた安堵なんだけど、こんな光景を見せられたらそうなるのも無理はないわね。

「ところでさ、あれどうやって着地するんだ?」

ふと観客が疑問を口にする。

「え?　そりゃ普通に足から……あっ」

とそこで相手の疑問の意図に気付いたもう一人の観客が声を上げる。

「お、おい、あれヤバくねえか?」

うん、このままだと地面に着地したら落下速度で大変なことになっちゃうわよね。

具体的には卵を地面に落としたみたいな感じに真っ赤な血が……

「ってマジでヤバい!?」

事の重大さに気付いた私達は、どうするべきかと慌てる。

サルバルは私達みたいに魔法で空を飛ぶ事は出来ないだろうし、それにあのティランという選手、もしというか間違いなくそうだと思うんだけど、彼が私達の予想通りの人物なら、最悪サルバルが着地出来ない事に気付いていない危険性がある。

「こ、こうなったら舞台に乱入してでも助けるしか……」

自分達の試合前に目立ちたくはなかったけど、さすがにこれは仕方ないわよね。

「受け止めてっっ!!」

その時、リリエラが会場中に響く程の大きな声で叫んだ。

もちろんその相手は私達でも観客達でもない。

「っ!?」

リリエラに言葉を投げかけられた相手、ティランが動く。

ティランは落下してくるサルバルの真下へと移動すると、両手を広げて彼を受け止める準備をする。

「よかった、これなら……あっ、でもあんな高さから落ちてくる相手を受け止めて大丈夫なのかしら?」

あれだと受け止められたとしても二人ともタダではすまないんじゃないかしら？　少なくとも落ちてくる方が……

「……！」

と思ったら、突然サルバルの落下速度が目に見えて遅くなったの。

「なんだ!? 急に遅くなったぞ!?」

観客達が突然サルバルの落下速度が遅くなった事に驚きの声を上げる。

「もしかしてあれ……魔法?」

サルバルの落下速度が遅くなる瞬間、試合舞台に魔力が満ちるのを感じた。

おそらく彼が落下速度を下げるなんらかの魔法を使ったんだと思う。

「けどそんな魔法聞いたこともないわ」

多分あれは彼のオリジナル魔法。

そしてそんな魔法を使えるって事は、やっぱりティランの正体は……

ティランがサルバルを受け止めると、そっと地面に寝かせる。

サルバルは気絶しているらしく、ピクリとも動く気配がない。

「……っ」

ティランはすぐに片膝をついてサルバルの首元に手を当てて何かを確認する。

多分大怪我をしていないかとかを調べているんだと思う。

そして大丈夫だったのか、ティランが肩を動かすと、審判に向かって指で丸を作って生きている
とジェスチャーを送った。

「え、ええと……サ、サルバル選手気絶につき、勝者ティラン選手！」

「「「……」」」

審判が勝者を宣言したにも拘わらず、会場は静寂に包まれたままだった。

そして試合舞台から係員に運ばれるサルバルとティランの姿が会場の奥に消えると、ようやく緊張の糸が解けたのか観客達から溜息が漏れ始める。

そして……

「「「……な、なんだ今のぉぉぉぉぉぉぉぉっ!?」」」

ようやく現実を認識した観客達による驚きの声が、会場に木霊した。

「あれがレクスの変装ね」

「うん、間違いない」

変装していても分かりやすいわね。

というかよくよく考えると、レクスが戦えば変装していても一発で分かるに決まってるわよね。

普段でさえとんでもない戦いをしてるんだもの。

変装したって戦い方が変わる訳じゃないのは当然よね。

まぁ、あんな目立つ鎧姿で参加するとは思ってもいなかったけど。

普段は目立ちたくないなんて言ってたのに。

「……まさかあの鎧も自分で作ったなんて言わないわよね？」

第120話　龍帝を探す者達

◆リリエラ◆

「龍姫様ですね」

「いえ違います」

町を歩いていたら突然目の前に立ちふさがった人にそんな事を言われたので、私は即座に否定した。

「……」

まさか秒で否定されるとは思わなかったらしく、その人はあからさまに困惑の表情を浮かべる。

まぁでも龍姫じゃない私には関係ないわね。

私は無言でその横を通り過ぎると、宿へと向かう。

「ちょ、ちょっとお待ちください龍姫様！」

「だから私は龍姫じゃありません」

振り返る事もせずに私は切り捨てる。

「我々は、反龍帝派の貴族から龍帝陛下をお守りする為に、王都より来た者です。どうか龍帝陛下へのお目通りをお願いいたします！」

この人は何を言っているんだろう？

反龍帝派？　龍帝を守る？

正直言って面倒事の臭いしかしないわね。

「だったら龍帝陛下に直接言えばいいんじゃないですか？」

「それが龍帝陛下がどこにいらっしゃるのか我々には分からないのです。ですから龍姫様に謁見の仲介をお願いしたいのです」

どうしようコレ。

街中でドラゴンを倒した私は完全に龍姫としてマークされてるっぽいし、逃げても宿を探し出して押しかけてきそうだわ。

まったく、あんな目立つ場所で単独ドラゴン退治なんてさせたレクスさんに恨み言を言いたい気分だわ。

なんて言っても、問題は解決しないか。

しょうがない、とりあえず時間を稼ぐしかないわね。そして皆で相談しましょう。

覚悟を決めた私は足を止めると、後ろからついてきていた男の人を振り返る。

「私の一存ではお答え出来ません。仲間達と相談する必要がありますので、後日改めてお越しください」

「おお、ありがとうございます！」

いや、会わせるとは一言も言ってないんだけどね。

「じゃ、そういうことで」

とりあえず相手を待たせる事に成功した私は、これ以上の面倒事に巻き込まれない為に走りだした。

「あっ、お待ちください龍姫様！」

だから龍姫じゃないっての！

◆

「という訳で、王都の貴族が龍帝に会いたいみたい」

宿に戻った私は、皆を集めて事情を説明する。

「反龍帝派の貴族ねぇ。この国の貴族にも色々事情がありそうね」

とミナが呆れた様子で溜息を吐く。

ホント、勘弁してほしいわ。

「でも巻き込まれたら迷惑」

「メグリさんの言うとおりですね。貴族のトラブルに巻き込まれるのは正直危険です。最悪の場合は棄権してこの国を離れる事も考えないといけないのでは？」

ノルブ君の言うとおりね。

これまでは町の人間の勘違い程度だったけど、貴族まで絡んでくると厄介だわ。

「そもそも……」

とそこでメグリが口を開く。

「その人達が龍帝と思っているのはレクス。でもレクスを護衛出来る人間なんてどこにも居ない」

「ぷっ……確かにね」

「兄貴を護衛出来る奴なんている訳ねぇよな」

「ですね、寧ろレクスさんに護衛してもらった方が安全ですからね」

まぁそうよね。

レクスさんに護衛なんてそもそも無意味だし、更に言えばレクスさんが龍帝というのも大きな勘違いだわ。

「でも相手は龍帝が居るって思い込んでるのよね」

「「「「うーん」」」」

本当にこれは厄介だわ。

私達が龍帝なんて居ないと言っても、相手は居ると信じているから、私達が嘘を言っていると思うんでしょうね。

そもそも居ない龍帝、厄介な貴族のゴタゴタ、龍姫の儀と龍帝の儀への参加要請。

うーん、これはいっそ何もかも放り投げてこの国を出た方が良いかもしれないわね。

事情を話せばギルド長も儀式への参加を強要はしないでしょうし。

儀式への参加を諦めようと言おうとしたその時、今まで黙っていたリューネが手を挙げた。

「あの、それでしたら龍帝陛下は私達にも姿を隠しているという設定にしてはどうでしょう？」

「どういう事？」

「はい、王都から来た方は、龍帝陛下に仇なす貴族から龍帝陛下をお守りするつもりだとおっしゃっています」

「ええそうね」

「それはつまり、龍帝陛下もご自分に害をなす存在について感づいていると考えられませんか？」

ああ成る程、そういう事。

「龍帝は敵対派閥に自分の存在がバレないように身を隠しているから、私達も龍帝がどこにいるのか分からないと言い張ってしまえば良いって事ね」

「はい、その通りです。そして龍帝様、いえレクス師匠達は敵対する者達から本物の龍帝陛下をお守りする為の影武者として大会に参加しているという設定にしておくのです」

確かにそれなら存在しない龍帝に会わせる事が出来ない理由が出来るわね。

「分かったわ、それで行きましょう」

後は儀式が終わるまで上手く誤魔化せばＯＫね。

◆王都の貴族達◆

「龍帝派の者が龍姫と思われる娘と接触したようだ」

幾度目かの報告で、遂に龍帝派がタツトロンの町へたどり着いたとの報告が入った。

「それでどうなった？」

「監視していた部下の話では、龍帝は龍姫達にも自分の素性を明かしていないらしい。その為護衛をしようにも誰が龍帝なのか分からないそうだ」

それはまた、随分と思い切った事をするな。

「それだけ信頼出来る部下が居ないという事だろうな」

この国の貴族は龍帝が居ない事で利益を得ている者が多い。

そして利益を十分に享受出来ない者は、大した力を持たない下級貴族でもある。

つまり龍帝が味方として信頼するにはいささか頼りないという事だ。

「だがそれでは結局のところ、龍帝の正体は分からないままではないか」

「いや、龍姫に近しい者は皆龍帝の影武者らしい。龍帝候補が減る事は今後の調査に役立つ」

「やれやれ、結局地道に調べるしかないという事か」

「だがそれは龍帝派の連中も同じ事だ」

振り出しに戻った事で、溜息を吐く同志達。

「しかし、それは本当なのかな？」

「何がだ？」

同志の一人が疑わしげに眉をひそめている。

「龍姫が龍帝の正体を知らないという話だ」

「龍帝派に嘘をついていると？」

「貴公も先ほど言っていたではないか。信頼出来る部下が居ないと。龍姫は龍帝派が信用出来なかったからこそ、自分達は龍帝の正体を知らないとシラを切った可能性がある」

成る程、大した力のない龍帝派の貴族では、寧ろ足手まといになりかねないと判断したという事か。

「だが本人に聞いたところで教えてはくれんだろう？」

「ああ、だから龍帝本人に姿を現してもらうのだ」

「龍帝本人に？」

それはどういう意味だ？

「そうだ。龍姫を人質にとって龍帝を呼び出すのだ。さすれば龍帝とて姿を現すしかあるまい」

「成る程な。確かにそれなら龍帝も動かざるを得まい」

卑怯ではあるが、貴族の世界では日常茶飯事だ。

寧ろ貴族としてはそんな手に引っかかる方が悪いとすら言える。

「よし、その策を採用しよう！」

◆

「部下から報告があった」

数日後、龍姫捕獲の命令を受けた部下から報告が返ってきた。

「おお、どうだった！」

「……うむ、全滅した」

「……何？」

「全滅した。予選で敗退した部下達を総動員して龍姫を襲わせたが、返り討ちに遭ったそうだ」

「そ、それは敵も龍姫を狙われると考えて兵を配置していたという事か？」

だとすれば龍帝はこちらの動きを読んでいるという事か!?

「いや、龍姫一人にボコボコにされたそうだ」

「なに？」

いや、部下達を総動員したのだろう？

あの者達は我等の裏工作の為に働く腕利きだぞ？

それを数十人送ったのだぞ？

「……それは、本当に人間なのか？」

「多分人間だとは思うのだが……」

しかし現実として部下達は全滅してしまったらしい。

「くっ、どうする？　これでは龍帝の正体を探る事は出来んぞ!?」

「諦めるな！　まだ手段はある！　そうだ！　龍姫の関係者を狙うのだ！　いかに龍姫が化け物だろうとも、龍姫の関係者全員が化け物とは限らんだろう！　誰か一人でも龍帝の仲間を捕らえれば、龍帝をおびき出せるはずだ！」

「そ、そうだな。いくらなんでも全員が化け物な訳はあるまい」

何故だろう、皆とてもやる気になっているのだが、凄く嫌な予感がする。

◆

「全員に返り討ちに遭った……」

「「「全員化け物だったのかっ!!」」」

龍帝の部下は一体どれほどの手練れだと言うのだ!?

まさか逆に我々の方が誘い出されたとでも言うのか!?

「それと、部下達が自信を無くして辞表を提出してきた」

こうして、龍姫とその関係者を使って龍帝をおびき出す作戦は失敗に終わってしまったのだった

……

第121話　黒騎士とペット

「最近物騒になってきたわねぇ」

宿で食事を取っていたら、リリエラさんがそんなことを呟いた。

「何かあったんですか？」

「ええ、さっき試合の帰り道に盗賊に襲われたのよ」

「ええっ!?　大丈夫なんですか!?」

街中で盗賊に襲われたなんて大変じゃないか!?

「大丈夫じゃなかったら、ここにはいないわよ」

と、リリエラさんが何言ってるのと苦笑する。

はい、そうですね。

リリエラさんがここにいるんだから、無事なのは当然か。

「あー、俺達も襲われたぜ。いきなり囲まれて襲われたからよ」

「ジャイロ君達も!?」

「まぁ、俺達の実力なら盗賊なんざチョチョイのチョイだけどな！」

つまりジャイロ君達も無事に撃退した訳だね。

「私を襲った盗賊は衛兵に突き出したけど、そっちも襲われたとなると、結構規模の大きな盗賊団でも入り込んだのかしら？」

「もしくは複数の盗賊達が大会で浮かれる人達を狙ってやってきたのかもしれませんね」

「でもそれなら強盗よりもスリが増えるんじゃないかしら？　あんな大々的に強盗行為を行ったら、衛兵達が本気で盗賊狩りに乗り出すわよ？」

「あ、それもそうですね」

ノルブさんは盗賊達が儀式を見に来た客を狙って来たんじゃないかと推測するけれど、ミナさんからそれにしてはおかしいと否定される。

「多分儀式の参加者を狙ったんだと思う」

「俺達を？　なんでだよ？」

と、そこで、メグリさんが盗賊は僕達選手を狙ったんじゃないかと呟く。

「裏の連中が儀式の参加者達を使って賭け事をしてるんだと思う。それで一部の連中が自分達の勝たせたい選手を勝たせる為に他の選手を襲ってるんじゃないかと思う」

「「「「成る程」」」」

メグリさんの理にかなった推測に僕達は感心する。

たしかに前世でもそういった八百長事件はいくつもあった。

「私達は余所者だから、龍姫の儀だけでも十分番狂わせを招く邪魔者と言えるものね」

「とっとと衛兵に突き出して良かったわ」

うん、真剣な勝負をそんな理由で邪魔するなんて許せないよね。

「ええと……でもそれって龍帝陛下を狙う例の反龍帝派の仕業じゃないんですか？」

と、リューネさんが不安そうに口を開いた。

「ああ例の龍帝派の人が言っていた貴族達だね」

龍帝が復活すると色々好き勝手出来なくなって困るから、龍帝を殺してこれまで通り国を支配したい貴族達の集まりだっけ。

「うーん、でもそんな危険な連中なら、もっと強力な刺客を送ってくるんじゃないの？　簡単に撃退出来るような中途半端な刺客は送ってこないと思うよ」

そう、前世や前々世でも、貴族達の送ってくる刺客は厄介な連中が多かった。

寧ろ下手に数に頼ったりせず、とびっきりの腕利き達による少数精鋭で襲いかかってくるんだよね。

中途半端な強さの刺客は逆に足手まといだし。

実際僕もそういう刺客達をうまく利用して彼等を撃退していたからね。

「そうね、確かに私達でも軽く返り討ちに出来たくらいだし、貴族が送ってくるような危険な刺客には見えなかったわ」

「普通に裏仕事をする連中だったと思う」

「僕でも優位に戦える相手でしたからね」

「ま、どんな敵が来ようが俺にかかれば楽勝よ！」

うん、皆頼もしいね。

「そ、そうなんですか……」

リューネさんはそういうものなのかと首を傾げながらも納得をしてくれたらしい。

まぁ彼女はドラゴンと戦う為に修行していたから、普通の盗賊や刺客と戦った経験が少ないんだろう。

専門の訓練を受けた本物の刺客の実力は、盗賊なんかとは比べ物にならない厄介さだからね。

「ところでレクス師匠は襲われなかったんですか？」

とリューネさんが思い出したように尋ねてくる。

「うん、この宿に泊まっている事がバレないように、試合が終わったらすぐに姿隠しの魔法を使って姿を消して帰ってきたからね。運良く盗賊に襲われずに済んだよ」

「成る程、さすがはレクス師匠です！　姿が見えなければ盗賊も襲えませんもんね！」

「まぁ上位の探査魔法を使う相手にはバレちゃうから、油断は出来ないんだけどね」

「あー、それは心配しなくて良いんじゃないかしら？」

ともあれ、皆無事に帰ってこれて何よりだ。

でもリューネさんが心配する気持ちもよく分かる。

今後の事も考えて、刺客対策はした方が良さそうだね。

◆

『さて、それじゃあ今日も元気にいこうかな』

今日も龍帝の儀に参加する為に変装用の鎧を身に纏う。

『刺客対策の準備をしていたらちょっと遅くなっちゃったよ。早く試合会場に行かないとね』

いちいち鎧で正体を隠すのは面倒だけど、貴族が見にくる大会で目立たない為には必要な手間だ。

幸い、冒険者ギルドのギルド長は試合にさえ参加してくれれば、冒険者ギルドの守秘義務を行使して僕の正体は秘密にしてくれると約束してくれた。

そのお陰で僕も気楽に大会を楽しめるんだけどね。

『けど、やっぱり初開催の大会だと知名度が低いから、高レベルの冒険者さん達は来てないみたいだね』

高レベルの冒険者さんは危険な秘境や古代遺跡、それに強力な魔物との戦いで忙しいらしいから、突然大会の開催が告知されてもなかなか参加するのは難しいとギルド長が残念がっていた。

『僕が出会ったSランクの冒険者さんはリソウさん達四人だけだったけど、他の国のSランク冒険者さんにも会ってみたいなぁ』

いつか会えるといいいんだけどね。

今回は急遽開催された大会だからか、本職の冒険者さんの数は少なく、代わりに装備を調えた一般の参加者が多かった。

多分近隣の町や村からやってきたんだろうね。

募集期間が短かった割に、皆よく装備を揃えられたなぁ。

なかにはオーダーメイドらしき装備を用意してきた人達もいたし、この辺りはドラゴンの縄張りが近いから、近隣の住民も万が一の時の為には自分達で騎士団が駆けつけるまでの時間稼ぎが出来るようにと、武器や防具を揃えているんだろうね。

『おっと、そろそろ出かけないとね』

いつまでも考え事をしていたら遅刻しちゃう。

「キュウキュウ！」

さぁ出掛けようと思ったその時だった。

僕の足元にモフモフがしがみついていたんだ。

『どうしたんだいモフモフ？』

ご飯はさっきあげたから、オシッコかな？

「キュウ！」

モフモフは一声鳴くと、するりと鎧を伝って僕の肩に乗ってくる。

『もしかして、ついてきたいのかい？』

「キュッ！」

その通りと言いたげにモフモフが一鳴きする。

『駄目だよ。モフモフを連れて行ったら、僕の素性がバレちゃうからね』

普段変装なしでモフモフを連れ歩いているから、このまま連れて行ったら変装の意味が無くなっちゃうよ。

「ギュウ！」

肩に乗ったモフモフを下ろそうとしたら、モフモフが肩鎧に必死でしがみつく。

「ギュキュー！」

引っ張られてちょっと顔が面白いことになってるんだけど、モフモフは必死でそれどころじゃないみたいだ。

『とはいえ参ったなぁ』

無理やり剝がしたらモフモフを怪我させちゃいそうだし……

それに、大会中モフモフを一人にするのもちょっと可哀そうか。

『しょうがない。ちょっと待ってて』

ちょっと時間が厳しいけど、急いで行けば間に合うかな。

◆ノルブ◆

「レクスさん遅いですねぇ」

次の試合はティランという選手の試合ですが、実際には変装したレクスさんの試合です。

しかし相手選手はすでに来ているのに、レクスさんはまだ来ていません。

「なにかトラブルでしょうか？」

レクスさんだから身の危険の心配はいらないと思うんですが、レクスさんが遅れているという事は何かとんでもないトラブルが発生しているのではないかとちょっとだけ心配になってしまいます。

「そうだな、予選でもあのティランって奴はかなり強かったし、試合が始まる前に兄貴も間に合うといいな」

ジャイロ君もティラン選手の戦いが気になるらしく……

「って、えっ？」

「俺の見立てじゃああのティランって奴は相当な強さだ。だから是非とも兄貴と一緒にアイツの戦い方を見て、一緒に対策を立てたいぜ」

「……」

あ、あれ？　もしかしてジャイロ君ってティラン選手の正体がレクスさんと気付いていないんですか？

「兄貴といい、ティランといい、この大会は凄ぇ奴でいっぱいだぜ！」

……うん、まぁ、ジャイロ君が楽しそうならそれでいい……ですかね？

「そ、それにしてもティラン選手は遅いですね。このままだと失格になってしまうかも」

事実、試合舞台の審判はレクスさんが来ないのでそわそわとした様子で周囲を見ている。

このままだと本当に失格になってしまいますよ、レクスさん。

「ティランの奴来ねぇけど、もしかしてゴルマーにハメられたのか？」

「ゴルマーならありえるな」

と、近くにいた観客達が試合舞台にいる選手の事でなにやら不吉な会話をしています。

「なぁアンタ等、あのゴルマーって奴はヤベェのか？」

僕が疑問に思ったことを、ジャイロ君があっさりと聞きます。

この物怖じのしなさはすごいですねぇ。

「ああ、アイツの名はゴルマー。この町を縄張りにする裏社会の人間さ」

そう言って観客の方が視線で指し示したゴルマー選手は確かに後ろめたい空気を纏っていました。

「荒事が得意な奴だが、それ以上に卑怯な手が好きな男でな。アイツと敵対した人間は不自然なトラブルに襲われて酷い目に遭うんだ」

「それは……あまり仲良くしたくはありませんねぇ」

ええ、この人達が言う通り、危険な方なのでしょうね。

もしかしたら、僕達を襲った襲撃者はゴルマー選手の命令で動いていたのかもしれませんね。

けれど、その説明を聞いた僕は、ティラン選手がゴルマー選手の妨害にあって参加が遅れている訳ではないと確信しました。

ええ、間違いなく別の理由ですね。

とはいえ、それでも遅刻は遅刻。

これ以上は待てないと判断したのか、審判が試合舞台の中央に立ちました。

ああ、間に合いませんでしたか……

「ティラン選手が時間までに来なかった為、この試合……」

とその時、突然上空から何かが試合舞台に飛び降りてきました。

「な、何っ……!?」

現れたのは、黒い鎧の戦士、そうレク……じゃなくティラン選手でした。

「ようやく来やがったか！」

その姿を見て、ジャイロ君が嬉しそうに叫びます。

本当に、ギリギリですよレクスさん。

「あー……ティラン選手が間に合った為、これより第二試合を開始します。ティラン選手、今後はもっと余裕を持って会場に来てください」

審判に注意されると、レクスさんの扮したティラン選手が軽く頭を下げて謝罪しました。

そしてティラン選手が肩に乗った丸い物体に視線を向けます……ってアレは何でしょうか？

防具の割には視界が遮られて邪魔そうですし、なにより片側にしかありません。

「黒い金属製の……ボール？」

一体何なのかと首を傾げていたら、突然その物体が動き出しました。

それはティラン選手の肩でもぞもぞと動いたと思ったら、その体を伝って下に……あっ、落ちた。

ボールはそのまま転がって舞台から落ちそうになります。

『つっ！』

慌ててティラン選手がボールを捕まえると、優しく地面に置きます。

『キュッ！』

ボールからどこかで聞いた覚えのある鳴き声が聞こえたと思うと、隙間から生えた短い四本の足をチョコチョコと動かして試合舞台から離れていきました。

「あれってまさか……」

『キュッキュー！』

黒いボールが主人であるティラン選手を応援するように飛び跳ねます。

ええ、鳴き声はやっぱり……

「なにあれ可愛いー！」

「あの人のペットかな？」

「ご主人様を応援してるのね！」

と、周囲の観客達の興味が、ティラン選手の連れてきたボールに注がれていました。

「お揃いの格好でなんだか可愛らしいわね！」

「黒い鎧でちょっと威圧感あったけど、意外と動物好きなのかしらね？」

ああ、成る程、たしかにあのボールは色といい装飾といい、ティラン選手と同じと言えますね。

今まで待たされた観客達でしたが、すっかり愛嬌たっぷりに動く黒いボールに釘付けになってしまいました。

「あ、あー！　静粛に！　それでは第二試合ゴルマー選手対ティラン選手の試合を開始します。両者前へ！」

審判の声に会場が静かになり、ゴルマー選手とティラン選手が試合舞台の中央に立ちます。

ゴルマー選手は一対の短剣を、ティラン選手は黒く幅広なブロードソードを構えます。

「けっ、妙なペットで観客に媚びやがって。けどよぅ、試合じゃペットは助けちゃくれねぇぜ」

『……』

ゴルマー選手の挑発に、ティラン選手は無言で応えます。

「だいたいあのボールみたいな鎧はなんだ？　中身は豚か何かが入っているのか？　ちょっとは運

動させた方が良いんじゃねぇのか？」

『ギュッ！』

とその時、黒いボールが助走をつけて試合会場へと上がってきました。

そしてそのままゴルマー選手の前に立ちふさがり……ました？

「ああ？　なんだ丸いの？」

『ギユウゥッ！』

「はっ、もしかして馬鹿にされて怒ってんのか？」

『ギュッ！』

どうやら黒いボールはゴルマー選手に悪し様に言われて怒っているみたいですね。

「へっ、邪魔なんだよ。消えな黒いの！」

とゴルマー選手が足を大きく振り上げたかと思うと、勢いをつけて黒ボールを思いっきり蹴り飛ばしました。

『キユウッ!?』

「きゃあっ!?」

「酷い！」

周囲の観客達が黒いボールを蹴り飛ばしたゴルマー選手を非難します。

「ヒャハハハハッ！　あんまりにも軽いから蹴った感触がしなかったぜ！　こりゃあ町の外まで飛

んでっちまったかな!?」

ゲラゲラと愉快そうに笑ったゴルマー選手がティラン選手に向き直ります。

「なぁ飼い主さんよ、早く迎えに行った方が良いんじゃねぇか？　このままだと大事なペットが魔物に喰われちまうぜ？」

自分で蹴り飛ばしておきながら、ゴルマー選手は反省のかけらも見られない言葉を口にします。

けれどそれに対してティラン選手はゴルマー選手の挑発に乗ることも、蹴り飛ばされた黒いボールを助けに行こうという素振りすら見せませんでした。

「おいおい、ペットは見殺しかぁ？　酷いご主人様だねぇ」

『……』

けれどやはりティラン選手はゴルマー選手の挑発に乗ることはなく、ただ彼の足元を指差しました。

「なんだぁ？　俺の足がどうかしたの……か？」

そう言って自分の足元を見た瞬間、ゴルマー選手の笑みが凍りつきました。

「な!?　てめっ、なんで!?」

『キュウ』

そう、そこには先程ゴルマー選手が蹴り飛ばした筈の黒いボールが居たのです。

「っ!?」

黒いボールの鳴き声を聞いて我に返ったゴルマー選手が慌てて跳びのきます。

「どういう事だ!?　たしかに思いっきり蹴り飛ばした筈!?」

『キュッ』

黒いボールは一声鳴くとゴルマー選手にゆっくりと近づいていきます。

「「「……」」」

先程までゴルマー選手を罵倒していた観客達も、この状況には困惑のあまり言葉が出ないみたいです。

「くっ、また吹っ飛ばしてやるぜっ!!」

再びゴルマー選手が黒いボールを蹴り飛ばそうと足を振り上げたその時。

『ギュッ!』

黒いボールが突然弾けるようにゴルマー選手へと飛びかかりました。

「ぐはっ!?」

鳩尾に見事な一撃を喰らったゴルマー選手の体が宙に浮かびます。

しかしそれで終わりではありませんでした。

『ギュギュウッ!』

黒いボールは体を半回転させると、短い足でゴルマー選手を蹴り上げ、その体を更に宙へと浮かび上がらせたのです。

蹴る、浮く、蹴る、浮く、蹴る、浮く。

ゴルマー選手の体は地面に落ちる事なく、空中を踊るように浮かび上がっていくではありませんか。

『キュウウーッッ!!』

そしてゴルマー選手の体が家の屋根よりも高い場所まで上がると、黒いボールはその更に上へと飛び上がり、稲妻のようなキックでゴルマー選手の体を地面へと蹴り落としました。

そして土煙が止むと、そこには試合舞台の床石にめり込んで気絶したゴルマー選手と、その上でキックのポーズを維持したまま大きく息を吐きながら佇む黒いボールの姿がありました。

「「「……」」」

観客達もまさかの展開に言葉もありません。

『ギュフゥ……』

そして大きく息を吸い込むと、黒いボールはゴルマー選手の体から飛び降り、ティラン選手のもとへと戻っていきました。

「「「はっ!?」」」

その光景を見てようやく我に返った観客達のどよめきが試合会場を包み込みます。

「……お、おい、ゴルマーの野郎やられちまったけど、どうするんだこれ？」

「ティランの勝ちなのか？」

「いや戦ったのはペットだろ？」

「どうするんだ？」

観客だけでなく、審判達もどうしたものかと困惑しています。

そんな時でした、ティラン選手がゴルマー選手へと手をかざします。

『ディスタントハイヒール』

僕の知っているあの人とは違い、重く落ち着いた声が響いたかと思うと、ゴルマー選手の体を優しい光が包み込んでいきます。

「なんだ？　ゴルマーの奴が光ってるぞ!?」

光は瞬く間にゴルマー選手の傷を癒してしまいました。

「おおっ!?　ゴルマーの傷が治っちまったぞ!?」

「ティランがやったのか!?」

「戦士だと思ったら、回復魔法まで使えるのかアイツ!?」

「呪文を唱えた気配がなかったぞ!?」

「魔力の流れすら感じなかった、どうやって魔法を発動させたんだ!?」

観客だけでなく、選手達もティラン選手の使った回復魔法に驚きの声をあげます。

本当に、初めてあの人の魔法を見ると、なまじ魔法というものを知っているだけに驚かされるんですよね。

「う……うう」

そして傷の癒えたゴルマー選手が、軽いうめき声をあげながら目を覚ましました。

「お、俺は一体……？」

記憶が混濁しているのか、ゴルマー選手は自分が何故意識を失っていたのかを思い出せないみたいです。

まぁ思い出せないのも仕方ありません。

もしかしたら本能が思い出したがらないのかもしれません。

と、そんなゴルマー選手の前に、黒いボールが再びやってきました。

『キュッ』

そして挨拶でもするかのように前足をあげて一鳴きします。

「……」

黒いボールを見たゴルマー選手の動きが止まります。

「…………っ」

そして身体中から脂汗を流しながら顔を真っ青にして震え出しました。

『ギュウン？』

ポンッ
「ギャアアアアアアアアアッ!!」

黒いボールに触れられた瞬間、ゴルマー選手は弾かれるように立ち上がると、悲鳴をあげて転げまわりながら試合会場を飛び出していってしまいました。

「ま、待ちなさいゴルマー選手！」

審判達がゴルマー選手を呼び止めますが、恐怖に支配された彼は審判達の制止の声を無視して飛び出していってしまいました。

そして残された審判達は、ゴルマー選手が居なくなった事でこれはどうしたものかと困惑しながら相談を始めます。

「ティラン選手のペットが原因なのでティラン選手を失格にするべきでは？」

「いや、あれはゴルマー選手がティラン選手のペットを侮辱した事が原因でしょう。そもそも先に手を出したのも彼の方です」

「どのみちペットに負けるようでは試合を続けさせる意味はないでしょう」

「いやあれはどう見ても普通のペットとは思えませんが……」

「「「いやまぁ……」」」

そしてしばらくすると結論が出たのか、審判の一人が試合舞台の中央へとやってきます。

「第二試合はゴルマー選手の試合放棄とみなし、ティラン選手の勝利とします！」

まぁ相手選手が逃げてしまった以上、仕切り直しも出来そうにありませんから妥当な結論ですね。

「あーあ、結局あの黒い野郎の戦いが見れなかったぜ」

「あー、それは残念でしたね」

「しっかしあの黒丸いのも強ぇなぁ」

結局ジャイロ君はティラン選手の正体に気付かずじまいでしたね。

あんなに分かりやすいペットまで付いてきたのに……

◆

うーん、どうしてこんな事になっちゃったんだろう……

モフモフがどうしてもって付いてきたがったんで、正体がバレないように速攻でモフモフ用の鎧を作っていたら危うく失格になっちゃうところだったんだよね。

ただそしたら相手の選手がモフモフと喧嘩を始めちゃって、モフモフにボコボコにされちゃった。

慌てて治療はしたんだけど、何故かゴルマー選手は飛び出していっちゃったんだよね。

本当に一体どうしたんだろう？

それに……なんであの人はモフモフに一方的に倒されちゃったんだろう？

わざわざモフモフに喧嘩を売るような真似までしたのに。

……はっ!?　まさかあの人は実はもの凄い動物好きだったんじゃ!?

だからモフモフを相手に反撃する事も出来なかったのか!?

最初のモフモフへの攻撃も全然本気には見えなかったし、きっとモフモフが僕らの戦いの余波で怪我をしないようにわざと怖い人のフリをして追い払おうとしたんじゃないかな。

実際、あの程度の蹴りでモフモフに着せた鎧が壊れる筈もないし。

ただ遊んでもらえると思ったモフモフがはしゃいで戯《じゃ》れついたのがいけなかった。

きっとこれじゃあモフモフを巻き込んじゃうからって思って、試合を放棄したんだろうね。

前世の知り合いに、もの凄い強面だけど無類の動物好きが居たけど、なんとなくその人の行動に似ていたからきっとそうだ。

うーん、それにしても本当に悪い事をしちゃったな。

あの人しきりにモフモフの事を心配していたし。

今度出会ったらお詫びに思う存分モフモフをモフらせてあげよう。

うん、そうだ、それがいい！

そうと決まれば試合も終わった事だし、さっそくモフモフを連れてゴルマー選手に会いに行こう。

ええと、モフモフはっと……

僕はさっきまでそこにいたモフモフを探す。

すると……

『キュキュー！』

「可愛いーっ！」

「ほらほら、これもお食べ」

『キュー！』

「お前強かったんだなぁ！」

『キュッ！』

「あの野郎をぶっ飛ばしてくれてスッキリしたぜ！　ほらこれも食いな！」

『キュウウ！』

　モフモフは興奮した観客達から餌をもらって大喜びだった。

　成る程、その為についてきたがったんだね。

　まったく、ちゃっかりしてるなぁ。

「鎧からはみ出た足で必死にご飯を掴むの可愛いー！」

『キュキュ！』

　貰った食べ物を食べるのに夢中になっていたら、モフモフが鎧の丸さでクルンとひっくり返ってしまった。

　普段の姿も丸いけど、あれは毛皮だから見た目よりはちゃんとバランスよく地面に接触するんだよね。

　でもあの鎧は丸いから、手足を食べ物を掴む為に使っちゃうと簡単に転がっちゃうみたいだ。

　これは構造的な欠陥だなぁ。

「やだ可愛いー！」

けどお客さんにはそれが好評みたいだね。

とはいえ、いつまでも放っておく訳にもいかないか。

僕はご飯に夢中になっているモフモフを抱えると、会場から出て行ったゴルマーさんを探しに向かうのだった。

『モキュモキュ』

やれやれ、まだ食べてるよ。

ゴルマーさんも心配していたし、そろそろダイエットをさせるべきかなぁ？

第１２２話　疑惑の正体

今日の試合も終わり、僕は気分転換に町を散策していた。

龍姫の儀と龍帝の儀が開催されているタットロンの町は、客目当てに用意された沢山の出店も相まって、まるで祭りのように賑わっていた。

というか、龍姫の儀自体がこの町のお祭りなんだっけ。

「うーん、さすがに都会のお祭りは賑やかだね」

故郷の村の祭りは小規模な事もあってささやかだったからなぁ。

この光景を見られただけでも、外の世界に出てきて良かったかもね。

「けど、素直に楽しめないのは良くないなぁ」

前世でも馴染んだ感覚を背中に受けながら、僕は路地裏に入っていく。

◆

「……居ない!?」

路地裏にやってきた人影が、先に入っていった人物の姿がどこにも無い事に慌てる。

「はい動かないでくださいね」

路地裏に入った瞬間、近くの建物の屋根に飛び乗って隠れた僕は、追ってきた人物の背後に音もなく着地してその背中に鞘の付いたナイフを押し当てる。

「っ!? ……い、いつの間に!?」

うーん、殺し屋にしては迂闊だなぁ。

てっきり八百長試合関連で僕達を襲ってきた裏社会の住人かと思ったんだけど。

「なんで僕を尾行していたんですか?」

「……」

答える気はないか。

じゃあ別にいいや。

「分かりました。では衛兵に突き出す事にしますね」

「っ!? ま、待ってください!」

衛兵に突き出すと言われ、慌ててこちらへ振り返ろうとするけど、僕は背中に押し当てたナイフを軽く押して脅す。

「動かないでと言ったでしょう? 後ろめたい事をしているのなら衛兵に突き出します。違うのなら理由を説明してください」

「ち、違うのです、私は貴方に害をなす気はありません」

うーん、だったらなんで尾行していたのって話なんだけどね。

「私は龍帝陛下をお守りする為に来た龍帝派の者です」

「龍帝派？」

ええと、確か龍帝派っていうと、リリエラさんに接触してきたこの国の貴族だったよね。

ただ派閥としてはあんまり強くないいんだっけ。

僕は龍帝派と名乗った尾行者から離れると、こちらを向いて良いと許可を出す。

龍帝派の人は、こちらを刺激しない為か、ゆっくりと振り返る。

うん、意外に若いなぁ。

尾行が甘かったのも、弱小の貴族派閥ゆえの人材不足なんだろうね。

というか、この人見覚えがあるような……

「あっ、この間リリエラさんに接触してきた人」

そうだ、この人はリリエラさんを龍姫と勘違いして、龍帝に会いたいって言ってきた人だ。

「はい、私の名はバキン・ワッパージ。爵位は騎士爵です」

「騎士爵？」

え？　まさか貴族だったの!?

こういうのって普通家臣がやる事なんじゃ……

騎士爵は貴族の中で一番爵位が低いけど、それでも家臣がいない訳じゃない。

なのにわざわざ当主本人が尾行をしていたなんて。

もしかして龍帝派ってかなり弱小派閥なんじゃぁ……

「ええと、貴族の方が何故尾行を？」

うん、さすがに不安になってきたぞ。

「お恥ずかしながら、このタツトロンの町に来るまでに反龍帝派の妨害で同志も部下も脱落してしまいまして。たどり着いたのはこの私だけなのです」

「それってもう内乱じゃないですか!?」

いくら派閥争いとはいえ、自国の貴族を皆殺しにするなんて内乱以外の何物でもない。

っていうか、もう派閥争いなんてレベルじゃないよ!?

「ああいえ、さすがに死者は出ていません。下級とはいえ貴族に死者が多数出てしまえば、他国の者達が龍帝陛下の即位に協力するという名目で介入してくる可能性が出てきますから。いかに上級貴族達といえど、他国の介入を許すような強硬手段に出る事はありません」

成る程、せっかく龍帝が居ないのを良いことに好き勝手にしているんだから、やりすぎて逆に龍帝が即位しやすくなるようなヘマはしないって事だね。

「とはいえ、我等としても龍帝陛下の即位の為に他国に借りを作りたくありません。事が大きければ大きいほど、後々の国家間交渉で弱みになりますからね。まぁそのおかげで双方に共通の利害関係が発生して、私がタットロンの町へたどり着くことが出来たのは皮肉としか言いようがありませんがね」

運良く相手の弱みにつけ込めたおかげでこの町までたどり着けた事が情けないと、バキンさんは自虐的に笑う。

「それでバキン……様。話を戻しますけど、貴方は何故僕を尾行してきたんですか？」

結局この話題に戻るんだよね。

リリエラさんは龍姫と勘違いされているから分かるんだけど、僕はただの仲間だからね。

バキンさんも姿勢を正してこちらを見つめてくる。

「では改めてレクス殿……いえレクス様。貴方様に聞きたいことがあります」

レクス様？　貴方様？

なんで貴族の人が僕を相手にかしこまるの？

なんだか嫌な予感がしてきたぞ……

「レクス様、貴方は……貴方様こそが龍帝陛下なのではないですか!?」

「……はぁ!?」

ええ!?　なんで!?　なんでそうなるの!?

僕がゴールデンドラゴンを従えた事を知っているリューネさんならともかく、なんでバキンさんがそんな結論になる訳!?

「ええっと……何故そうなるんですか？」

僕は努めて冷静にバキンさんに理由を尋ねる。

「はい、それはレクス様が龍帝の儀に参加していらっしゃらないからです」

「えっ？　えっ？　何故それで僕が龍帝だと？」

うん、全然分からない。

龍帝が自分の存在を知らしめる為に龍帝の儀に参加するって理由なら分かるけど、参加してないから龍帝？　なんで？　普通逆じゃないの!?

「レクス様、龍姫様を始め、龍帝陛下の護衛の皆様は全員が儀式に参加されております」

「ええ、そうですね」

「ですが貴方様だけは儀式に参加しておられません」

「それはまぁアレですよ。全員が儀式に参加していては、何かあった時に対処出来ない危険性がありますから」

「ええ、私もそう思っておりました」

だったらなんで？

「龍姫様に龍帝陛下との謁見を断られた後、私は独自に龍帝陛下を探す事にしました」

「そ、そうなんですね」

まぁそれは当然だろうね。

会わせる事が出来ないからって、それで諦める訳にはいかないだろう。

「しかし町の中を闇雲に探しても、龍帝陛下にお会いする事は出来ませんでした」

うん、そもそも龍帝なんて居ないもんね。

「それで失礼ながら私はあなた方を見張る事にしました。あなた方と龍帝陛下が接触するのではないかと考えて」

うーん、それもまぁ……分かるかな。僕達が龍帝が誰か分かんないって言っても、龍帝派の人達が信じるとは限らないもんね。

「しかし皆様が龍帝陛下と接触する様子は全くありませんでした」

うん、何度も言うけどそもそも龍帝と僕達の間に接点なんて無いもんね。

「しかし、その中で一人だけ情報を探ることすら出来ない方が居たのです」

え？

「それがレクス様、貴方です」

「ええと、それって一人で調べているから手が回らなかっただけなのでは？」

だってバキンさんの仲間は反龍帝派の妨害でリタイアしちゃってるみたいだし。

「ええ、ですから冒険者ギルドで低ランクの冒険者を雇って、町中に密偵として配置しました」

「ええっ!?」

冒険者さんを雇った!?

「低ランクとはいえ、街中で見張りをさせるだけなら問題ありませんからね」

しまった！　まさか冒険者さん達に見張りの依頼をするなんて思わなかったよ！

っていうか僕もその依頼やってみたかった！

大剣士ライガードのパンと牛乳の物語みたいでカッコよさそう！

でも物語の中でライガードが、暗躍する悪党の尻尾を摑む為に、何日も張り込みをして証拠を摑むっていう話なんだけど、ちょっと地味な内容だから人気はイマイチなんだよね。

でも物語の中でライガードがパンと牛乳を食べるくだりがとても美味しそうなんだよね。

あと犯人を捕まえた時の「剣で戦うだけが冒険者の仕事じゃねぇんだぜ坊主」っていうライガードのセリフが渋くて、地味だけど熱心なファンが多いんだよね。

……いやそうじゃない、そうじゃないよ。

「冒険者からの報告で、貴方様はある選手が試合をする時だけ、宿から出られない事を確認したのです。しかし何故か外出していないはずの貴方様が龍姫様達と食事をしている姿を、別の場所に配置した複数の冒険者達が確認しているのです」

「……」

し、しまったぁぁぁぁ！

こ、これはやらかしちゃったよ。

試合後に皆と食事をする為に合流した時にバレちゃったのかぁ。

うーん、これは困った事になったぞ。

「レクス様、貴方様は変装をして龍帝の儀に参加していらっしゃるのではないですか？」

まずいなぁ、バキンさんは完全に僕を龍帝だと勘違いしているよ。

これはなんとかしてごまかさないと。

◆

「それは面倒な事になったわね」

あの後、なんとか理由をつけてバキンさんから逃げた僕は、皆を集めて事のあらましを説明していた。

「まさかバキンさんがそんな理由で僕を疑うとは思ってもいなかったよ」

「とはいえ、確かにレクスさんだけがどこにいるのか分からないのでは、疑われるのも仕方ないですね」

「いっそ兄貴が誰に変装してんのか教えちまったらどうだ？」

「無意味だと思う。今更レクスの正体を明かしても、レクスが素性を隠して参加している事を疑われる」

ジャイロ君の提案を、メグリさんが無意味だと却下する。

「逆にそれこそがレクスに皆の注意を引きつける為の策だと言ってみるとか？」

「それも今更よね。寧ろそれなら何故最初に教えてくれなかったんだって話になるもの」

うーん、上手くいかないなぁ。

「となると次善の策は、僕達の誰かがレクスさんの代わりに変装して試合に参加する、でしょうか？　レクスさんがいる状況で他の覆面選手が全員試合に出れば、あの人もレクスさんはシロだと認めると思います」

やっぱそれしかないかな。

となると、試合を代わってもらう為に皆には僕が誰に変装しているのかを明かさないといけないね。

「じゃあティランの試合にはジャイロ達に変装して出てもらうことにしましょ」

「うん、よろしく頼……って、え!?　なんで知ってるの!?」

「「「「何を今更」」」」

えーっ!?　もしかして僕の変装、バレてたの!?

「え!?　ティランって兄貴の事だったのか!?」

あっ、良かった、ジャイロ君にはバレていなかったよ。

変装がバレていた事は凄く驚いたけれど、ともあれこれならなんとかバキンさんをごまかせそうだ。

……と思ったんだけどその目論見はあっさり崩れ去ってしまった。

「だめだ、俺すぐ次の試合だからこっちの試合出れねぇわ」

「僕もその前の試合なので、入れ替わるのは無理ですね」

なんとジャイロ君とノルブさんは、前後の試合の関係で変装が難しい事が判明してしまったんだ。

「そうなるとリリエラ達に参加してもらう？　さすがに魔法使いの私じゃ接近戦になった時にボロが出そうだし」

ミナさんは自分が魔法使いである事を理由に代理が難しいと告げる。

「うーん、私じゃティランの鎧は胸がつかえるから無理ね」

「あーそっか、それじゃどっちみち私も無理ね」

とリリエラさんが鎧の構造の問題で身代わりが難しいと辞退する。

「くっ、これだから与えられた者は！」

「嫉妬していいですか龍姫様!?」

何故かメグリさんとリューネさんがものすごい殺気の籠った眼差しでミナさんとリリエラさんを睨んでいる。

「とはいえ、私もスケジュール的に無理」

「す、すみません。私も無理っぽいです、あと師匠とは身長の問題で難しいかと」

なんて事だろう。メグリさん達も試合スケジュールの問題で無理だと判明してしまった。

「キュッ！」

とその時、モフモフが僕のズボンの裾を引っ張る。

「キュキュウ！」

モフモフはまるで自分にまかせろと言わんばかりに自らを指差して一鳴きした。

「いやお前は無理だろ」

「手足の長さが全然足りないものねぇ」

あー、うん。そうなるよね。

「モフモフじゃせいぜい兜に収まるくらいだろうなぁ」

「いっそ鎧をヒモでくくりつけて引きずればイケる？」

「それただの怪談じゃないの。兜に引っ張られて鎧が這いずってきたら、町の僧侶が総動員でターンアンデッドかますわよ」

「というかさすがにそれを師匠の変装と認めてもらうのは無理かと……」

「……いや、ありかも」

「「「「へ？」」」」

うん、メグリさんのアイデアはありだと思う。

「ありがとうございますメグリさん。それ、使えそうです」

「え？　本気？」

「はい！　本気です！」

よし、それじゃあさっそく準備をするぞ！

「何かとんでもない事が起こる予感が……」

「しますねぇ……」

◆バキン◆

私は困惑していた。

私は今、龍帝の儀を行う会場の観客席にいるのだが……

問題は隣の席に座っている方だ。

「もうすぐティラン選手の試合が始まりますね」

「え、ええ」

そうなのだ、私の隣にはレクス様の姿があったのだ。

だが私の調査ではティラン選手の正体はレクス様の筈だ。

それともティラン選手の正体はレクス様ではなかったというのか!?

「「オオォォォォォォォォォッ！」」

周囲の観客達が声を上げる。

見れば試合会場には三つの影。

一つは審判、そして残り二つはこれから試合を行う二人の選手の姿だ。

一人は長剣使いのカティン選手、そしてもう一人は、黒い鎧を纏ったティラン選手だ。

「うわー、二人とも強そうですねぇ。どっちが勝つんだろう?」

隣に座るレクス様は、これから始まる試合を楽しげに見つめている。

見張りにつけた冒険者達の報告で、龍姫様達が控え室や別の席にいる事は確認してある。

それゆえ、あの方達がティラン選手に入れ替わる事は不可能だ。

「……」

「それでは、試合開始!」

そうこうしている間に、ティラン選手とカティン選手の試合が始まる。

そして試合はあっさりと終わった。

結果はティラン選手の圧勝だ。

ティラン選手は向かってきたカティン選手の攻撃を紙一重で回避すると、まるで踊るかのような
流麗な動作で相手の背後に回り込み、一撃で意識を刈り取った。

あまりにも自然な流れに、試合場の誰もが勝負が決した事に気付かないでいた。

審判ですらいまだ気付かずにその光景を眺めている。

『……』

ティラン選手はゆっくりと審判に近づくとその肩をポンと叩き、倒れたカティン選手を指さす。

「はっ!?」

そして我に返った審判がカティン選手の状態を確認すると、すぐに手を振る。

「カティン選手戦闘不能により、ティラン選手の勝利！」

「「「お……おぉぉぉぉぉぉぉぉっ!?」」」

文字通りの瞬殺に、会場が沸き立つ。

今回の試合はこれまでのティラン選手の試合の分かりやすい異常さと異なり、極々普通の戦いであったがゆえにその凄まじさが際立っていた。

まさに格の違う戦いだ。

ただ強いだけではない、あれは間違いなく武術に人生を賭けてきた者が積み上げてきた技術の結晶だろう。

30……いや40年だろうか？　どれ程の情熱を以て鍛錬を積めばあそこまで美しく、いやあの技術はそんな安易な言葉では言い表せない。

自然、そう自然なのだ。

ただ歩くかのように、手を伸ばすかのように、武器が体の一部であるかのように自然に動いていたのだ。

それも武器の使い手の認識がではない、それを見ている他者の目が武器を武器と認識出来なかったのだ。

「これが武術の極みというものか……」

はっきりと分かった。

レクス様はティラン選手ではない。

龍姫様と共に行動している以上、レクス様も強いのだろう。

だがティラン選手は……あの御仁の強さは格が違った。

レクス様を軽んじる訳ではない。

ただ、積み重ねてきた時間の重みが違うのだ。

どれだけ才があろうとも、時間によってしか熟成しない物事というものは確かにあるのだ。

「これは、龍帝陛下探しはやり直しだな」

だが、私は確信していた。

龍帝陛下の正体はレクス様ではなかった。

私の視線は試合舞台に佇む黒き鎧の戦士に吸い寄せられる。

龍帝となる者はこの国で最強の竜騎士。

そして竜騎士になる為には、ドラゴンを倒してその力を認めさせなければいけない。

最強の、ゴールデンドラゴンを倒す程の力を。

「あの強さ、間違いない。貴方が、貴方様こそが、龍帝陛下だったのですね」

そう、ティラン選手こそが龍帝陛下その人なのだと、私は強い確信を抱いたのだった。

◆

「で、あれって一体何をしたの？　誰か別の冒険者でも雇ったの？」

試合が終わった後、僕はリリエラさん達にティランの正体は誰なんだと詰め寄られていた。

うーん、試合前はバキンさんに詰め寄られて、試合が終わったら皆に詰め寄られるかぁ……

「あの凄ぇ戦い方、アイツは一体誰なんだよ兄貴!?」

「あれだけ鮮やかな戦い方は見た事がないわ。少なくともAランク冒険者じゃ無理ね」

「という事はSランク冒険者の方ですか!?」

リリエラさんの推測にリューネさんが驚きの声を上げる。

「確かに、Sランクの冒険者と言われれば納得ですね」

なんだか皆ティランの正体をSランク冒険者だと勘違いしちゃってるよ。

まぁ、ある意味Sランク冒険者なんだけどね。

「いや、あれは誰かに代わってもらった訳じゃないですよ」

「え？　でもレクスさんは疑いを晴らす為にバキンさんと一緒に居たんでしょ？」

「はい、その通りです」

「じゃあやっぱりティランは別人なんじゃない。一体あの鎧の中身は誰なの？」

うーん、これは直接見てもらった方が早いかな。

「皆後ろを見て」

「後ろ？　……って、ええっ!?」

僕に促されて後ろを見た皆が、そこにあった光景に目を丸くする。

「ティラン!?」

そう、そこには黒い鎧のティランが立っていた。

「いつの間に部屋の中に!?」

『……』

驚く皆に対し、ティランは無言だ。

まぁ喋る訳がないんだけどね。

「兜を外して」

そう命じると、ティランは無言で自分の兜に手を伸ばす。

そして中から現れたティランの素顔を見て、皆が驚きのあまり固まる。

「「「「っっっ!?」」」」

ティランの頭には、何もなかった。

というよりも、言葉通り頭が無かった。

「え？　頭が無い？　え？」

空っぽの頭部を見て、皆が目を丸くしている。

「ど、どういう事なのこれは!?」

「リリエラさん、ティランの鎧の中を見てください」

「鎧の中？」

僕に促され、リリエラさんがおっかなびっくりティランに近づいてゆく。

「っ!?」

そして言われた通り首から鎧の中を見たリリエラさんが再び静止する。

「ちょっとどうしたのよリリエ……ラ？」

皆も一体どうしたのかとティランの鎧に群がっていき、同じように中を見て凍りついた。

「空っ……ぽ？」

そう、ティランの中身は空っぽだ。

「これは、どういう事なの？」

僕と空っぽの鎧を交互に見ながらリリエラさんが説明を求める。

皆もこっちを見てリリエラさんの意見に同意のようだ。

「ええとね、このティランは僕が魔法で操っていたんだ」

「「「「魔法!?」」」」


魔法で操っていたと知り、皆が目を丸くする。

「そう、パペットアバターっていう魔法でね、術者の思い通りに対象を動かす魔法なのさ」

「これが魔法で動いているの……?」

リリエラさんは信じられないとティランの鎧を色々な角度から観察する。

「そう、こんな風にね」

「うわっ!?」

僕の意思を受け、ティランの鎧がひとりでに踊り出す。

「中身が空っぽなのに動いてる……」

滑らかに動くティランの鎧に、メグリさんが驚きの眼差しを送る。

「とまぁこんな感じですよ」

鎧に魔力を送るのを止めると、ティランの鎧が結合を失って床に落ちていく。

「……はぁー、まさか魔法で動かしていたなんてねぇ」

「驚きました。魔法でこんなに自然に鎧を動かせるなんて。まるで中に人が入っているみたいでしたよ」

ミナさん達が床に落ちたティランの鎧を見つめながら溜息を吐く。

「普通の魔法だけじゃなく、こんな魔法まで使いこなすなんて……一体どれだけの魔法を使う事が出来る訳？」

「いやいや、鎧を動かす魔法なんてそう大したものじゃないですよ。この程度の動作、魔法使いなら誰でも出来ますって」

「「「「いやそれは絶対無理」」」」

「あんなSランク冒険者並みの動きなんてとても再現出来そうにないっての」

「よねぇ」

あれ？　なんで皆して諦めちゃうの？

ミナさん達ならちゃんと修行すれば、操作系の魔法も十分扱う事が出来るようになると思うんだけどなぁ。

第123話　復活の龍帝騎士団

◆リリエラ◆

「龍姫様ですね」

宿への帰り道、突然目の前にフードを被った男が現れた。

うーん、また裏社会の人間かしら？

けどいままで不意打ちをしてきたっていうのに、なんで今日は真正面からきたのかしら？

もしかして油断させて後ろから不意打ちでもするつもりとか？

念の為身体強化魔法を発動させておきましょうか。

相手に気取られないように弱めにね。

「人違いよ」

「お戯《たわむ》れを。我々にはちゃあんと分かっておりますよ」

うん、全然分かってないわね。

「人を呼ぶわよ」

「それはおやめになった方がよろしいかと。この町の住人を巻き込みたくないのでしたらね？」

「どういうことかしら？」

まさか今度は町の人間を人質にするつもり？

裏社会の人間だとしても、さすがにイカサマ博打でそれはやりすぎじゃないかしら？

町の住人全てを敵に回したらそっちだってやりづらくなるでしょうに。

「我々は貴女にお願いがあるのですよ」

「私にお願い？」

今まで散々襲ってきたっていうのに、今更話し合い？　まぁ町の人達を人質に取られているから、今でも十分卑怯な事には変わりないんだけどね。

「我々は龍帝陛下と交渉したいのです」

「え？」

龍帝？　あれ？　イカサマ博打の元締めじゃなかったの？

いやまぁ、たしかに龍帝が狙われているとは聞いていたけれど。

それじゃあまさか……

「ええっと……もしかして今まで私達を襲ってきたのって、貴方達の手下だったの!?」

「その通りです。しかしさすがは龍姫様とそのお仲間ですよ。よもや我等の送った精鋭達をことごとく返り討ちにされるとは」

「あんまりにも弱すぎたから、てっきりショボい盗賊団の仕業かと思ってたんだけど……」

「……え？」

「……あっ」

し、しまった、ついうっかり本音が出ちゃった。

いけないいけない、最近レクスさんの基準に染められてる気がするわ。気をつけないと。

「ん、んんっ！　と、ともあれですね。私達は龍帝陛下との交渉を求めます。対価はこの町の住人の命です」

◆

「なんて事があったのよ」

宿に帰ってきたリリエラさんは、帰り道で起きた出来事を僕らに説明する。

「町が人質って、大変じゃない!?」

「ええ、急ぎ衛兵の方々と冒険者ギルドに報告する必要がありますね」

「それはやめた方がいいと思う。事情を説明しに行くのを見られたら、最悪町の人達が見せしめに襲われるかも」

すぐに衛兵に通報するべきだというノルブさんを、メグリさんが制止する。

「僕も同意見です。向こうがそこまで強硬策をとってきた以上、こっちは監視されているだろうし」

「じゃあどうするんだよ兄貴？　まさか素直にソイツ等の所に行くつもりなのか!?」

僕の言葉に、ジャイロ君が心配そうに見てくる。

うん、仲間に心配してもらえるって良いね。

「うーん、それもやめた方がいいわね。相手は龍帝への謁見とか言ってるけど、これまでの話を思い出すかぎり、相手の狙いは間違いなく龍帝の命でしょ」

そうだね、龍帝を狙ってきた相手と今更話し合って解決するとは思えない。

相手がなかなか倒せないから話し合いのフリをして命を狙うなんてのは、前世でもよくあったパターンだから分かるよ。

うん、よく命を狙われました。

「けど町の人達が人質にされている以上、相手の要求を呑むしかないんじゃないの？」

うーん、これは急いで何か対策を取らないといけないな。

「……」

と、そんな中、何故かリューネさんが顔を真っ青にして震えているのに気付く。

「どうしたんですかリューネさん？」

「っ!?」

僕に声を掛けられたリューネさんがビクリと体を震わせる。

「リューネさん？　本当にどうしたんです？」

町の人達が人質にされていると聞いて不安になるのは分かるけど、さすがにこの怯えようはおかしい。

「す、すみませんレクス師匠……」

「どうしたのリューネ？　なんで貴女が謝るの？」

リューネさんの様子がおかしいと気付き、リリエラさんが彼女の言葉の意味を問う。

「私……私の、私の所為なんですっ!!」

突然、自分の所為だと言い出したリューネさんに僕達は驚く。

「な、何がなんです!?」

「私が、私が早く竜騎士になれなかったから、こんな事になってしまったんです！」

ええ!?　なんでそうなるの!?

「龍姫の子孫である私が早く証を立てる事が出来なかったから！」

「リューネさんが龍姫の子孫!?」

一体どういう事!?

「落ち着いて、大丈夫よリューネ」

取り乱したリューネさんに困惑していると、リリエラさんがリューネさんを優しく抱きしめて宥める。

「っ!?　でっ、でもっ」

「大丈夫だから、落ち着いて」

優しく、子供をあやすようにリリエラさんはリューネさんの背中を撫でる。

「あっ……っ」

興奮していたリューネさんだったけど、リリエラさんに背中を撫でられていくうちに少しずつ落ち着きを取り戻していった。

うーん、こういう時女性の仲間がいるってありがたいなぁ。

正直僕等男だけだったらこんなに早くリューネさんを宥める事は出来なかったよ。

そして落ち着きを取り戻したリューネさんが事情を話し始める。

「私は龍帝と龍姫の間に生まれた子供の子孫なんです……」

リューネさんは、ゆっくりと嚙み締めるようにかつて起きた出来事を語り始めた。

「龍姫様の子供が生まれて数代が経った頃、私のご先祖様は生まれました。けれどご先祖様は生まれつき大病を患っていたそうで、ある日治療の為に他国の高名なお医者様のもとへ行く事になったんです」

「え？　王族なのに医者のもとへ送られたんですか？　大病というなら、普通医者の方を呼ぶと思うんですが」

と、ノルブさんが首を傾げる。

うん、王族や貴族なら医者を呼ぶのが普通だもんね。

「ご先祖様の病気は治療が難しい病気だったらしく、療養も兼ねて病を癒す力がある不思議な霊域で治療を受ける事になったんだそうです」

ああ、確かに生き物の回復力を大幅に増幅させる不思議な土地っていうのはあるんだよね。

前々世でも研究の為に行った事があるよ。

そしてリューネさんのご先祖様の治療には、そういった土地の力を借りる必要もあったんだね。

「幸か不幸か、竜騎士達の命を奪った恐ろしい流行り病は、ご先祖様が病の治療で国外に出向いている時に起きたんだそうです」

不幸中の幸いですけどね、とリューネさんが苦笑する。

「そして無事治療を終えたご先祖様でしたが、流行り病が終息するまでの数年間、故郷に帰る事が出来なかったそうです」

まぁそうだよね。折角病気が治っても、今度は流行り病にかかったら元も子もない。

「そして数年が経って、流行り病が終息した事を確認したご先祖様は、ようやく故郷の土を踏む事が出来ました」

ご先祖様が故郷に戻ってきたというのに、リューネさんの表情は悲しげなままだった。

「しかし帰ってきた故郷に家族の姿は無く、国は宰相達によって支配されていたんです」

ああ、そういえば当時の龍帝や竜騎士は流行り病で全滅して、宰相達貴族が代理で統治していたんだっけ。

「あれ？　けどそれだとおかしいよね」

「ええ、龍帝の血を引く王族が帰ってきたのだから、宰相は玉座をリューネのご先祖様に返さないといけないわよね？」

皆があれ？　と首を傾げる。

うーんなんだか不穏な空気になってきたぞ。

「ご先祖様もたいそう驚いたそうです。国では宰相の発表で王族は全員亡くなったと発表されていたそうですから」

それが悲劇の始まりだったとリューネさんは言う。

「初めは宰相達に会って自分の帰国を知らせようとしたご先祖様だったのですが、何故か突然王族の名を騙る偽者だと言われて襲われたそうです」

うわっ、真偽も調べずに襲うとか滅茶苦茶だよ。

「本物かどうかを証明する品とかは無かったの？」

ああ、貴族にも後継者を証明する指輪とかあるもんね。

「あったそうですが、刺客の襲撃で失われてしまったとのことです」

「証拠の品さえ奪えば、本物の王族だと言っても握りつぶす事が出来る。そういうこと」

いつも冷静なメグリさんが珍しく不機嫌そうに宰相達の行いを推測する。

それにしても相当強引なやり口だなぁ。

昔の事だからもう確かめようがないけど、もしかしたら流行り病も宰相達が起こした事だったんじゃあ……

王族がリューネさんのご先祖様以外全滅したのに、宰相や他の貴族達が無事だったってのも怪しいよね。

「数度に渡って刺客に襲われたご先祖様達は、宰相達に狙われているのは間違いないと判断し、自分達の死を偽装したそうです。そして宰相達の宣言を逆手に取る為に、生き残っていた竜騎士の弟子達と秘密裏に合流し、修行を始めたのだそうです。自らが竜騎士となる為に」

「成る程ね。あの昔話の裏にそんな陰謀があったなんてびっくりだわ」

「ええ、ですがあの伝説がある以上、ドラゴンを従える事さえ出来れば逆転の目はあります。その時こそ私達は自分が本物の王族の血を継ぐ者だと名乗り出るチャンスだったんです」

けれど、とリューネさんは肩を落とす。

「失われた竜騎士の技の再現は難しく、多くの同胞達がドラゴンとの戦いで命を失っていきました。そして数年前、父が病で亡くなった事で王家の生き残りは私一人になってしまったんです」

亡くなったお父さんの事を思い出したのか、リューネさんが自らの槍を寂しげに撫でる。

「私一人になってしまった時はもう駄目なんじゃないかと諦めかけていました……でも、そんな時に出会ったんです。龍姫様、いえリリエラさんに！」

「え？　私？」

突然自分に話を振られて、リリエラさんが驚きで目を丸くする。

「はい！　私と同じ、いえそれ以上に研ぎ澄まされた龍帝流空槍術を操るリリエラさんに出会った時、王家の血を、そして竜騎士の技を継いでいる人は私だけではなかったと、仲間がいたんだと心の底から勇気づけられたんです！」

「いやだから私は違うって……」

「ええ、結局は私の勘違いでしたが、それでもレクス師匠に出会う事が出来ました。皆さんの協力のお陰で、私はシルバードラゴンを降《くだ》し真の竜騎士になる事が出来たのですから！」

成る程ね、そういう事情があったからリューネさんはリリエラさんへの弟子入りに拘《こだわ》ったんだ。

だけどそこまで言ったあとでリューネさんが肩を落とす。

「けれど遅すぎたようです。まさか彼等がこんな事をするなんて……せめてあと一年早くシルバードラゴンを従える事が出来ていれば、前回の龍姫の儀で民に王家の復活を宣言する事が出来ていたでしょうに。そうすれば反龍帝派の暴走だって……私が遅かった所為で……」

リューネさんは自分の未熟さが彼等の暴走を招いてしまったと己を責める。

「もっと早くレクス師匠に出会えていたらなんて言いません。でも、お父様が亡くなってから今日までの日々を無為に過ごす事無く、もっと死ぬ気で鍛錬を積んでいたらと思うと……」

「そいつは違うぜっ！」

「ふぇっ!?」

突然の大きな声に驚いて、リューネさんがビクリと体を震わせる。

そして声を上げたのはジャイロ君だった。

「お前は悪くねぇ！　悪いのはその反龍帝派って連中だ！　お前は悪くねぇ！」

「ジャ、ジャイロさん……？」

「お前は自分に出来る事を必死で頑張ってただけだろ！　家族が死んじまってビビっちまうのもしかたねぇよ！　俺だって同じ立場になったら凄ぇ悩むって！　だからお前も自分を悪く言うのはやめろよ！」

「え……っと、その……」

ジャイロ君の勢いに、リューネさんが目を白黒させている。

けどびっくりしたおかげで、リューネさんは少しだけ冷静さを取り戻したみたいだ。

「そうよ、リューネは悪くないわ。貴女は後継者として大手を振って帰還する為に、頑張ってきたんでしょう？」

「そうよ！　悪いのはどさくさに国を乗っ取った貴族達なんだから！」

「貴族達全てが悪い訳じゃないですけどね。ちゃんと味方になってくれる人もいますよ」

「うん、私達も味方」

ジャイロ君に続くように皆もリューネさんを励ます。

「そうだよリューネさん。リューネさんが諦めずに頑張ってきたから、リューネさんは竜騎士になれたんだ」

「レクス師匠……ありがとうございます、皆さんも……」

良かった、リューネさんも皆のおかげで気を持ち直してくれたみたいだ。

うんうん、これこそ友情ってやつだよね。

前世の僕はこういう関係になれる人に出会う事はなかったけれど、リューネさんは出会う事が出来て本当に良かったよ。

気を取り直したリューネさんが立ち上がると、僕達に向かって深々と頭を下げてくる。

「すみませんレクス師匠。事情があったとはいえ、龍帝流を教えてくださった師匠に隠し事をしていました。亡き父より、龍姫の証を立てるまでは誰にも素性を明かすなと命じられておりましたので。皆さんもごめんなさい」

「いえ、気にしないで下さい。そういう事情があったのなら、しかたないですよ」

「そうそう、気にし過ぎよ。人間誰だって人に言えない事はあるんだから」

「うん、大事な秘密は誰にでもある」

ミナさんとメグリさんが気にするなとリューネさんの肩を叩いて慰める。

そしてようやく皆に事情を話せた事で、リューネさんも安堵の溜息を漏らす。

と思ったら、

「でも、反龍帝派を何とかする方法を考えないとレクス師匠が……」

反龍帝派の脅迫を思い出して再び肩を落としてしまった。

「えっと、それなんですけど、僕に良い考えがあります」

「レクス師匠に？」

「うん、だから僕に任せてください」

いくら自分達の権力が脅《おびや》かされているからといって、町の人達を人質にとるなんてやりすぎだ。

これは貴族が一番やっちゃいけない事だよ。

リューネさんの件といい、いい加減こっちからも反撃しないとね。

「うーんこれは騒動の予感」

「犯人終わったわね」

さすがにそれはまだ気が早いよ皆。

とはいえ、僕もそのつもりで行動を開始するよ！

さぁ、反撃の時間だ！

◆町の住民◆

日が昇りニワトリが鳴き声を上げる。

「あー、眠ぃなぁ」

眠い目をこすりながら、俺は厨房の窓を開ける。

昨夜は遅くまで飲み明かす客が居たからな、俺も寝るのが遅くなっちまったぜ。

「さーて、そんじゃ今日も市場に行くか」

いくら眠くても、仕入れに遅れる訳にゃいかねぇ。

早く行かねぇと良い食材を他の連中に取られちまうからな。

急いで市場に行く為に、裏口のドアを開ける。

そしたら……

ガシャガシャガシャッ
目の前を見た事もない黒い鎧の騎士様が通り過ぎた。

「へ？」

誰だ今の？

しかもよく見ると騎士様は一人じゃねぇ。

何十人もの騎士様達が、気味悪いくらい揃った動きで裏通りを歩いて行く。

「な、なんでこんな所に騎士様が……？」

そしてしばらくすると、騎士様達が向かった先から悲鳴が上がってきた。

「な、なんだなんだ!?」

しかも悲鳴は一つじゃねぇ。四方八方から聞こえて来たんだ。

「な、何が起こってるんだ!?」

◆リリエラ◆

「うわぁぁぁぁっ!?」

今日も町のあちこちで悲鳴が上がる。

けれど不思議な事に、そんな異常な状況でも誰も慌てたりはしない。

そう、町の住人にとって、この悲鳴は既に当たり前の音になっていたから。

少し経つと、路地裏から黒い鎧の騎士達がいかにもガラの悪そうな男達を引き連れて現れる。

「おいあれ、スラムを縄張りにしてる盗賊共じゃないか?」

「また黒い騎士様達が盗賊を捕まえてくれたぞ!」

男達が盗賊と分かり、町の人達が歓声をあげる。

ある日どこかからやってきた彼等は、こうやって町の悪党共を見つけては捕らえていた。

一切の素性も分からない鎧の集団。

あからさまに怪しいんだけど、盗賊や犯罪者を捕まえてくれるので、最初は不安がっていた町の人達も今じゃ好意的に接している。

「ねぇ、もしかしてアレがレクスさんの良い考えってやつなの？」

私はもしかしてとは思っていたものの、なんとなく答えを聞くのが怖かった質問をする。

「ええ、その通りです」

「やっぱり、レクスさんの関係者だったのね……でもどこからあんな人達を呼んできたの？」

町中の悪党共をとんでもない勢いで捕らえる彼等は、間違いなく腕利きの集まりだわ。

悪党を捕らえる実力もさることながら、町中の悪党を見つけ出すあの常識外れの捜査能力。

明らかに普通じゃないでしょ。

そんな人達をこの短期間で連れてこれるレクスさんって一体何者なの？

本人の話じゃ田舎の村からやってきたって話だったけど、どう考えても普通の村の住人じゃないわよね。

まさか本当に龍帝だったりする訳!?

「いえ、人を呼んできた訳じゃないですよ。作ったんです」

「「「「「……？」」」」」

レクスさんの言葉に、私達は首を傾げる。

ええと、今何かおかしな発言が飛んだような気が……

「「「「……作った？」」」」

「はい、この間のティランの要領で、魔法で動く鎧を大量生産したんです」

あっけらかんとレクスさんが種明かしをしてくれる。

成る程成る程、この間の鎧を動かす魔法を使ったのね。

確かにそれならレクスさん並みの活躍をする集団が突然現れてもおかしくな……

「「「「作ったぁぁぁぁぁぁぁっ!?」」」」

「え!?　ちょっとまって!?　作ったってあの鎧の集団を!?」

「魔法で動くって、どうやってあれだけの数の鎧を動かしているの!?」

「あれ全部兄貴が作ったのかよ凄ぇな!!」

ジャイロ君、そういう問題じゃないから。

「いつの間にあんなに沢山作ったの!?」

レクスさんの発言を遅れて理解した皆が、口々にレクスさんに詰め寄る。

「ええとですね、あの鎧達は一種のゴーレムなんですよ。リリエラさんに接触した反龍帝派の実行犯達が誰か分からなかったので、とりあえず悪意を持った人間を見つけたら手当たり次第に捕らえるよう命令を仕込んでおいたんです」

「さらりと凄い事言った！」

っていうか、悪意とか簡単に分かるの!?

「じゃあ町の中にいるあの黒い鎧達って全部ゴーレムだったの!?」

「ええ、といっても大した材料が無かったので、あんまり複雑な動作は出来ないんですけどね」

「は!?　でも町の人達に挨拶を返したりしてたわよ!?　ゴーレムって決められた行動しか出来ないんでしょ!?」

ミナはゴーレムが簡単な動きしか出来ないと言われて、信じられないと声を荒らげる。

というか、寧ろあれのどこが!?　って感じの口調ね。

ミナの言う通りゴーレムは単調な行動しか出来ない……らしい。

私は戦った事ないけど、実際にゴーレムと戦った人達がそう言っていたのは覚えている。

けど、私達が見たゴーレムは言葉こそ発しなかったものの、その動きはとても作り物とは思えなかったわ。

「幸い、メガロホエールから貰った宝石の原石が良い感じに装置の核に使えたので、あとはささっとガワである鎧を作って動かしたんです」

「ささっとって、鎧ってそんな簡単に作れないでしょ？」

「ああ、それもゴーレムに手伝わせたんですよ。最初に作った数体のゴーレム達に簡単な加工作業をやらせておけば僕の手間も減りますから。あとは数が増える度にどんどん作業速度が上がっていくって寸法です」

な、成る程、それならまぁ納得出来ない事もないわね……

「けどよくこれだけ鎧の材料を集める事が出来ましたね。確か以前狩ったドラゴンの素材はこの間の魔物の群れを迎撃する為に使ってしまった筈ですよね」

「だな、おかげで俺達が狩ったドラゴンの鱗が高値で売れたもんな！」

そうね、アレは結構な収入だったわ。

正直数ヶ月前の私の数倍、いえ数十倍の収入だものね。

それを自分の実力で手に入れたと思うと、今でも手が震えるわ……

「うん、だからささっと龍峰に行ってドラゴン達の鱗を狩って来たんだ。とはいえ、この間狩り過ぎたからね、今回は命までは奪わず鱗だけ頂いてきたよ」

「「「「それはそれで酷いっ」」」」

うわー、それじゃあ今頃龍峰のドラゴン達は毛を毟られた鶏みたいな有様になってるのね……

人間にトラウマを抱かないと良いんだけど……

あれ？　今何かこう、自分の発言がおかしかったような？

「あの、事情は分かりましたけど、これだけ大騒ぎになってなんで衛兵の方々はレクス師匠のゴーレムとトラブルにならないんですか？　さすがに自分達の仕事である町の治安活動を勝手に行われたら衛兵の方々も黙ってはいられないと思うんですけど」

と、リューネが首を傾げながら質問する。

確かに言われてみればその通りだわ。

仮に衛兵達がゴーレム達の活動を好意的に受け止めたとしても、事情聴取くらいはするでしょうし。

そうなると口のきけないゴーレムじゃどうしようもないものね。

「そちらは冒険者ギルドのギルド長を通して町長に話をつけてもらっていますから心配はいらないですよ。あとは捕まえた連中を尋問して、誰が反龍帝派の刺客か調べて貰うだけです」

全部織り込み済みって訳ね。

うーん、こうなると巻き添えで捕まった盗賊達が憐れね。

なにせ完全にとばっちりだもの。

「本当に、レクス師匠は一体何者なんですか……？　いっそ本物の龍帝陛下と言って貰えた方が信じられるのですが……」

うん、それは私も、いえ私達も同意だわ。

「やだなぁ、僕はどこにでもいるただの冒険者ですよ。ゴーレムなんてちょっとマジックアイテムを研究した人間なら誰でも作れるじゃないですか」

「「「「作れませんっ!!」」」」

こらそこ、え？　なんで!?　って顔しない！

……ともあれ、こうして町を人質にした反龍帝派の刺客達は根こそぎ捕まる事となった訳。

町の治安も良くなって、皆も大喜び……なんだけど。

一つだけ面倒な事になっていたのよね。

というのも……

「なぁ、もしかしてあの騎士様達は龍帝陛下の騎士なんじゃないか?」

「きっとそうだ。あんなに強いんだからな!」

「俺には分かる。あの騎士達の装備はドラゴンの鱗を加工したもんだ」

「確かこの間の魔物の襲撃でも、誰かが防衛の為にってドラゴンの素材を大量に譲ってくれたらしいよな」

「間違いない、龍帝陛下の龍帝騎士団は本当に居たんだ!」

「魔物達から守ってくれただけでなく、町の治安まで良くしてくれるなんて、さすが龍帝陛下だ!」

そう、突然現れた騎士達を、町の人達は龍帝の騎士だと思っちゃったのよね。

「「「龍帝陛下ばんざーい!! 龍帝騎士団ばんざーい!!」」」

うん、私知ーらない。

第124話　王都強襲

◆宰相◆

それは、私が朝食の後の一服をしていた時に起こった。

「大変ですお館様！」

「何事だ騒がしい」

なにやら慌てた様子でやってきたのは家令のジェームズだ。

何があったか知らぬが、仮にも宰相である私の屋敷で働いているのだから、もう少し落ち着かぬか。

どれだけ慌てていても、常に冷静に振る舞うのが使用人達の上に立つお前の役目であろうに。

「そ、それが大変なのです！　王都に正体不明の集団が侵入したとのことです！」

「なんだと!?　守備隊は何をしていたのだ!?」

王都の外周は魔物や敵の侵入を阻止する為の防壁に守られている。更に近づく敵は常駐している守備隊が撃退する手はずになっている筈だ。

「何でも相手は凄まじい速度で王都に接近してきて、守備隊の攻撃をものともせずに防壁まで近づくと驚くほどの跳躍力で壁を飛び越えて王都に侵入したそうです」

「防壁を飛び越えただと!?」

馬鹿な!? 王都の防壁の高さは5メートル以上あるのだぞ!?

それを守備隊の迎撃をかいくぐりながら飛び越えるなど、並大抵の実力で出来ることではないぞ!?

いや、それよりもすでに王都に侵入されたのであれば対策が必要だ。

「それで敵はどれほどの規模だ!?」

王都への侵入を強行したという事は、そのまま城まで攻め込むつもりか、王都の民を人質にするといったところが狙いか?

「しょ、詳細は分かりませんがおおよそ100名ほどかと」

「はぁっ!? たった100人だと!?」

なんだそれは!? 王都を守る騎士団は緊急時であっても千人は即動かせるのだぞ!?

「そんな中途半端な数でなにをするつもりなのだ!?」

ううむ、訳が分からん。

守備隊の攻撃をものともせず防壁に接近し、あまつさえ飛び越えて王都に侵入した者達がたったの100人程度だと!?

それならばわざわざ外から接近せずとも商人にでも変装して侵入すれば良いではないか。

何故わざわざ危険な方法を取るのだ!?

「……まさか囮か!?」

わざわざ目立っての侵入だ、その可能性は高いだろう。

だがそれにしても危険すぎる。

一体誰の差し金なのだ?

よもや隣国のラインガル王国か?

あそこは国境沿いで小競り合いが絶えんからな。

だがラインガルの騎士団が攻めてきたのなら、国境砦の騎士団や近隣の領主達が放っておく筈がないし、そもそもたかが100名程度の兵を送ってくる訳がない。

それに連中にこれほどの実力者がいるのなら、もっと有効的な使い方をしてくるだろう。

「まさか……西のライムオスか!?」

魔導国家ライムオス、魔法の研究に優れたあの国なら、今回の強襲を実行出来る魔法騎士を動員出来る筈だ。

ただ騎士団の主力になるレベルで剣と魔法を同時に扱える人材となると、その数は限られてくる。

そう考えれば今回の襲撃者の数が少ない理由も分かるか。

だが理由が分からん。

我が国の首都とライムオスは龍峰を挟んでいる為、戦争をするには龍峰を迂回せねばならん。

でなければ龍峰に生息するドラゴン共を刺激して戦争どころではないからな。

竜騎士が滅びた今、ドラゴンを戦力として使う事は出来ないが、こうやって天然の城塞としてドラゴンを利用する事は出来る。

同時に我が国では龍峰の地理的有利を活かす為、ライムオスに繋がる街道の敷設は最小限にしか行っておらん。

下手に大きな街道を作って向こうに利用されては意味が無いからな。

そして同様にライムオス側もわざわざ我が国の領土を開発してまで進軍してくる意味もない。

ライムオスにとっても我が国にとっても、龍峰はお互いが戦争をしない為の便利な理由なのだ。

つまり現状ライムオスが我が国を襲う理由がない。

であれば、今王都を襲っている集団は、ライムオスとは何の関係も無いということか？

まさかとは思うが龍帝派ではあるまいな？

そしてタツトロンの町に龍帝が現れたという情報自体が、我等の戦力を分散させる為の罠だったのか!?

……いやいや、下級貴族の集まりである奴等にそんな力などあるはずが無い。

さすがに我ながら発想が飛躍しすぎたな。

だがそうなると、侵入者の正体は一体何者なのだ!?

「お、お館様。我々はどうすれば良いのでしょう？」

私の考えを遮るようにジェームズが怯えながら私に指示を求めてくる。

まったく、家令ならば言われずとも行動をしてみせろというのだ！

「警備員は全員屋敷の護衛に回せ！　それから城に使いを出して近衛騎士団を出動させるよう命じるのだ！」

「近衛騎士団をですか!?　しかし彼等は城を守るのが使命の筈!?」

察しの悪いジェームズに苛立ちが募るが、私はかろうじて怒りを飲み込む。

この状況で怒鳴っても時間の無駄だ。

「近衛騎士団の役目は王族を守る事だ。だがこの国に王族が居ない以上、空っぽの城を守る必然性などなかろう」

そうだ、この国に王族はいないのだ。

国の運営は全て我等貴族が行っている以上、宰相である私が最高権力者だ。

皇帝代理など所詮は我々が国を支配する為の傀儡なのだからな。

ならば王都を守る名目で近衛騎士団を出動させた方が私の身を守る役に立つというものだ。

「ああそれと、価値のある物をすぐに持ち出せるようにしておけ！」

「は、はいっ！」

ジェームズが慌てて食堂を出て行くが、もし王都を襲っている集団の狙いが我等反龍帝派であるなら、下手に外に出るのは危険だな。

だがこのまま屋敷でじっとしていても危険か。

「こうなると、登城前であった事が幸いしたな……」

◆近衛騎士団◆

「団長、連中全く止まる様子がありません！」

「言われんでも分かっとる！」

副官が見れば分かる事をわざわざ報告してくる。

だがそんなもの隣にいる俺にも見えているというのだ！

ほんの十数分前、突如王都に不審な集団が侵入してきたとの報告が入ってきた。

防壁を守っていた筈の守備隊の不甲斐なさに憤慨していると、今度は宰相から我等近衛騎士団への出撃命令が下った。

城を守るのが役目である我々への出動命令と聞いて驚いたが、もとより騎士の使命は人々を守る事。

我等は即座に出動した……のだが。

「攻撃魔法が当たっているのに、止まる気配がないだと!?」

戦場は市街地である為、市民の避難を優先しなければならない。

それ故に弓や魔法の使用は最小限に抑えているとはいえ、直撃を何発も受けているのに倒れないのはどういう事だ!?

「そして何故反撃してこない!?」

そう、何より気になったのは、賊が一切攻撃してこない事だ。

こちらの攻撃に対する反撃すら行わないのだ。

その徹底的なまでの無反応さは、まるで命令された通りに動く人形のようで、不気味さすら漂っていた。

現に攻撃を受けても躊躇する事なく向かってくる賊に、部下達が怯えの色を見せている。

「団長、周辺住民の避難完了しました！」

「よーし、よくやった！　前衛部隊は敵の足止めに全力を尽くせ！　魔法使い部隊は大魔法による同時一斉攻撃の準備！　直後に補助部隊は突撃部隊に強化魔法！　号令と共に突撃部隊は一斉突撃！」

「「「了解！！！」」」

「宰相閣下より賜ったドラゴン装備に恥ずかしくない戦いを見せろ！」

前線部隊が敵の突進を大盾で必死に耐えている間に、魔法使い達が全魔力を注ぎ込んで大魔法の術式を構築してゆく。

そして魔法の発動準備が整ったところで、俺は前衛部隊に即時散開を命じる。

「総員散開！」

前衛部隊が一斉に離れる。

遮るものが居なくなった事で賊は再び駆け出すが、魔法使い部隊との距離は遠い。

「撃てっっっ！」

『バーニングフレイム』

魔法使い部隊が放った大魔法が発動し、敵集団の中心に向けて超高温の炎塊が放たれる。

部隊のほぼ全員の全魔力が注ぎ込まれた炎の塊は、ゆうに家一軒分はあろうかという大きさだった。

どれだけ強力な魔法使いであろうとも、これほどの魔法を単独で発動させる事は絶対に不可能だ。

大炎塊は敵の中心に着弾すると、周囲に飛び散るように破裂した。

「うわぁぁぁ!?」

「た、耐えろ！」

いくら距離をとっているとはいえ、これだけの威力の魔法が炸裂すれば、こちらもただではすまない。

周囲の建物は魔法の余波を受けて燃え出す。

「ホーリーウォール！」

「ガードアップ！」

僧侶や防御魔法に長けた者達が兵士達の構える盾に防御魔法をかけ、我等を魔法の余波から守る。

「補助部隊、強化魔法の準備を急げ！」

これだけの魔法を喰らって生きていられるとは思えんが、相手はこちらの魔法を何発も受けたのに意に介していなかった化け物だ。

なにかしらの切り札を以て耐えきる可能性も否定出来ない。

「エンチャントウエポン！」

「プロテクション！」

補助魔法の使い手達が突撃部隊に強化魔法をかけてゆく。

俺達近衛騎士団の装備は、ドラゴンの素材を加工した最高級品だ。

鍛え抜かれたこの体にドラゴンの装備を纏った俺達は、いわば小さなドラゴンとすらいえるだろう。

そんな連中が数百人。

相手がどれだけ強かろうとも、この装備と数に打ち勝つ事は不可能だ。

敵もドラゴンの素材を装備に使っている可能性はあるが、鱗拾いの冒険者達が集めて売った素材は国が金に飽かせて買い占めている。

多少は買い漏らしがあるかもしれんが、圧倒的に数が違う。

更に装備は軍のおかかえ鍛治職人達が採算度外視で作った最高品質の品だ。

しかもそれに強化魔法をかけているのだから、負ける要素がない。

「くくっ、城の警護が任務だった為に今まで実力を発揮出来ずにいたが、これでようやく俺達が本当の意味で竜騎士を名乗るにふさわしい存在だと証明する事が出来るな」

そう、近衛騎士である俺達は宰相から竜騎士を名乗る事を許されていたのだが、俺達に嫉妬する連中からドラゴンを従えていないのに竜騎士を名乗るのはおこがましいのではないかと難癖をつけられていたのだ。

実際に戦えば確実にドラゴンを倒す自信はあった。

だが王都を守るのが俺達の使命だと言われて宰相の許可を得られなかった為に、俺達は自分達の実力を示す事が出来ないでいた。

故に、この状況は俺達近衛騎士団の実力を示すチャンスと言えた。

ああ、そういう意味ではあっさりと賊を逃してしまった守備隊の連中に感謝してもいいかもな。

そんな事を考えていると、ようやく大炎塊の余波が弱まってきた。

同時に、炎の奥から黒い影が揺らめく様子も見える。

やはり生きていたか！

「総員突撃！」

「「「「おおおおおっっっ!!」」」」

号令を受けた部下達が一斉に突撃する。

そして部下達の突き出した武器が頼もしい魔法の光を放ちながら賊へと叩き込まれた。

そして、ペキンッという軽い音を立て部下達の武器が折れた。

「「「「へっ?」」」」

え?　折れた?

「「「「えええええええええっっっ!?」」」」

ば、馬鹿な!?　ドラゴンの素材で作った装備だぞ!?

強化魔法で強化されているんだぞ!?

それがなんで折れるんだ!?

『……』

賊は何も言わず、反撃すらせず、呆然とする我等の横を、何事もなかったかのように通り抜けていった。

そして残されたのは我等近衛騎士団だけだった。

「だ、団長……我等はどうすれば」

「……どうしよう?」

いや本当にどうしよう。

『……』

「……団長、残った賊の一部が魔法で火事になった家の消火作業をしています」

「え？　なんで？」

「さぁ？」

『……』

そうして残った賊達は消火作業を終えると、魔法の余波で火傷した兵達にポーションを配り、こちらに一礼してから仲間を追っていったのだった。

「……一体なんだったんでしょうアレ？」

連中の行動の意味が分からず、副官が首を傾げているが、そんなもん俺だって聞きたい。

「本当にアイツ等は何の為にやってきたんだ？」

この国を支配する為に攻めてきた侵略者じゃなかったのか？

もう何をすれば良いのか分からず、俺達はただただ呆然と立ち竦むのだった。

第125話　宰相探索

「よーっし、ドラゴニア王都へのゲート開通っと！」

ドラゴニアの王都に送ったゴーレム達から、転移ゲートのマーカー設置が完了したという連絡を受けた僕は、さっそくゲートを開いて王都へとやってきた。

ゲートは命令通り王都の外れにある目立たない場所に設置されており、周囲には誰の姿もない。

「それじゃあ黒幕達には退場してもらおうかな」

ゴーレムを王都に送った理由は、ゲートを設置するのがメインじゃない。

これはあくまでも二つの町の移動をスムーズにする為だ。

今回の事件では、龍帝を狙って反龍帝派が反旗を翻した。

それだけなら国内の貴族同士のいざこざとして放っておくんだけど、その為に自分達の国の民を人質にしようとするのはさすがに見過ごせない。

このまま放っておいたら、もっと多くの人達が犠牲になってしまう可能性が高いからね。

だから僕は龍姫の儀が無事に終わって、リューネさんが自らの素性を明かすまでの間、反龍帝派が悪さを出来ないように彼等を拘束しにきたんだ。

中身のないゴーレム達なら、万が一捕まっても誰かを危険にさらす心配もないしね。

それにバキンさんから龍帝派のメンバーが誰なのかは確認してあるから、うっかりゴーレム達が味方の貴族を捕らえたりする心配もない。

まぁ王都を守る騎士達と戦う可能性があるから、ゴーレム達には最小限の反撃以外はするなとも言ってある。

これは後々リューネさんが王族として復権した時に、騎士達の恨みを買わない為の対策だ。

そんな指示を出していたから、ゴーレム達も結構行動不能になっていると思ったんだけど、意外と壊れていないらしい。

王都を守る騎士達は、ゴーレム達の行動に敵意がないと察したのかな？

そう考えると、実は騎士達は宰相達の国家支配をよく思っていない龍帝派だったのかも。

そんなこんなでゴーレム達による城の制圧は無事完了し、主だった反龍帝派の貴族達を捕らえる事に成功していた。

ただ一人、主犯格と思われる宰相を残して。

「それで、宰相の行方は分かった？」

『……』

けれどゴーレム達はまだ見つかってないと首を横に振ると、ごめんなさいと頭を下げてくる。

「城を制圧したのに宰相が居ない。となるともう逃げた後って事か」

宰相の屋敷にいた家族も使用人も宰相の行方は分からないらしく、宰相の行方を完全に見失っている。

うーん、ゴーレムにも探査機能をつけておくんだったよ。

ありものの材料で数を揃えただけだったのがここに来て災いしたなぁ。

「それにしても家族まで見捨てて逃げるなんて酷い奴だなぁ」

こちらの襲撃を察知してすぐに逃げ出すあたり、宰相は判断が早いね。

前世でもそうだったけど、こういう逃げ足の速い悪党は後々面倒な事をしでかすんだよね。

出来れば早く捕まえたいところだけど。

「屋敷に隠し通路か転移装置を用意していたんだろうなぁ」

ゴーレムに脱出経路を探させつつ、僕は探査魔法で周辺の反応を調べる事にする。

王都が襲撃されたこのタイミングで王都から離れる反応があれば、それは高い確率で反龍帝派だろうしね。

それがスピードを出した馬車だったりしたら、ほぼ確定だ。

「あれ？　反応ないなぁ」

けれど残念な事に、王都から逃げる反応は察知出来なかった。

「うーん、残念」

これは転移装置で逃げたのかなぁ。

だとすると追跡する為に転移装置の隠し場所を探さないと。

「王都や仲間をあっさり見捨てて逃げるという事は、どこかに大きな拠点を持っている可能性があるかも」

ただの悪党貴族かと思っていたけど、もしかしたら予想以上に厄介な相手かもしれないね。

前世じゃ権力者の中に邪教集団の幹部とか、古代の秘宝を見つけて世界支配を企んだ魔法研究者とかたくさん居たし、宰相もそんな感じの人物だったのかなぁ。

そういえばこの時代に転生してからはそういう支配欲に取り憑かれた悪党って見ない気がする。

もしかしたら長い時間をかけて、世の中が少しずつ良くなっているのかもしれないね。

うん、そう考えると、前世や前々世で身を粉にして戦ってきたのも無駄じゃなかったのかもね！

と、そんな時だった。

僕のいる場所に誰かが向かってくる事を探査魔法が示した。

「ん？　この反応……」

僕は即座にティランの装備を纏って正体を隠すと、反応の察知に集中する。

けれど不思議なことに、その反応が近づいてくるのは道からじゃあなく……

『家を通り抜けてくる？』

そう、反応は住宅街をまっすぐ突き進んでいた。

反応のとおりに進めば、途中の家にぶつかってしまう筈なのに。

『これはもしかして……』

ゴーレムを引き連れ反応が進む先にあるものを探すと、いかにもな家を発見する。

王都の外れにあるにしては妙に大きく、それでいて中途半端に古い家だ。

『うん、典型的な逃走用の家だね』

前世や前々世でも見たことがある。

こういう家には権力者が自分の屋敷に作った逃走用の隠し通路の出口があるんだよね。

そして一般人のフリをした当時の権力者の手下の子孫が管理人として暮らしている。

で、いざという時に権力者が隠し通路を通ってきたら逃亡の手助けをするって訳だ。

探査魔法の反応を確認しつつ屋敷の敷地に入ると、住人の反応がある家を無視して側にある納屋に向かう。

『ここだね』

探査魔法の反応は家じゃなくこっちの納屋に向かっている。

そして納屋の中を調べると、案の定床の一角に地下へと降りる階段があった。

階段を降りた先は使われた様子のない小さな倉庫だった。

『この辺りかな？』

地下室の壁を調べると、やっぱり隠し扉があった。

そしてドアを開けば、そこには通路が伸びており、奥から誰かがやってくる気配がする。

『もしかして宰相かな？』

近づいてくる反応は複数で、相手が宰相の可能性は高そうだ。

僕は身を隠すと、近づいてくる相手を待ち構える。

「はぁはぁ、なんとか逃げおおせたぞ。あとは馬車を用意させて、守備隊の騎士達を護衛につけさせれば王都を脱出出来るな」

姿を現したのは、豪勢な服を纏った貫禄のある老人と護衛と思しき数人の男達だった。

明らかに貴族と分かる出で立ちから、この老人が高位の貴族であるのは間違いない。

これは宰相である可能性が高いね。

よし、それじゃあ捕まえよう。

『パラライズネット！』

僕は姿を現すと、即座に護衛に向けて麻痺の魔法を放った。

「「「ぐぁっ!?」」」

即座に追撃に移ろうとしたんだけど、護衛達はあっさりと倒れてしまう。

『えっ!?』

なんだ？　護衛が妙に弱いような？

「なっ!?」

確認する為に魔法の範囲から外した老人が狼狽する。

僕は老人の腕をとって関節を極《き》めると、地面に押しつけて身柄を確保する。

「ぐぁっ！」

けどまいったな。これはやられたっぽいぞ。

「き、貴様……私が、ドラゴニア宰相ルガメーノ・マザヌ・イセメンと知っての狼藉か！」

老人は自分が宰相だと名乗るけど、今更だね。

『嘘をつくな』

「な、何っ!?」

この自称宰相の護衛はいくらなんでも弱すぎだ。

うっかり宰相を巻き込んで殺してしまったりしないように、弱めの麻痺魔法を牽制に放ったのに、それで全員が動けなくなるなんて常識的に考えてありえない。

となれば考えられるのは、この宰相が偽者だってことだ。

うん、囮ってやつだね。

やられたよ、きっと本物の宰相はこの隙に逃げ出している事だろう。

「お、おい！　私は本物の宰相だ！　本物だぞ！　嘘じゃない！」

やれやれ、いくら囮とはいえさすがにこの状況で本物と主張するのは無理でしょ。

それに本物が捕まった時に本物だと言うはずがない。

いやもしかしたらこの囮も、まさかここまで護衛が弱いと思っていなかったのかも。
だから雇い主が逃げる時間を稼ぐ為に、必死で宰相のフリをしているんだろう。
意外に忠誠心が高い部下を従えているなぁ。
まぁ相手はお爺さんだし、なるべく怪我をさせないように情報を吐かせよう。
拷問とか尋問が苦手だったから、そういう薬を前々世で作った経験もあるしね。

◆宰相◆

口の中に信じられない程おぞましい味の液体が無理やりに注ぎ込まれる。
『宰相はどこだ？』
そして目の前の黒い鎧の男の質問を受け、口が勝手に動く。
「ぐおぉぉぉっ！　わ、私が本物の宰相だ！　私はここに居る!?」
恐らくは特殊な効果のポーションなのであろう。
私は賊の質問に正直に答えさせられていた。
……だというのに！
『驚いた、この薬を飲んでも情報を吐かないのか』
何故か賊は私の言葉を信じないのだ！

お陰で私は次々に違う薬を飲まされて同じ質問を繰り返される。

しかも全ての薬が全部違うおぞましい味の為、慣れる事も我慢する事も出来ないでいた。

というか貴様が飲ませた薬だろう！　自分の薬の効果を信じぬか！

捕まった時点で私は方針を変えた。

宰相である私を狙った以上、相手とは交渉が出来ると判断したからだ。

宣戦布告の為の見せしめなら、別に王都に居る私でなくとも平民達が暮らす街を狙えば良い。

だがあえて王都に堂々と攻め込み、捕らえるのが最も困難であるこの国の実質的な最高権力者たるこの私を狙ったのだ。

それは間違いなく何か目的があっての事。

ならば交渉を受ければ命までは奪われない可能性が大きい。

それに一国の宰相を殺したとあれば、我が国も全力で犯人の正体を探し当て報復するだろう。

まっとうな権力者ならそのような無駄なリスクをとったりはしない。

それ故私は自分の正体を知らせて交渉の席に座ろうとしたのだが、この男は私が宰相だという事を頑なに信じようとしないのだ！

一体何を考えておるのだ!?

『次はこの薬を飲んでもらう』

「や、やめっ!?　うぼぁっ!?」

『さぁ今度こそ吐いてもらうぞ。宰相はどこだ？』

「だから私が宰相だぁぁぁぁ！」

だ、誰か助けてくれ！

「護衛！　護衛！　起きて私を助けんかっ！」

私は必死で護衛に助けを求める。

「「「……」」」

だが護衛達は聞こえていませんよと言いたげに無言で目を瞑っていた。

「寝たふりするなぁぁぁぁ！　お前達絶対起きているだろ！　眉毛がピクピクしているぞ！」

『よし、次はこっちの薬を飲んでもらおうか』

「いやだぁぁぁぁぁぁぁぁぁっ！」

十二章前半おつかれ座談会・魔物編

ダークドラゴン	(･ω･) ノ「ククク、我こそは……」
モブ女戦士	(･ω･) ノ「あっ、開幕真っ二つになった伝説の邪龍さんちーっす」
モブ男戦士	(･ω･) ノ「ブラックドラゴンと間違えられたダークドラゴンさんちーっす」
ダークドラゴン	(ﾟДﾟ)「貴様等ぁぁぁぁぁぁっ !!」
モブ女戦士	(;^ω^)「まさか出オチのみならず新装備の安全確認の為に壊滅させられるとは」
ダークドラゴン	(´Д⊂ヽ「辻ドラゴン殺しとかタチ悪すぎぃ……」
モブ女戦士	_(:3)∠)_「そしてその装備で一掃されました」
ダークドラゴン	(; ･`д･´)「よく無事だったな」
モブ男戦士	(ﾟДﾟ)「僧侶の小僧怖い僧侶の小僧怖い僧侶の小僧怖い……」
刺客	(ﾟДﾟ)「予選に参加したら同僚とつぶし合いになりました……ガクリ」
特務部隊	(ﾟДﾟ)「狙った相手が悪すぎました……ガクリ」
サルバル	(ﾟДﾟ)「高い所怖い……」
ゴルマー	(@ω@)「黒いボール怖いぃぃぃぃぃぃぃっ！」
盗賊	(ﾟДﾟ)「突然黒鎧の集団がアジトの壁をぶち破って襲ってきました（プルプル）」
ダークドラゴン	ヾ(⌒(_'ω')_「心に傷を負った人間多すぎだろ !!」
近衛騎士団	_:(´ཀ`」∠):_「剣が折れました」
ダークドラゴン	_(:3)∠)_「心が折れている……」
宰相	Σ(ι´Дン) ノ「あれ !?　何で儂がここにいるの !?」
ダークドラゴン	_(:3)∠)_「らっしゃいモブ魔物の国へ」
宰相	_:(´ཀ`」∠):_「いやー！　儂ゲストボス枠じゃないのー !?」

第126話　仲間との戦い

◆ミナ◆

「まさか私達が戦う事になるとはね」

「他の選手の試合を見ればこの展開は予想出来た」

「アンタはいつも通りねぇ」

私とメグリは、試合舞台の上で向かい合っていた。

「これは試合。なら全力で戦うだけ。その相手がミナであっても」

そう、この試合は私とメグリの試合だ。

トーナメント制なんだから、こうなる可能性がある事は分かっていたけれど、まさか準々決勝まで誰も負ける事なく勝ち進んじゃうことになるとは思ってもいなかったわ。

「ミナもメグリも頑張れよー」

「頑張ってくださーい！」

ジャイロ達が観客席から気楽に応援してくる。

「まったく、私は魔法使いなんだから、こんな正面切って戦うのは性に合わないんだけどね」

魔法使いは後ろから魔法で援護してナンボの職業。

だから前衛もいない状況で敵と接近戦をするなんて普通じゃありえないわ。

しかもメグリはこっちの手の内を知っているし、お互い飛行魔法を使えるから空から一方的に攻撃なんてことも出来ない。

はっきり言ってこっちが不利にも程があるわよ。

……正直な話、この大会に勝たなきゃならない理由はないんだから、適当なところで負けたって構わないのよねー。

「勝ちに行く」

けど賞金が欲しいメグリはやる気満々だ。

「負けんなよミナーッ！」

こっちの気も知らずに、バカは気楽に応援してくれちゃって。

「しゃーない、ちょっとはマジメにやりますか」

いや別にあのバカが応援してるからじゃないからね？

わざと負けるのが性に合わないだけよ。

「それでは準々決勝、試合開始っ！」

「ふっ！」

開始の合図と同時にメグリが矢のような勢いで飛び込んでくる。

メグリは身体強化魔法で最大限に肉体を強化し、こっちが魔法を使う前に勝負を決めるつもりみたいね。

「でもそれは予想済みよ！　ストームバースト！」

メグリの行動を予測していた私は、瞬間的に嵐を巻き起こす風属性の範囲魔法を放つ。

この魔法の良いところは、術の制御に集中する必要がないから発動が速く、しかも相手の回避が困難な範囲魔法だというメグリ相手には最適の魔法だった。

更に放たれた暴風によって相手を後方に押し返す効果もある。

「つまり、時間稼ぎに最適の魔法って事よ！」

魔法が弱まるまで、メグリの侵攻速度は遅らせる事が出来る。

その僅かな隙を突いて、私は本命の魔法を発動させた。

「フリーズアース！」

試合舞台の床から氷が湧き上がり、私の周囲を守るように覆っていく。

「これは!?」

氷は私の周囲だけでなく、試合舞台全体を埋め尽くしていく。

「うわぁぁぁぁっ！」

湧き上がる氷に驚いた審判が慌てて場外へと避難していく。

「くっ!?」

メグリが回避を試みるけれど、氷は試合舞台全体から湧き上がってくるから逃げ場はない。

何より、さっきの魔法でメグリは試合舞台の中央にいる。

審判のように場外に逃げる余裕なんてないわよ。

「なら空に……っ!?」

空に逃げようとしたメグリだったけれど、既に空が氷に覆われていた事に気付き愕然となる。

「ふふ、この氷は私の意思に従って動かせるのよ」

「ならっ！　ウインドブラスト！」

メグリが風の魔法で氷の壁を破壊していくけれど、それは焼け石に水。

メグリが壁を破壊する速度よりも、氷が生成される速度の方が上だもの。

「その魔法、レクスに教わったみたいだけど、相性が悪かったわね。せめて火属性の魔法だったなら氷を溶かす事が出来たのに」

メグリは諦める事なく氷の破壊を続けるも、とうとう氷の壁に覆い尽くされて姿が見えなくなってしまう。

氷は更に分厚く試合舞台を覆いつくし、遂にはメグリを完全に閉じ込めてしまった。

「はい、おしまい」

試合舞台を埋め尽くした氷の上で、私は勝利を告げる。

「うぉぉぉ!?　なんだあの魔法!?」

「凄い！　試合舞台が氷漬けになっちゃった！」

「こんな魔法見たこともないわ！」

観客達が氷漬けになった試合舞台を見て驚きの声を上げている。

ふふっ、魔法使いとして、自分の魔法で観客を沸かせる事が出来たのは、ちょっと自慢出来るわね。

まぁ、お陰で魔力がゴリゴリ削れたんだけどね。

正直見た目ほど余裕じゃなかったわー。

レクスの教えてくれる魔法はどれも強力なんだけど、その分魔力の消耗が激しいのが問題だわ。

一応魔力量が増大する修行ってのも受けてはいるんだけれど、魔力が増える端から魔力消費の多い魔法を覚えさせられてるから、あんまり魔力が増えた気がしないのよね。

とはいえ、これを喰らえばメグリといえどもどうしようもないでしょ。

回避する事を許さず閉じ込めるこの魔法は、軽戦士や盗賊にとって天敵と言えるのだから。

「けど閉じ込められたあの娘は大丈夫なのか？　凍ってないか？」

ふふ、その心配は無いわよ。

レクスの作ってくれた防具は魔法に対する防御能力も高いんだから。

それにこの魔法は相手を封じる事が目的の魔法、殺傷を目的とした魔法じゃないってレクスも言っていたわ。

……まぁレクスの説明だからちょっと怖いけど、そこはレクスの作ってくれた防具の性能を信じるとしましょう。

なんだったら勝敗が決した後でジャイロに氷を溶かすのを協力させればいいものね。

「審判、勝敗の確認をしてくれる？」

「え？　あ、はい！」

呆然と試合舞台を眺めていた審判が私の声で我に返る。

そして試合舞台の外をぐるりと回って氷の中に閉じ込められたメグリを探す。

氷が白く濁っているから、そんな事をしてもメグリの様子を見ることは出来ないんだけどね。

「けど、レクスが使った時には氷は透明だったのよね」

レクスが同じ魔法を使った時は、もっと大きな氷がまるで宝石みたいに透明だったのに。

「何が違うのかしら？」

やっぱり実力かしらね？

認めるのはちょっと悔しいけど。

なんて事を考えていたら、審判が一周して戻ってくる。

「メグリ選手の姿を確認出来ませんが、この状況では動く事は不可能と判断しました。故に、この

「試合！　ミナ選手のし……」

勝利、そう審判が告げようとした瞬間。

ボゴンッ！

私の足元の氷が砕けた。

「えっ？」

「はぁぁぁっ！」

氷の下から現れたのは、メグリだった。

「嘘っ!?　なんで!?」

「短剣で削ってきた！」

「はぁぁぁっ!?」

何それ!?　削った!?　どうやって!?

完全にバランスを崩した私は、容易くメグリに組み伏せられてしまう。

「ど、どうやって……」

「魔法で氷を壊して隙間をたくさん作った。この短剣はレクスが作ってくれたものだから、切れ味が凄い」

「あれはそういう!?」

そうか、メグリが魔法で氷の破壊を続けていたのは、逃げ場を作る為じゃなくて閉じ込められた先で氷を削りやすくする為だったのね。

そして身体強化魔法とレクスが作ってくれたバカみたいに切れ味の良い短剣を使えば、氷を掘り進んでくるのも不可能じゃないって事か。

「迂闊だったわ。レクスの装備の性能をもっと警戒するべきだった」

防具の性能を分かってこの手を打ったのなら、武器の性能も考慮するべきだったわね。

氷が不自然に白かったのも、メグリが手当たり次第に砕いていたのが原因だったって事か。

もしかしたらアレは目くらましも兼ねていたの？

「っていうか、氷の塊を短剣で削って掘り進んでくるなんて思ってもいなかったわ」

はぁ、これはメグリの発想力を侮っていた私のミスね。

「私の負けよ」

「ミナ選手のギブアップにより、メグリ選手の勝利ぃぃぃぃっ!!」

「「「おおおおおおぉぉぉぉぉっ!!」」」

審判の宣言を受け、観客席が騒然となる。

「一瞬で終わっちまったけど凄い試合だったぞぉぉぉ！」

「ああ、あんな状況で勝ったあの娘も凄いが、負けた子の魔法も凄かったな！」

「龍姫様の戦い以外でこんな凄い試合を見れるとは思わなかったぜ！」

「凄かったぞ嬢ちゃん達ーっ！」

「負けた方の姉ちゃんもまた戦ってくれよなーっ！」

あら？　なんだか分かんないけど、負けたのに好意的な反応ね。

ちょっと意外だわ。

とはいえ、こうやって観客の反応を見ると、自分が負けちゃったんだなって実感するわ。

「あー、負けちゃったか」

あー、やっぱちょっとだけ悔しいわ。

けど、仕方ない。

そもそも魔法使いが接近戦をする時点で間違っているのよね。

寧ろ今までの試合を勝ち残ってこれた事の方がおかしいんだから。

「おめでとうメグリ」

私は気持ちを切り替えてメグリを祝福する。

「ありがとう。けどこの勝利はやっぱり私に有利だったから手に入れる事が出来たもの。これが狭い会場内の試合じゃなかったら、遠距離からの魔法で近づく事も出来ずに負けていたと思うから」

「それこそたらればの話よ。アンタは勝ったんだから、もっと胸を張りなさい」

「……うん、ありがとう」

もしかしたら、メグリも仲間に勝った事を申し訳なく思っているのかもしれないわね。

けどそれを言うと、私も勝つ為にかなりの事をしている訳だから、メグリを責める事なんて出来やしないんだけどね。

……ただまぁ、折角アイツに応援してもらったのに、負けちゃったのはちょっと残念だったかも。

◆

「お疲れ様」

「お疲れ様です！」

試合を終えて観客席に戻ってくると、リリエラ達が迎えてくれる。

「ジャイロ達は？」

「あの二人はそろそろ自分達の試合が始まるからって席を外したわ」

そっか、男達も試合があるんだものね。

わざわざギリギリまで試合を見ててくれたんだ。

「彼、試合中も貴女の事を応援してたわよ」

ニヤリとリリエラが笑みを浮かべる。

「どうせメグリの事も応援していたんでしょ？」

「まぁね」

分かってるわよ。あのバカとは付き合いが長いもの。

同じチームの仲間だからって、どっちも応援してたくらい分かるわ。

と、そんな事を考えていたら、リリエラがけどねと付け加える。

「貴女が負けた時、彼凄く悔しがっていたわよ」

「……そうなの？」

「ええ、そうよ」

……悔しがっていた、か。

……うん、まぁ……負けちゃったけど……少しだけ悔しくなくなった気がするわ。

第127話　ジャイロと男の壁

◆ジャイロ◆

「さーって、次の相手はどいつだ？」

係に呼ばれ、試合場へ出ると、観客席から歓声が上がる。

「ジャイロが来たぞ！」

「蒼炎のジャイロだ！」

本選で勝ち続けていたら、観客達は俺の事を蒼炎のジャイロと呼ぶようになっていた。

どうも俺の使う強化魔法の炎の色からつけたらしい。

ちょっと照れくさいけど、二つ名っていうのも悪くないよな。

観客達に手を振ってサービスすると、観客席が更に盛り上がる。

いいねいいね、これぞ一流の冒険者って感じだぜ！

「へへっ、この試合もバシッと決めてやるぜ！」

試合舞台に上がると、反対側から対戦相手が同時に舞台に上がってくる。

ソイツは頭にバケツヘルムを被ったガタイの良い戦士だった。

確か名前はウソリって言ったっけ。

装備は硬革と金属を半分ずつ使った鎧で、避けて戦うよりは打ち合って戦うタイプの装備だな。

回避には向かないが大事な部分だけを金属で守る感じか。

昔の俺ならいっそ全部金属にすりゃ良いだろって思っただろうが、今の俺には無駄な部分まで重くするのは無駄だって分かる。

それはつまり相手も分かっていてそういう装備にしてるってこった。

そしてウソリの得物だが、こいつがちょっと変わっていた。

というのも、奴の得物は二本のロングソードだって事だ。

片手でも扱いやすいナイフやショートソードじゃなく、両方ともロングソードなんだよな。

初めて見た時はあれでちゃんと戦えんのかって思ったんだけどよ、実際に試合に出たアイツは二本のロングソードを軽々と扱って危なげなく試合に勝ったんだ。

「アイツ、今までの連中とはちょっと違うぜ」

兄貴に修行をつけてもらうようになった事で、俺もちっとは相手の強さってもんが分かるようになってきた。

その俺の目から見れば、コイツは間違いなく強いぜ。

二度転生した少年はSランク冒険者として平穏に過ごす 7

～前世が賢者で英雄だったボクは来世では地味に生きる～

十一屋 翠

illustration がおう

初回版限定
封入
購入者特典

特別書き下ろし。

モフモフと遊ぼう!

※『二度転生した少年はSランク冒険者として平穏に過ごす～前世が賢者で英雄だったボクは来世では地味に生きる～ 7』をお読みになったあとにご覧ください。

EARTH STAR NOVEL

ティランに変装して龍帝の儀に参加した僕は、ある事に悩んでいた。

と言ってもそれは龍帝の儀についてじゃない。

「キュギュウ！」

「……モフモフ、太ったね」

そう、モフモフの事で悩んでいたんだ。

今のモフモフはドラゴニアに来たころに比べてかなり太っている。

理由は分かっている。

それはモフモフが色んな人達からご飯を貰っていたからだ。

モフモフはティランとお揃いの黒い鎧を身に纏って僕と一緒に龍帝の儀に参加している。

ただあくまでペット扱いだから、試合中は舞台から降ろして待たせているんだけど、どうも僕が戦っている間に観客達から食べ物を分けてもらっているみたいなんだよね。

僕はモフモフを摑んで内側に溜まった脂肪を確認する。

「キュッ!?」

何か良いダイエット方法はないかなぁ。

「うーん、遠出して龍峰辺りでがっつり運動させたいけど、今は試合もあるからあんまり町から離れられないんだよね。それだと大した運動量にならないだろうし……いや待てよ」

そこでふと僕はある事を思いついて魔法の袋からドラゴン素材を取り出す。

「そうだ！　これでモフモフのダイエット用玩具を作ろう！」

思いついたら即実行。僕は大きめのドラゴンの鱗を一枚選ぶと、大雑把に丸い形に削り出し、更に綺麗な円を描くように削ってゆく。

そして淵を高圧の水魔法で綺麗に磨いて一枚の円盤を作り上げた。

「よし、完成！」

「キュウ？」

おっ、良い感じにモフモフが興味を示しているみたいだ。

「これはね、フリスビーっていう玩具だよ」

確かこんな感じの丸い円盤状の玩具を投げてペットに持ち帰らせる遊びがあった筈。

これなら町の近くでもモフモフを十分に運動させる事が出来るだろう。

「さっそく町の外で遊ぼうか！」

「キュウ！」

◆モフモフ◆

「※※※※※」

ご主人が何やら丸い物体を見せてくる。何だこれは？

「※※※※※」

何か良く分からんが、食い物では無いみたいだ。つまらん。

そのまま昼寝でもしようと思ったら、ご主人に摑まれて町の外へと連れ出された。

「※※※※※！」

狩りにでも行くのかと思ったら、ご主人がさっきの丸い物体を投げる。

それはクルクルと回転しながら飛んで行き、我の視界から姿を消した。

ふむ、もしかして新しい武器だったのか？

だがその割には周辺に魔物の姿はないいな。

もしかして武器ではなかったのか？

ならば一体何なのだろうか？

もしかして我の玩具とか？

はっ、くだらん。我は魔物の王ぞ？　あんな子供だましの玩具で喜ぶわけが……クンクン。

んん？　この匂いは……

我は丸い物体が消えた方向に鼻を向けると、彼方から漂ってくる匂いを嗅いだ。

これは……もしや！

我は駆けだしていた。

丸い物体が姿を消した方向へと。

そしてその先で我はある物を発見したのだ。

そう、そこにはご主人の投げた円盤で首を切断されたと思しき魔物の死体が！

やはり血の匂いだったか！

ヒャッハー！　メシだー！

我は大興奮で魔物の肉に齧りつく。

ここのところご主人に止められて腹いっぱいになるまで食べる事が出来なかったからな！

はっ、いかん！　ご主人に見つか……ほっ、良かった。丁度ご主人から死角になっていたようだ。

我は急いで魔物の肉を綺麗に食べ終え、丸い物体をくわえてご主人の下へ戻ろうとした。

だが、そこでふと自分が血まみれである事に気付く。

いかん、これではつまみ食いをした事がご主人にバレてしまう。

そんな事になったら、またひどい目に遭うぞ。

我は水の匂いを辿り、近くを流れていた川に飛び込んで血を洗い流した。

よし、これでオッケー！

さぁ、何事もなかった振りをしてご主人の下に戻るぞ！

◆

モフモフを運動させるようになってから数日が経過した。

モフモフはフリスビーの事を相当気に入ったらしく、水の中に飛び込んでまでフリスビーを追いかけまわしてた。

ただ……

「おかしいなぁ。あんまり痩せてないような気が……」

そうなんだよね。結構な量を運動している筈なのにモフモフは全然痩せる気配がないんだ。

以前はこのくらい動けばそれなりにカロリーを消費していたのになぁ。

「うーん、なんでなんだろう？」

「キュッキュキュキュ」

「まぁそれなら運動量を増やせばいっか」

「キュウッ!?」

これは恐らくモフモフが成長しているからだろうね。

生まれたての頃と同じ程度の運動量じゃ、そりゃあ遊び足りないか。

「キュキュキュキュウッ!!」

うん、モフモフも全然遊び足りなかったぜ！　と言わんばかりにはしゃいでいるし、やっぱり運動量が少なすぎたみたいだね。

「じゃあ明日からは10倍の運動をしようか！」

「キュ……キュウゥゥゥゥゥンッッ!!」

ははは、大喜びだね。

青空の下、モフモフの嬉しそうな鳴き声がドラゴニアの空に木霊していた。

「ジャイロ選手、ウソリ選手、両者とも前へ」

審判に呼ばれて前に出た俺達は、互いに得物を構える。

武器を構えた瞬間、相手の空気が変わった事を感じて肌がビリビリしてきやがるぜ。

「それでは、試合始め！」

「いっくぜぇー！」

開始の合図と共に俺は速攻で前に出る。

それはウソリの奴も同じで、お互いが前に出た事で一瞬で距離が詰まった。

「つらぁ！」

『……っ！』

お互いの剣のぶつかる感触。

ウソリがぶつかった互いの剣を支点にして体を回し、反対側の手に構えた得物で俺を攻撃しようとする。

だがそいつはムリってもんだぜ。

『っ!?』

何故なら、アンタの剣は俺の剣の切れ味に耐えられないんだからよ！

俺の剣はウソリの剣をあっさりと切断し、奴はバランスを崩して再度の攻撃に失敗する。

欲を言えば相手の剣の根元から切断したかったんだが、残念な事にウソリの剣は短めのショートソードくらいには刀身が残っていた。

とはいえ、これで折った方の剣のリーチは半減だ。

一気に畳みかけるぜ！

俺は飛行魔法の応用で背中の片側にだけ炎を噴出させると、体を無理やり半回転させてウソリに向き直る。

更に振りぬいた剣からこれまた半分だけ炎を噴出させせて、弾き飛ばすようにウソリに切りかかった。

「ブーストスラァッシュッ!!」

一瞬で最高速度まで加速した剣がウソリを襲う。

『くっ！』

だがウソリはかろうじて俺の攻撃を回避すると、後ろに跳び退って体勢を立て直す。

「へっ、やるじゃねぇの」

◆ウソリ◆

何という事だ。

修行の為に素性を隠して大会に参加してみれば、このような所でこれほどの実力者に出会うとは！

あの依頼を受けた事で、己の力不足を思い知った俺は、もう一度己を鍛え直す為の旅に出た。

そしてたまたま立ち寄った町で開催していた大会に参加したのは正解だった。

修行の旅に出て早くもこれ程の死闘を味わえるとはな！

「さてっと、そんじゃ行くぜ！」

言うや否や、蒼炎のジャイロと呼ばれた少年が俺に向かって飛びかかってくる。

その飛び込みの勢いたるや、あの少年を彷彿させる程だ。

そう、彗星のように現れ、瞬く間にその名を知らしめた怪物。

最も若きSランク冒険者、大物喰らい「レクス」の姿を。

『ぬぅっ！』

俺はギリギリで蒼炎の剣を回避する。

先ほどの切りあいで、あの剣を受ける事は無意味だと分かったからな。

しかし誤算だったのは、蒼炎の二つ名の由来となった強化魔法を使わずともあれほどの切れ味を誇る武器だった事か。

おかげで得物の片割れがこの通りだ。

『せめてこれがいつもの相棒だったらな』

「あっ？　なんだって？」

俺の呟きが聞こえたらしい蒼炎が耳聡く聞き返してくる。

聞こえはしたが、内容までは聞き取れなかったようだな。

だがそれでいい。

万全の状況なら勝てるなどというのは、甘えにすぎん。

なにより、黒牙と白牙があっては修行のやり直しにならんからな。

アレに頼り過ぎていたと気付いたからこそ、俺は自分を鍛え直す為にわざと二振りの相棒達を封印したのだ。

そう考えると、この蒼炎はギリギリの危機感を与えてくれるいい相手だ。

あの剣の切れ味は、いつぞや戦った巨大キメラの危険な一撃に匹敵する。

どちらも当たればタダでは済まないという意味でな。

俺は蒼炎の攻撃を紙一重で回避し続ける。

一撃でも喰らえば装備が使い物にならなくなるからな。

なにより、この相手に反撃する為には、無駄な動きを無くし薄皮一枚で回避しなければならない。

まぁ、実際にはギリギリでないと蒼炎の攻撃を回避出来ないというのが本音なんだが。

いやまったく情けない。

我ながらこんな体たらくで、よくSランク冒険者を名乗れたものだ。

『まったく、世界は広い』

ただひたすらに回避に専念する。

黒牙と白牙がない事でここまで苦戦するのだから、自分の未熟さを思い知る。

そして蒼炎の技術も凄まじい。

装備の性能も厄介だが、何より恐ろしいのはその武器を自在に使いこなす技だ。

魔法と剣技を融合させるセンスも侮れん。

相手の攻撃にひるむ事なく飛び込んでくる負けん気といい、見た目の若さからは想像もつかないほどの修羅場をくぐってきたのだろうな。

まだまだ荒削りな部分は見えるが、単純な能力では俺を超えているか。

とはいえ、それだけでは勝てないのが勝負の世界だ。

時に戦いとは弱者が強者に勝つこともあり得る。

それを実現する為、俺は辛抱強く蒼炎の攻撃を凌いでいく。

「くっそ」

そうすると、蒼炎が焦れてくるのが分かる。

技術と度胸は大したものだが、やはりここは若いな。

「ならこれならどうだっ！」

この若者には、辛抱強さが足りない。

焦れた蒼炎が力ずくで状況を変化させる為に切り札を切ってくる。

だがそれこそが俺の狙い！

『ここだ！』

俺はわざと蒼炎を懐に入れると自らの得物で受ける。

当然俺の剣は蒼炎の剣に切断され完全に使い物にならなくなるが、それは織り込み済みだ。

俺の剣を切断した事で蒼炎が勝利を確信した笑みを浮かべる。

二刀流の俺から得物を一本奪えば戦力が半減すると考えたんだろう。

確かにそれは正しい。

実際武器が減った事で俺の戦力は半減だ。

だから俺は使い物にならなくなった剣を躊躇《ためら》う事無く捨て、残った剣で蒼炎に斬りかかる。

「なっ⁉」

得物の片割れを失った事に躊躇う様子もない俺の姿に、寧ろ蒼炎の方が動揺する。

『俺は自分よりも格上の敵と戦う事には慣れているのさ』

「うぁっ⁉」

俺の剣が蒼炎の得物を天高く弾き飛ばす。

どれほど強かろうとも、得物を失ってしまえばそもそも戦う事すら出来まい。

巨体の魔物ならともかく、素手で俺の鎧を破壊する事は不可能。

ならば剣が残っている俺の方が有利！

『終いだっ！』

渾身の一撃を蒼炎に叩き込む。

「ああ……アンタがな！」

蒼炎が不可解な言葉を呟いた瞬間、鳩尾に激しい衝撃が走った。

『がはっ……っ!?』

激痛で硬直し動けなくなった体を酷使して唯一動く目を下に下げると、そこには蒼炎の拳が深々と突き刺さっていた。

『ば、馬鹿な……!?』

まさか、蒼炎の狙いも俺と一緒だったとは……

『双大牙のリソウ一生の不覚……』

◆ジャイロ◆

やられた、完全にそう思った。

コイツは俺に武器を破壊されてショックを受けるどころか、自分の武器を誘いに使いやがった。

お陰で俺の剣は空高くに弾き飛ばされちまった。

この野郎、とんでもねぇ思い切りの良さだ！

そして無防備になった俺に、ウソリが剣を振り下ろす。

くそっ、バランスを崩したこの状況じゃアレを避けれねぇ……

何より武器が無くなっちまった。

これじゃあ戦えねぇ。

すまねぇ兄貴、折角兄貴に凄ぇ装備を作ってもらったってぇのに。

兄貴だったら、こんな状況でもなんとか出来……

そうだ！　兄貴ならこんな程度のピンチじゃ諦めねぇに決まってる！

俺は兄貴みたいに強くはねぇけど、それでも兄貴の舎弟だ！

そんな俺がこんな所で諦められるかよ！

「何より、俺はまだ負けてねぇ！」

諦めるのは負けた後にすりゃあいい！

俺は拳に魔力を込めて自分の腕を強化する。

コイツは以前兄貴から教わった身体強化魔法のピンポイント強化ってやつだ！

これをやると他の部分の強化が弱くなっちまうのが欠点だって兄貴は言ってたけど、成功すれば俺の拳は鉄だって砕けるはずだ！

いや、はずじゃねぇ！　ぜってぇ出来る！

こいつはチャンスなんだ！

ヤベェくらい強い敵との戦いは、俺が兄貴に追いつく為のチャンスなんだ！

『終いだっ！』

ウソリが勝利を確信した叫びをあげる。

「ああ……アンタがな！」

『何!?』

兜の奥からウソリの驚きの声が聞こえるのも無視して、俺は思いっきりウソリの剣に拳を叩き込む。

『正気か!?』

俺の命知らずの行動にウソリが困惑の声をあげる。

そして俺は、賭けに勝った。

俺の拳はウソリの剣に斬られて真っ二つになる事はなく、逆にウソリの剣を真っ二つにへし折る。

更に拳は勢いを殺すことなくウソリの鎧を紙のようにひしゃげさせた。

『ごぉっ!?』

俺の攻撃は完全に決まりウソリの体がくの字に曲がる。

そして兜の隙間から見えていた目の光が消える。

「よっしゃ！」

勝った、俺はまた一歩兄貴に近づいた。

そう思った、その時だった。

「ゴフッ!?」

突然脳天にとんでもない痛みが走り、俺は何が起きたのかも分からず意識を失った。

◆ミナ◆

誰もがジャイロの勝利を確信したその瞬間、空から降ってきた何かがジャイロの脳天に直撃した。

そしてジャイロは短く悲鳴をあげると、ゆっくりと地面に倒れていく。

「「「「……」」」」

突然の出来事に試合場から歓声が消える。

落ちてきたのはジャイロの武器だった。

どうもウソリ選手に弾かれて宙に舞っていた武器が、勝負が決まった直後にジャイロの頭に落ちてきたみたいね。

「……」

そして審判が二人のそばにしゃがみ込むと、完全に意識を失っているのを確認して首を軽く横に振る。

そして立ち上がると両手を上にあげて大きく交差した。

「この勝負、ダブルノックアウトと判断し引き分けとするっ！」

「「「「えぇぇぇぇぇぇぇぇっ!!」」」」

こうして、ジャイロとウソリ選手の試合は、まさかの両者気絶による引き分けに終わってしまったのだった。

「あのバカ、最後の最後に油断したわね……」

まぁ不可抗力ではあるんだけど……もうちょっとねぇ？

「あれ？　もう試合終わっちゃったの？」

そして、間の悪いことに、試合が終わったこのタイミングでレクスが帰ってきた。

あーいや、あのバカにとっては恥ずかしい瞬間を見られなかっただけマシなのかしらね？

第128話　龍姫達の戦い、準決勝

「ショボーン」

ついさっきの試合でダブルノックアウトになってしまったジャイロ君は、すっかりヘコんでいた。

「俺だけ負けた……」

せっかく勝ったと思ったら、まさかの偶然で引き分けになっちゃったみたいだからしかたないと言えばしかたないんだけどね。

「あーもう！　いつまでもウダウダと鬱陶しいわね！　失格になっちゃったものはしょうがないでしょ！　切り替えなさいよ！」

ヘコんでいたジャイロ君に我慢が出来なくなったミナさんが声を上げる。

「だってよぉー」

「だってじゃないわよ！　もう終わったの！　悔しいならもっと強くなりなさい！　大会は今回だけじゃないいんだから！」

「え？　そうなのか？」

「龍帝が現れた事を記念して始めたんだからどうせ来年もやるでしょ。龍姫の儀がお祭り騒ぎになった事を考えたら、町の偉い人達が来年もやるのは目に見えてるわ。だからその時に勝てばいいでしょ」

まぁ、確かにその可能性は高いかもね。

っていうかそうなる気がする。

「そうか、また参加すればいいんだな」

ジャイロ君が顔を上げる。

「そうよ」

「もっと強くなればいいんだな」

「そうよ」

「……よっしゃ！　分かったぜミナ！　俺はもっともっと強くなって来年こそ優勝してやるぜ！」

「「おおー」」

ジャイロ君の宣言に、ミナさん達が手を叩いて盛り上げる。

さすが昔から一緒だっただけあって付き合いがいいや。

こういう関係を築ける友達っていいよね。

「さっ、それじゃあメグリとリューネの応援に行くわよ！」

「おう！」

そうだった、これからメグリさんとリューネさんの試合なんだよね。

試合が進んで人数が減ると、こうやって同門対決が多くなるのが難点だなぁ。

「次は準決勝だから、どっちが勝っても私達の身内が決勝に出るのよねぇ」

そう、ミナさんの言う通り、龍姫の儀は準決勝。

選手の数はもう残り四人にまで減っていたんだ。

ちなみに龍帝の儀に参加してる僕達も次の試合が準決勝なんだよね。

けど、ジャイロ君が試合で両者引き分けになった事で、選手が残り三人になっちゃったから、次の試合に選ばれた選手は不戦勝になるみたいなんだ。

一体誰が不戦勝になるんだろうね。

◆

「それでは準決勝、試合開始！」

審判の宣言と共に、メグリさんとリューネさんの試合が始まる。

「はぁっ！」

「くっ！」

けれど不思議な事にメグリさんの動きは不自然に鈍く、更に槍と短剣という武器の違いも相性が悪かった。

結果メグリさんはジリジリと押されていき、最終的には場外に押し出されてリューネさんの勝利となった。

「勝者リューネ！」

「やったぁー！」

試合に勝ったリューネさんが無邪気に喜んでいる。

「意外と早く終わったわね」

「装備の相性が悪かったですね」

これがミナさんだったら遠距離から魔法で削る事が出来ただろう。

リューネさんはメグリさん程スピード特化タイプじゃないから、身体強化魔法を上手く使えば十分勝ち目はあっただろうしね。

「けどなんでメグリさんはあんなに動きが鈍っていたんだろう？　いつものメグリさんの動きじゃなかったですけど？」

「あっそうか、レクスは前の試合を見てないんだっけ。前の試合じゃ私とメグリが戦ったのよ。お互い本気で戦ったから、メグリも試合の疲れが残っていたのね。私も魔力を相当消耗したし……」

成る程、それならしょうがない。

前世でも長丁場の時はその日の戦いだけじゃなく、翌日以降の戦いを考えて常に体調を最善の状態に整えておく必要があったからね。

「しまったなぁ、それならこれを渡しておくべきだったよ」

僕は懐からポーションを取り出す。

「それは？」

「僕が作った万能ポーションです。怪我を治すだけでなく、体力と魔力も同時に回復する事が出来るんですよ」

「さらっと凄い物が出てきた」

「あっ、折角ですからミナさんもどうですか？　試合の疲れが残っているんですよね？」

「あー、うん……ちょっと怖いけど、まぁレクスが作った物だから危険はない……かな？」

そう言って万能ポーションを受け取ったミナさんがふたを開けて中身を飲み込むと、その体が淡く光り始める。

「え!?　何これ!?」

ポーションは瞬く間にミナさんの体を癒し、消耗した魔力も回復させていく。

「う、嘘!?　魔力がこんな一瞬で!?　何!?　何なのコレ!?」

うん、ちゃんと効果を発揮したみたいだね。

作り方はちゃんと覚えていたけど、僕が飲む機会が全然なかったからなぁ。

そして試合を終えたリューネさんが満面の笑みで僕達の所に戻ってくる。

「勝ちましたよ、レクス師匠！」

「おめでとうございます、リューネさん」

心から嬉しそうに報告してくるリューネさんを労っていると、心なしか落ち込んだ様子のメグリさんも戻ってきた。

「くっ、前の戦いで消耗し過ぎた……賞金が……」

「あはは、すみません」

うーん、こういう時知り合い同士だと気まずいよね。

「あれ？　どうしたんですかミナさん？」

とリューネさんがミナさんの様子に首を傾げる。

「ああ、僕の作った万能ポーションを飲んで体力と魔力を回復させたんですよ。お二人もどうぞ」

そう言って僕は二人にも万能ポーションを手渡す。

「万能ポーション？　体力と魔力を回復させる？」

「普通のポーションに見えるけど……？」

首を傾げながら二人がポーションを口にする。

「あっダメ！　メグリは飲んじゃダメ！」

そしたらいつの間にか我に返っていたミナさんがメグリさんに万能ポーションを飲むなと叫んだ。

「え？」

けれど既にメグリさんは万能ポーションを飲み込んでしまった後で。

そしてリューネさんとメグリさんの体が淡く輝き、試合で受けた傷が癒えていく。

「うわっ、なんですこれ？　傷だけじゃなくて体中の疲れが一瞬で吹き飛んじゃいました！　それに試合で消耗した筈の魔力も漲って……体が軽すぎて自分の体じゃないみたいです⁉」

あはは、普通の万能ポーションにそれは言い過ぎだよ。

「そのポーションは怪我の治療だけじゃなく体力と魔力も回復させる効果があるんだ。あと弱い毒消しの効果もね。ほら、何種類もポーションを持ち歩いても荷物になるし戦闘時に何本も飲んでいたら隙だらけでしょ？　だからそれ一本で全部治るようにしたんだ」

「えっ？　そんなポーションがあるなんて初めて聞きましたよ⁉　そんなの作れるんですか⁉」

「無理無理無理、普通は作れやしないわよ。違う効能のポーションの素材を一緒に混ぜたりなんてしたら、最悪毒薬の完成よ」

「ですよね……」

「そんなものが普通に存在してたら、他のポーションは軒並み価値が大暴落よ。しかもそんなとんでもないのをこのタイミングでメグリに飲ませたりしちゃって」

「あー……」

ミナさんの溜息にリューネさんが同意するように声を上げる。

ええと、どういう事？

「……ガクリ」

そしたら突然メグリさんが膝を折って地面にひれ伏した。

「ええっ!?　どうしたんですかメグリさん!?」

まさか薬の調合をミスった!?

「完全に体が回復してる……」

あれ？　ちゃんと治ってる？　だったらなんでそんなに悔しそうな顔をしている訳!?

「もっと早くこれを飲んでいれば！　全力で戦えたのにっ！」

「あっ……」

「今更こんなモノがあるなんて知ったら、そりゃあねぇ……」

「ええ、私だって同じ状況になったらそう言わずにはおれませんね……」

「れぇーくぅーすぅー……」

心底恨めし気に、メグリさんが僕をじっとりとした目で睨んでいた。

「す、すみません……」

こ、この状況どうしよう……

「はいはい、今更悔しがってもしょうがないでしょ。そもそも普通の選手はこんな薬飲めないんだから。そ・れ・よ・り・も・怪我も治った事だし、リリエラの応援に専念しましょ」

「そうでした。次の試合で決勝の相手が決まるんですよね！　皆で龍姫様を応援しましょう！」

「そ、そうですね！」

ミナさんとリューネさんのナイスなフォローのおかげで、僕は窮地を脱する事が出来たのだった。

「じーっ……」

……脱せてないみたいです。

◆

「それではリリエラ選手、ケイト選手、前に」

ちょっとゴタゴタはあったけど、リリエラさん達が会場に姿を現す。

そして審判に促され、二人が試合舞台の中央で武器を構え向かい合う。

決勝戦の対戦相手を決める戦いなだけに、観客達も真剣な様子で試合を見守っていた。

「なぁ、どっちが勝つと思う？」

「そりゃお前龍姫様だろ」

「だよなぁ。相手の姉ちゃんも可哀そうになぁ」

「相手が悪いよな。怪我しないように頑張れよー姉ちゃん」

……真剣？

「試合、開始っ！」

「「たぁーっ!!」」

試合開始の合図と共に二人が刃を交える。

そして、相手選手の剣が真っ二つに折れて喉元にリリエラさんの槍が突きつけられた。

「ま、参った……」

まさに電光石火、勝負は一瞬で決まってしまった。

「勝者、リリエラ選手！」

「「「おおーーっ!!」」」

リリエラさんの勝利が決まり、観客席から歓声が上がる。

こうして、決勝戦はリリエラさん対リューネさんの同門対決に決まったのだった。

◆

「ところで、今までどこに行ってたの？」

今日の試合が終わり、皆で祝勝会を兼ねた食事をしていたら、リリエラさんが僕の外出の理由を聞いてきた。

「ちょっと王都まで行って反龍帝派の足止めをしていたんです」

「「「「あっ」」」」

「キュッ」

え？　何、その『察した』って表情は？

「ええと、とりあえずそれで反龍帝派の人達は上手い事捕まえたんだけど、宰相だけは見つからなかったんだ」

「宰相だけ？」

「うん、捕まえたのは影武者で、自分が本物だって言い張って本物の宰相の居場所は頑として口にしないんだよね。護衛の弱さとか僕に見つかるタイミングとかを考えると偽者なのは間違いないんだけど」

そう、影武者は不自然なくらいタイミングよく見つかった。

明らかにこっちを誘っていると分かるくらいに簡単に。

「敵ながら見事な忠誠心だったよ」

「「「「あー」」」」

「キュー」

だから何、そのそういう事ねって言いたげな目つきは？

「とりあえず影武者は龍帝派の貴族の人に預けて来たよ。ただ普段から本物を見慣れている貴族の人達も騙されるくらいそっくりだったみたいだから、ちゃんと偽者だって念を押しておいたけどね」

「あーうん、分かったわ。偽者って事で納得してもらったのね」

「そっかー偽者って事で納得させちゃったのかー」

「偽者って事で納得したという事は……」

「どんな尋問をしても偽者だから問題ないという事……」

「まー偽者だしなー」

「そうですねぇ、偽者という事で一つ」

「キュッキュー」

なんだろう、皆が凄く影武者に対して憐れむような眼差しをしているんだけど。

やっぱり敵とはいえそこまで忠誠心に溢れた相手には敬意を示しちゃうんだろうね。

前世でも敵にしておくには惜しい忠誠心に溢れた相手は何人も居たからなぁ。

「ともあれ、これでしばらくは反龍帝派も動けない筈です。今のうちに龍姫の儀と龍帝の儀を終わらせて、リューネさんが龍姫の正統な後継者と知らしめましょう！」

「はい！　龍姫さ……いえ、リリエラさんに勝ってこの槍を天下にとどろかせて見せます！」

「……しまった!?」

意気込むリューネさんの言葉を聞いて、リリエラさんが愕然とした顔になる。

「どうしたんですかリリエラさん？」

「普通にここまで勝ち進んじゃったーっ！」

……ええと、頑張ってください。

第129話　ある密偵達の暗躍

◆とある密偵◆

「くっ、どうしてこうなった！」

私は王都よりやってきた反龍帝派の密偵。

というのは仮の姿で、数百年前からこの国に潜伏し続けていた魔人だ。

つまり、人間にとっては本当の意味での密偵と言える。

現代の人間共は脆弱かつ無力、姿を変える魔法を使えば容易に人間に溶け込む事が出来る上に正体がバレる心配がない。

私に与えられた役割は、この国から竜騎士の血と技を失わせる事。

人間の文明が弱体化したこの時代でも、ドラゴンの存在は無視出来るものではないからな。

そして幸いにも、先の大戦によって竜騎士達は大きく弱体化していた。

最初は意図的に流行り病を起こして竜騎士達を自然死に見せかけた。

かつての人間達なら、あの流行り病を治療する事も出来たが、医療技術を退化させた人間共は面白いくらい簡単に流行り病で死んでいった。

病にかからなかった者達も、反龍帝派を上手く利用して任務の名目でおびき寄せて始末した。

そうしてこの国の竜騎士の血は途絶え、書物などによって残されていた竜騎士の教えも時間をかけて一つ一つ処分してきた。

あとは同胞の決起と共に内側からこの国を破壊するばかりという状況だったのだが……

「よもや人間共に捕まるとは！」

タツトロンの町に現れたという龍帝と龍姫を、龍帝の儀にかこつけて抹殺する為にやってきた私だったのだが、ある日突然現れた黒い騎士達に捕らわれてそれどころではなくなってしまったのだ！

魔人であるこの私が！　なすすべなく！

そりゃあまぁ、確かに私は戦闘向きではない密偵だ。

だがそれにしたって人間に比べて圧倒的なまでに肉体も魔力も強大なこの私が人間ごときに負ける筈がないのだ！

……いやまぁ負けたのだが。

しかもマジックアイテムで力を封じられて反抗も出来ないときたものだ。

結局私はこの町の自警団に捕まり、牢屋に入れられていた。

ああ……なんという屈辱であろう。

魔人たる私が人間に捕まるとは……

しかしここで好機が訪れた。

あまりにも捕まえた犯人の数が多い為、町の牢屋が一杯になってしまったのだ。

しかし我々は反龍帝派として捕まっている以上、情報を吐くまでは下手に始末する事が出来ない。

そこでこの町の役人共は苦肉の策として、我等を王都に護送する事に決定した。

これはチャンスだ。王都は反龍帝派が牛耳っている。

取り調べどころか即日解放も夢ではない。

「ほれ、さっさと馬車に乗れ！　言っておくが王都で仲間に助けて貰えると思うなよ！　すでに王都の反龍帝派は根こそぎ捕まって、王都は龍帝派が取り仕切っているらしいからな！」

そしたら護送用の馬車に我々を乗せていた騎士が得意満面の顔でそんな事を言ってきた。

「なんだと!?」

なんという事だ！　よもや王都にまで敵の手が回っているとは!!

これでは王都で活動していた同胞に助けを求める事も出来んではないか！

ど、どうすれば良いのだ!?

「ああ、こう考えると、退屈と思っていた王都での暗躍の日々は充実していたのかもしれんなぁ」

などと陰鬱な気分で馬車に揺られていた私だったが、突然馬の嘶《いなな》きが聞こえたかと思うと馬車が止まった。

「なんだ!?」

「まさか盗賊か!?」

盗賊とは運の悪……いやこれは幸運かもしれん。

あの黒い騎士共ならともかく、人間の盗賊なら何とでもなるというものだ！

……この封印さえ外せればな。

だがそんな心配も杞憂であった。

護送用の馬車の扉が無理やりに開けられ、外から誰かが顔を見せる。

「助けに来たぞ」

「お、お前は!?」

そう、私はその顔に見覚えがあった。

「ダルジンか！」

私を助けに来たのは、同胞たる魔人ダルジンであった。

「む？　お前も捕まっていたのかアザム」

「あ、ああ。信じられん強さの騎士共に襲われた。だが何故お前がここに？　お前は王都に居たのだろう？　王都でもあの黒い騎士共が反龍帝派を襲っていた筈だ」

「そうか、お前も例の黒い騎士に襲われたのか。成る程、それなら納得だ」

やはり王都でもあの黒い騎士共が暴れていたのか。

『俺は拠点に出向いていたから助かった』

ダルジンが人間共に聞こえないよう、念話で会話をしてくる。

この場合の拠点とは、王都にある拠点ではなく、このタツトロンの町の近くにある朽ちた要塞の事だ。

あそこは我々魔族がドラゴニアを落とす為の前線基地として使っているからな。

『何？　連絡魔法でも転移門でもなく直接出向いたのか!?』

我々は万が一にも拠点の場所がバレる事が無いよう、拠点に直接行く事はめったにない。

人間共の尾行ではなく、龍峰のドラゴン共に察知される事を警戒してだ。

そして拠点に赴く際には、王都に設置された転移門を使って移動する。

なのに何故直接拠点に？

『転移門を使って拠点に向かった者達が戻ってこなくなった。そしてしばらくしたら転移門が起動しなくなった。おそらく向こうの門が機能停止したらしい』

『緊急事態か!?』

『ああ、だから直接出向いたのだが……』

『何があったのだ!?』

ダルジンが苦み走った顔になる。

『拠点に近づいた途端に襲われた』

『敵は何者だ!?　あの黒い騎士達か!?』

『いや人間共ではない。要塞の防衛機構だ』

『何!?　あの要塞は朽ちていて、全ての機能が死んでいた筈だぞ!?』

信じられん！　あの要塞は完全に朽ちており、これまで全く動く気配がなかったのだぞ!?

『理由は分からん。だが現に要塞の防衛機構は起動している。おそらく同胞達もアレにやられたのだろう。転移門もソレに破壊されたのだろうな』

なんという事だ。

まさか私が捕まっている間に、そんな事になっていたとは……

『こうなると龍帝の復活は真実なのだろうな。我々魔人の暗躍を察知し、連絡経路を封じてから人間共の反龍帝派ごと俺達を一掃した』

『そうか！　反龍帝派の取り締まりは我々を捕らえる為の隠れ蓑か！』

『ああ、人間共にとっては俺達魔人は伝説の存在だからな。俺達を捕らえる為と説明するよりも、反龍帝派を捕らえる為と説明した方が、強引な取り締まりに対する反感を招きにくいという判断だろう』

『豪胆な判断だな……』

二つの敵勢力を一気に排除出来て一石二鳥、いや龍帝の力を示す事も出来て一石三鳥という事か……

『だが敵にも誤算はあった。俺が直接拠点に出向いて町から離れていた事で、人間共の襲撃を逃れる事が出来たという事だ』

むぅ、確かにな。おかげで私も助かった。

『拠点との連絡が取れないのは本拠地も同じだ。あそこには多くの同胞が居た。準備が出来次第拠点を制圧する為の部隊が動くだろう。その前に我々も何らかの手柄を立てねば、無能者の烙印を押されかねん』

『しかし何か方法はあるのか？　あの黒い騎士共は悔しいが強いぞ？』

『分かっている。故に一点突破だ。まずはこのまま龍帝の儀を行わせる』

『それに何の意味がある？』

『おそらく龍帝の狙いは龍帝の儀の終了と共に即位宣言をする事だろう。儀式は竜騎士に相応しい実力を民に見せつけるのにうってつけだからな。それはつまり我々の狙い通り、本物の龍帝の正体が判明するという事だ。あとは龍帝さえ始末すれば竜騎士共も混乱して戦いどころではなくなる。あとは反龍帝派の連中を囮にして逃げるだけだ』

『そう上手くいくのか？　あの黒い騎士共の守りを抜けるのは困難だぞ？』

するとダルジンがニヤリと笑みを浮かべて懐から古ぼけた箱を取り出した。

そして箱を開けると、中から光り輝く宝石が姿を現す。

『これを使う』

『それは？』

『かつて人間共が作り出したマジックアイテムで、マナブレイカーという。周囲の魔力を吸収し続け、限界を超えると共に凄まじい爆発を引き起こす』

むぅ、確かに言われてみれば魔力を吸収される感覚がある。

というかだな……

『おいおい、いつ爆発するか分からんものが信頼出来るのか？』

『安心しろ、この専用の箱に仕舞っておけば魔力を吸収しない。蓋さえ閉まっていればな』

成る程、使う時に外に出せばいいのか。

『しかもこのマナブレイカーは魔力を吸収する程魔力を吸収する力が強くなる。つまり爆発の瞬間は防御魔法の魔力までも吸収してしまう事で身を守る事も不可能なのだ』

『それはまた厄介な恐ろしいマジックアイテムだな』

防御魔法を無効化するのか、敵にとっては厄介極まりない兵器だな。

ただ同時にそれは、我々も至近距離で爆発したらただでは済まないという事でもある。

『それとこれは俺の推測なのだがな、あの黒い騎士共の装備はマジックアイテムだと俺は思っている』

『突然何の話だ？』

『我々は人間共が竜騎士の技を失うように活動を続けてきた。それ故、龍帝達の戦力も完全ではないと俺は思っているのだ。となれば、あの黒い騎士達の強さの源はなんだと思う？』

『それがマジックアイテムという事か』

『ああ、龍帝は何らかの手段で大量のマジックアイテムを見つけたと俺は推測している。失われた技の代替戦力を求めたのだろうな』

ふむ、それはあり得る話だ。

『そして龍帝達は十分な数のマジックアイテムが揃った事で行動を開始した』

『だがそれと何の関係がある？　人間共の懐事情などどうでも良かろう？』

『言っただろう？　このマナブレイカーは魔力を吸収する。つまりあの黒い騎士共のマジックアイテムを動かす魔力もだ』

『そうか！　マナブレイカーならあの黒い騎士共も一網打尽という事か！』

『その通りだ！　あとはこれを上空から落とせば、人間共は何が起こったのかも分からないうちに町ごとドカーンだ！』

『ドカーンか！』

『そうだドカーンだ！　そして万が一生き残りが居たとしても、他の町から集めてきた反龍帝派の残存戦力で攻めれば一網打尽だ！』

『ははははははははっ!!』

これは良い！　上空からでは人間共の驚く顔が見れないのは残念だが、これは楽しい花火が見れるぞ！

くくく、この私を捕らえた屈辱、必ずや晴らしてくれよう！

はーっはっはっはっはっはっ!!

第130話　ジャイロの意地

試合開始直後、対戦相手の選手がノルブさんに向かって短剣を突き出しながら飛び出す。

「死ねぇ！」

「ハ、ハイプロテクション！」

パキィン!!

「なっ!?」

けれどノルブさんの防御魔法で対戦相手の短剣は真っ二つに折れてしまった。

「ええいっ！」

そしてカキーンという心地良い打撃音と共に、対戦相手の選手は場外に吹き飛ばされる。

「バーザス選手場外！　勝者ノルブ選手！」

「「「「オォォォォォォォォッ!!」」」」

「いやー、一瞬でしたねぇ」

ノルブさんと相手選手との戦いは、文字通り一瞬で終わった。

それこそ三秒とかかっていなかったんじゃないかな？

「それにしても今の選手の動きは良かった。今回の大会で見て来た中ではピカイチの速さ」

「ええ、居る所には居るものねぇ。あれだけの使い手が無名だったなんて、やっぱり世の中は広いわ」

　バーザス選手の飛び込みの速さを見て、メグリさんとリリエラさんが唸る。

「スピードで言えばメグリといい勝負だったわね」

「うーん、もしかしたら私より速かったかも……」

「まーけど、相手が悪かったな。ノルブの奴は凄ぇ堅ぇからなぁ」

「そうね、今回は相性が悪かったって事でしょうね。相手の選手の実力は凄かったけど、装備が普通過ぎたわ」

「達人は武器を選ばないって言うけど、強さが拮抗した相手だとやっぱり装備の良し悪しは大事ですね。あと全力を出しても壊れないように頑丈さを求めるとやっぱりそれなりの物が必要になりますし」

「いやー、そもそも普通の人は武器が壊れるような全力が出せないから……」

「私もそんなセリフを言ってみたい」

「いや言わなくて良いから」

　ともあれ、これで龍帝の儀の決勝戦は僕とノルブさんとの戦いに決まったね。

まさか決勝戦まで同門対決になるなんて思ってもいなかったよ。

やっぱり大会の開催が急だったから、達人にまで情報が届かなかったのかなぁ？

◆

「皆の決勝進出を祝って、カンパーイ！」

皆の決勝進出が決まった事で、僕達はお祝いを兼ねて酒場でささやかな激励会を行う事になった。

発案者は途中敗退してしまったミナさんとメグリさんだ。

「私達は負けちゃったけど、皆は頑張ってよね」

「特にリリエラとリューネ、賞金目指して頑張って。ノルブはまぁ……死なない程度に頑張れ？」

「あ、ありがとう……ございます？」

「そしてレクスは全力で手加減をするように！」

それ激励じゃないですよね？

「あー、俺も兄貴と戦いたかったぁー……」

そんな呟きと共に、ジャイロ君がザクザクとフォークを料理に突き刺していた。

「アンタまだそんな事言ってんの？　諦めが悪いわねぇ。っていうかレクスと戦いたいなら訓練で相手して貰いなさいよ」

「ちっげぇよバカ！　俺は練習じゃなくってマジな戦いを兄貴としたいんだよ！」

ミナさんの言葉に、ジャイロ君はそうじゃないと口を尖らせる。

「何よ、人前で負ける姿を見られたいの？　もしかして変態だった訳アンタ？」

「なんでそうなるんだよ！　負けても当たり前の練習とかじゃなくて！　本気で！　勝たなきゃいけない舞台で！　兄貴に全力で挑みたいんだ！」

「って言っても、どうせレクスには勝てないからどこで戦っても同じじゃないの」

「っ〜！　分かんねぇかなぁ！　そうじゃねぇんだよ！」

「男のプライドとか分かんないわよ。ほんっと無駄な事に拘るんだから」

なんだかんだ言って、ちゃんとジャイロ君のプライドの問題だって分かってるんだね。

付き合いが長いだけあるなぁ。

「勝つ事が目的じゃねぇんだよ！　全力で戦う事が大事なんだ！　そんで負けたらそれはそれで兄貴が凄ぇ強いって皆に知れ渡っていいんだよ！」

え？　それでいいの？

「あっそ、なら好きにしたらいいんじゃない？」

「おう！　好きにするぜ！」

そう言うとジャイロ君は気持ちに整理がついたのか、食事を再開する。

なんだかちょっと不穏な空気になりそうだったけど、無事に落ち着いて良かったよ。

◆

今日は決勝の日。

といっても戦うのは身内同士という事もあって、僕達は特に緊張する事もなくいつも通りだ。

「あー、とうとうレクスさんと戦うんですね……うう、胃が痛くなってきた」

「頑張れ」

ノルブさんは身内同士で戦うのが嫌なのか、試合が近づいてくるにつれ、不安気な様子になってきて、それをメグリさんが宥めている。

「そろそろ行きましょうか」

部屋から出てきたリリエラさんが試合会場への移動を促してくる。

「あれ？　ジャイロとリューネは？」

とミナさんがジャイロ君達が居ないと首を傾げる。

「リューネは遅刻しないようにって、先に向かったわ。ジャイロ君はちょっと知らないわね」

「まぁあのバカの事だから、待ちきれねぇぜ！　って言って、先に会場に行って良い席を探してるんでしょ」

あはは、ジャイロ君ならやりそうだなぁ。

「まだ開場まで時間あるんですけどね」

なんて事を話していた僕達だったけど、当のジャイロ君は会場に向かうどころか、全く別の場所へ向かっている事を、この時の僕達はまだ気付いていなかった。

◆ジャイロ◆

「そろそろ試合が始まった頃か……」

俺は今、町を出て龍峰に向かっていた。

もうすぐ兄貴達の試合が始まるってのにだ。

「けどこんな気持ちじゃ本気で兄貴達の応援なんて出来ねぇからなぁ」

兄貴達が戦う決勝戦が近づくにつれ、俺はモヤモヤとした気持ちが収まらなくなった。

最初は負けた事にも納得してたつもりだったんだが、やっぱり自分があの場所で兄貴と戦えないと思うと、自分が情けなくなってきたんだ。

俺は兄貴の舎弟として本当に強くなったのかって思ってよ。

兄貴は俺の我が儘を受け入れて舎弟にしてくれた。

それだけじゃなく修行まで付けてくれた。

自分でも凄ぇ強くなったって自信がある。

なんせドラゴンとも互角以上に戦えたんだからな！

と思った矢先にあの引き分けだ。

「結局俺はただの田舎者なんだよなぁ」

俺達ドラゴンスレイヤーズは同じ村で暮らした幼馴染だ。

小さい頃から皆でバカやってきた。

けど、ミナはそこそこ名の知れた魔法使いの孫で、ノルブも割と良い家柄の分家らしくて、将来は教会の総本山に修行に行く事が決まってるらしい。

そんで詳しい事は言えねぇが、メグリもあれで結構大変な奴だ。

「俺だけなーんにも無い普通のガキなんだよなぁ」

だからこそ俺は兄貴に憧れたんだよな。

突然現れて、たった一日でドラゴンを倒し、ほんの数日でイーヴィルボアをぶった切るわ、魔人を討伐するわの大立ち回り。

しかも兄貴は貴族でも特別な家系の生まれでもなく、ただの平民だった。

だからなおさら憧れた。

俺だって頑張れば兄貴みたいになれるかもしれないって。

けど結果はこのザマだ。

そりゃあ兄貴の下で修行を始めて間もないし、世の中には凄ぇ連中が一杯居るのは分かるよ。

けどな、それでもやっぱり負けたのは悔しいんだ。

「だから、こんな気持ちで応援なんてしたら、真面目に戦う兄貴達に申し訳が立たねぇ！」

なにより、ダチのノルブをそんな情けない目で見たくねぇ！

そんな訳で、俺は一人龍峰に修行をしに行く事にした。

少しでも強い奴等と戦って、負けた自分よりも強くなる為に。

「ああそうだ、俺は兄貴みたいに強くならないとな！」

よしっ、思い出したら気合が入ってきた！

我ながら情けない試合結果だったが、気合が入るなら多少はマシだったたって思えるもんだ。

「そんじゃそろそろ飛んで行くとすっか」

街中で飛ぶと周りが驚くからなぁ。

兄貴はそこらへんちょっと無頓着すぎて心配になるんだけどよ。

とその時だった。

「お待ちくださいジャイロ殿！」

町の方から馬に乗った連中が、俺の名前を呼びながら駆け寄って来たんだ。

「あ？　誰だアンタ等？」

なんか見覚えもあるような……

「私ですジャイロ殿！　龍帝派のバキン・ワッパージです！」

「バ……？　ああ、リリエラの姐さんが言ってた連中か！」

そうだそうだ、確かこのおっさんは龍帝派とかいう王都から来た奴だった。

けどなんか増えてるような？

「俺になんか用か？」

俺が聞くと、バキンのおっさん達が背筋を伸ばして整列する。

「我々も貴方と共に戦う為に来たのです！」

「は？」

え？　何？　コイツ等もドラゴン相手に修行するつもりなのか？

「ジャイロ殿が決勝戦を見に行かなかったのは、龍帝の儀と龍姫の儀を反龍帝派に邪魔させない為なのでしょう？」

「え？」

なんだ？　どういう意味だ？

「とぼけなくても分かっていますよ。町に潜んだ密偵共は黒騎士の方々を警戒して動けなくなっていますが、町の外から襲ってくる敵には手が回らないでしょう。それを見越してジャイロ殿もレクス殿と合流する予定なのでしょう？」

「はぁ？」

なんでそこで兄貴の名前が出て来るんだ!?　兄貴は今頃決勝戦だぞ!?

「私も最初はティラン選手の正体がレクス殿なのではないかと疑ったのですが、レクス殿の目的はそう勘違いさせつつ、陰から反龍帝派を監視するのが役目だったのですね？」

……あーそう言えばコイツ等ティランの正体が兄貴だって知らないんだったな。

成る程、それで俺と兄貴が裏でティランを守っているって勘違いしたのか。

……あー、どうすっかな。

ティランの正体が兄貴だって言う訳にもいかねーし、だからと言って反龍帝派とか全然関係ねぇんだけどなぁ。

けどコイツ等の様子を見ると、ホントの事を言っても信じて貰えそうもねぇよなぁ。

「少ないですが、王都からの援軍も到着しました。反龍帝派との戦いと考えると人数に不安は残りますが、龍帝陛下が派遣してくださった騎士団のお陰で、王都の反龍帝派も大半が捕らえられ、連中の戦力も激減しております。決して敵に後れを取る事は無いでしょう！」

マジかよ!?　俺達が試合をしている間に兄貴はそこまでやってたのか。

やっぱり兄貴は凄ぇな！

つっても、コイツ等が勘違いしてるのは間違いない訳で、どう説明したもんかなぁ。

……ん～、駄目だ！　上手い言い訳が思いつかねぇ！

しゃーない、ティランの正体は秘密にするとして、俺が反龍帝派と戦うつもりなんて全然ないって事は正直に言っちまおう。

信じなくても龍峰まで行っちまえばマジだったと分かって帰るだろ！

「俺は龍峰に修行に行くだけだ。別について来たいなら構わねぇけど、なんかあっても助けねぇぞ」

「ええ、分かっておりますとも！　ゆくぞお前達！」

「「「はっ！」」」

バキンのおっさん達をわざと無視するように、俺は飛行魔法で空に飛びあがる。

「おおっ！　空を飛んでおられる！　さすがは竜騎士！」

いや違うって。

俺はコイツ等を振り払うように、全力で龍峰に向かって飛ぶ。

「おおっ⁉　速い⁉　皆の者！　ジャイロ殿に遅れるな！」

「「「おおっ！」」」

バキンのおっさん達は、馬を全力で走らせて俺について来る。

結構頑張ってついて来てるけど、しばらくしたら馬も疲れんだろ。

案の定、しばらくすると少しずつ後れてくる奴等が出始めた。

「よっし、そんじゃもうちっと気合を入れて飛んで一気に引き離すとする……かっ⁉」

その時だった、突然俺が向かっていた先から何かが飛んできたんだ。

「うぉっ⁉」

スピードを出していた事もあって、ソレはあっという間に俺の懐ギリギリに入り込む。

「くっ、ぬぉぉっ!!」

危険を感じた本能がなかば無意識に身体強化魔法を発動させ、ギリギリでソレを回避する事に成功する。

攻撃を避ける刹那、俺は自分が何を避けたのか見た。

「魔法っ!?」

そう、それは魔力で作られた魔法の槍だった。

「誰だっ!?」

身体強化魔法で強化された俺の目が、その先に佇む奴等の姿を確認する。

そこに居たのは、バラバラの装備を身に纏った戦士の集団だった。

一見すると冒険者や傭兵に見えるけど、その割には妙に綺麗に並んでやがる。

どっちかっつーと、領主様の式典で見た騎士達の行進みたいだな。

「なんかよく分かんねぇけど、攻撃してきたって事は敵か?」

もしかしてバキンのおっさんが言ってた反龍帝派ってアイツ等の事か?

「と、考えてる余裕はなさそうだな」

連中、武器を構えてこっちを攻撃する気満々になってやがる。

「まぁいいぜ。そっちがその気なら、こっちも遠慮なく戦えるってもんだ!」

俺は全身に身体強化魔法をかけると、飛行魔法で真正面から敵に突っ込んでいく。

「ジャイロ殿ーっ！　危険です！　戻ってください！」

後ろから追いついてきたバキンのおっさんの声が聞こえてきたが、あいにくとタラタラすんのは性に合わねぇんだよ！

「ぶっ飛びな！　バーストブレイクッ!!」

横なぎに振り抜いた剣の刀身をなぞるように、炎の三日月が飛び出す。

三日月は大きさを増しながら敵に向かっていき、敵の集団を纏めて吹き飛ばした。

「「「ぐわぁぁぁぁっ!!」」」

「へっ、どんなもんよ！」

兄貴が教えてくれたこの魔法は、剣の動きに合わせて発動させられるから使いやすいんだよな！

魔法にあそこに当たれってイメージするよりも、ブンと振った向こうに魔法が飛んでいく方が分かりやすいしよ！

まぁ代わりに仲間も巻き込んじまうような魔法だから、試合じゃ客席に遠慮して使えなかったんだけどな。

「おおっ！　たった一発魔法を放っただけで敵が浮足立ったぞ！」

「さすがは竜騎士！」

「お見事ですジャイロ殿！」

そんな事を言いながら、バキンのおっさん達がやって来る。

「へへっ、まぁ外で戦うならこんなモンよ」

「あの者達が反龍帝派なのでしょうか？」

「分かんねぇ。けどいきなり攻撃してきたからな、味方じゃねぇだろ」

「ふむ、ならば反龍帝派でなかったとしても野盗か何かの類でしょうな。どちらにせよ手加減の必要はありますまい」

おしっ、そんなら全力でぶっとばしても心配いらねぇな！

「レクス殿に報告はされないのですか？」

「必要ねぇ！　この程度の連中、兄貴の手を煩わせるまでもねぇよ！」

へっ、折角だから俺のストレス解消に役立って貰うぜ！

「承知！　皆の者、我等も戦うぞ！」

「「「おおっ!!」」」

集まってきた龍帝派の連中が反龍帝派に向かって行き、戦いが始まる。

「とうっ！」

「ぬおりゃあ！」

戦いは敵味方が入り交じった乱戦になった事で、お互いに攻撃魔法での援護がしにくくなっていた。

けど、そのおかげで俺達戦士にとっちゃ戦いやすいぜ。

「うおりゃぁぁぁぁ！」

俺は身体強化魔法を使って体のあちこちから推進力を得る為の炎を吹き出し、戦場を縦横無尽に駆け巡る。

「は、速い!?」

「うわぁ、炎が！　炎が！」

俺が通り過ぎた後には、俺のスピードに反応出来ず通り抜けざまに切り裂かれた敵と、体中から吹き出した炎が燃え移って慌てふためく敵の姿。

「こ、このっ！　死ねぇっ！」

気合の入った奴はビビる事無く俺に切りかかって来るが、正直ノルブよりも遅い。

「ぐわっ!?　な、何をする!?」

「す、すまん！」

俺が軽く回避すると、うっかり勢い余って味方に攻撃を当てる始末だ。

もしかしてコイツ等実戦経験が少ないんじゃないのか？

「チョロイにもほどがあるぜ」

兄貴との修行に比べれば、この程度の連中なんてただ数が多いだけだ。

ああそうさ、本当にヤバい奴ってのは、どんだけ数を揃えたって勝てやしねぇ。

「兄貴みたいな本物に勝てるのは、本物の強さを持った奴だけなんだよっ！」

だから俺も強くなりたい。

本物の強さを持った男に、なりてぇんだ！

兄貴と、本気で戦う為に！

第131話　姿を見せる者

◆ジャイロ◆

「おらぁぁぁ！」

俺は襲ってくる敵を片っ端から返り討ちにする。

「くっ、コイツ等強いぞ!? どうすればいいんですか隊長!?」

弱気になった敵が、自分達のボスに助けを求める。

チャンスだ！　ボスが誰か分かれば後はソイツを倒すだけだ。

修行の時に兄貴も言っていたかんな。ボスさえ倒せばどんな大軍も総崩れになるってよ！

だが、状況は俺だけでなく、敵にも予想外の方向に転がる事になる。

なんと後ろの敵が味方を巻き込む事をお構いなしに魔法を撃ってきやがったんだ。

「って、マジかよ!?」

本気かコイツ等!?

「くそっ！　皆、俺の後ろに隠れろ！　バーストブレイクッ!!」

俺は龍帝派の連中を守る為に、魔法を放って相手の攻撃を相殺する。

「た、助かりました！」

「おう！　下がって身を守れ！」

つっても、パニックになってる上に、この乱戦状態じゃ下がるのも難しいか。

「うわぁぁぁっ！」

声に振り返れば、味方の攻撃を受けた敵の戦士達が悲鳴を上げていた。

「ちっ！　胸糞悪いぜ！　バーストブレイク！」

俺は思わず敵の前に飛び出すと、向かってくる魔法を相殺する。

「な、何故我々を!?」

助けた敵が呆然とした顔で俺を見て来る。

「分かんねえよ！　けどな、仲間を攻撃するような奴は許せねぇ、それだけだ！」

奥に居る連中、絶対碌でもない奴等だな。

こんな奴等はさっさと倒すに限るぜ！

「うぉぉぉっ!!」

俺は飛行魔法で敵を飛び越えると、一気に最後尾を目指す。

だが敵もそれを察していたのか、一番後ろに居た奴が俺に魔法を放ってくる。

それはさっきの味方を巻き添えにする事を構わず使ってきた無差別な攻撃じゃなかった。

ありゃあ、最初に俺を狙ってきた魔法だ！

「何度も同じ手が通じると思うなよ！」

俺は剣に魔力を込めると、敵が放った魔法を切り捨てる。

「おおっ!? 魔法を剣で切った！」

「さすがは竜騎士！」

いやだから竜騎士じゃねぇっての。

ともあれ相手の攻撃を凌いだ俺は、後ろでふんぞり返ってた奴に向かって突撃する。

「今度はこっちの番だ！ 喰らいやがれ！」

まずは一人だ！

「そうはさせん！」

攻撃が決まったと思ったその時、突然横から邪魔が入った。

「うぉっと!?」

慌てて不意打ちを回避すると、俺は飛行魔法の出力を片側だけ強くして急反転、更に武器の刀身の半分からも高出力の炎を噴出し、回避の勢いを利用して反撃に出る。

「ぬぅっ!?」

だが相手も俺の攻撃をギリギリで躱す。

そしてお互いに飛び退って距離をあける。

「ダルジン、この小僧なかなかやるぞ」

「そのようだな」

あっちの魔法を撃ってきた奴はダルジンっていうのか。

「おいおっさん達。素直に降伏するなら命までは取らねぇぜ」

……この二人は厄介だぜ。

味方を巻き添えにする事も躊躇わないヤバい魔法使いと、兄貴に作ってもらった装備を使った攻撃を避ける事が出来る戦士。

戦いを長引かせたら駄目だって俺の勘が警告してきやがる。

「くっ……ははは！　降伏しろだと!?　我々にか!?」

ダルジンがいきなり笑い出す。

まるでそんな事を言われるとは思ってもいなかったと言わんばかりの笑い声だ。

「ふっ、くくくっ、俺達も侮られたものだ。たかが人間の小僧に降伏を促されるとはな」

「人間？　なんだそりゃ、まるでお前等は人間じゃないみたいじゃねぇか」

俺がそう突っ込むと、ダルジンは軽く目を見開く。

「おっと、これはしまった」

「ふむ、だがどのみちこの姿ではあの小僧の相手は難しいぞ。本来の姿で戦うべきだろう」

「そうだな。こちらの兵もあの小僧の攻撃で大分減ってしまった……この程度の数では、もはや居るだけ邪魔だな」

そう言ったダルジンが手を上に掲げると、赤黒い魔力を放出し始める。

攻撃が来る、そう思うと同時に俺は奴の魔力から感じる悪寒に身を震わせた。

「なんだありゃ!?」

いや、俺は知っている。

あの赤黒く光る邪悪な魔力を……俺は見た事がある！

あれは……兄貴と出会って間もない時に運悪く遭遇したアイツの魔力にそっくりだ。

「まさか……」

それだけじゃない。

ダルジン達の姿がみるみる間に変わってゆく。

肌の色は赤黒く変色していき、背中からは服を破って蝙蝠みたいな羽根が、そして頭からは禍々しい角が生えてくる。

「な、何事だ!? 連中のあの姿は一体!?」

「た、隊長……!?」

敵も味方も連中の突然の変貌に何が起きているのか分からなくて混乱する。

間違いない、俺はアイツ等の正体を知っている！

「あれは……魔人だ！」

「ま、魔人!?　あの伝説の!?」

ダルジン達の正体が魔人だと言われ、バキンのおっさんが驚きの声を上げる。

分かるぜ、俺も初めて知った時は同じ反応をしたかんな。

「皆下がれ！　アイツ等はマジでヤベェぞ！」

「「「う、うわぁぁぁぁぁっ」」」

味方だけでなく、敵の戦士達も慌てて魔人達から離れていく。

正直それが正解だぜ。アイツ等はお前等が居ても平気で魔法をぶっ放してきやがったんだからな。

けどどうする？　まさかこんな所で魔人が出るとは思わなかったぜ。

兄貴が居ればともかく、俺一人じゃコイツ等二人を相手にするのは……

「くくくっ、驚いたようだな」

「無理もあるまい。人間共が俺達の姿を見るなど、じつに数百年ぶりなのだからな。寧ろ俺達の姿を見て魔人だと気付いた事を褒めてやらねば」

「ウ、ウチの隊長が魔人？」

「ど、どうなってるんだ？　誰か教えてくれよ？」

「俺にだって分かんねぇよ！」

突然自分達の隊長が魔人になって、敵にも動揺が走る。

どうやら仲間の正体が魔人だとは知らなかったみたいだな。

「それでは、改めて……死ねぇいっ!!」

魔人の片割れが爆ぜるように俺に襲い掛かってくる。

「くおぉっ!!」

俺は身体強化魔法で全身を強化すると、魔人の攻撃を真正面から受け止めた。

「なにっ!?」

まさか正面から攻撃を受け止められるとは思っていなかったらしく、魔人が驚きの声を上げる。

へへっ、驚いたかよ！　伊達に兄貴に修行を付けられてないぜ！

「おりゃあ！」

俺は受け止めた相手の武器を弾くと、片手に持った剣で連続のラッシュを叩き込む。

剣の柄頭から高出力で吹き出した炎が、突きの威力とスピードをアップさせる。

更に突きを出した直後は切っ先から炎が噴出して即座に腕が戻る。

これを連続して行う事で、俺は腕を疲れさせることなく無限に高速の突きを繰り出す事が出来る。

「名付けて、フレイムラッシュ！」

まぁ考えたのは兄貴なんだけどな。

「ぐぁぁぁぁっ!?」

俺のスピードについてこれなくなった魔人が、何発か突きを貰って体中から血を噴出させる。

うーん、この攻撃、スピードは出るんだけど、その分狙いが甘くなるんだよな。

兄貴は俺の倍以上の速さで全く同じ場所を突き続けていたけどな……

「ぬぅん！」

「おっと」

このまま魔人にトドメを刺してやろうと思ったんだが、ダルジンの邪魔が入って逃げられちまった。

「ダルジン、この小僧手練れだぞ」

「うむ、まさかこれほどの使い手を配置していたとはな。さすがは龍帝といったところか」

あー、なんか連中も変な勘違いしてんなぁ。

って、あっこら手前ぇ！　ポーション使ってんじゃねーよ！

せっかく付けた傷が治っちまったじゃねーか！

くっそ、魔人もポーション使うのかよ。

そういや兄貴達が受けたSランクの依頼で戦った魔人も、マジックアイテムかなんか使ってたって言ってたな。

「くくくっ、それなりに腕に自信があるようだが、俺達二人を相手にどこまで保つかな？」

二手に分かれたダルジン達が、左右から俺に襲い掛かる。

飛行魔法を利用した高速機動で敵の攻撃を避け、それでも避けきれなかった攻撃は身体強化魔法で防御力を上げて受ける。

兄貴の作ってくれた鎧のお陰で今の所ダメージは大してねぇけど、相手は魔人だ。

いつまで保つ?

くっ、一人なら何とかなったかもしれねぇけど、魔人が二人も相手じゃさすがに荷が重いぜ……

「あら、それならもう一人足せば二対二ね」

そんな時だった。

ふと聞き覚えのある声が荒野に響いたと思ったら、突然俺の周囲に炎の壁が吹き上がったんだ。

「「うおおっ!?」」

壁の向こうから魔人達の驚きの声が上がる。

「危なかったわねジャイロ」

その声に振り向けば、当然のようにそこには見覚えのある奴の姿があった。

「お、お前!?　なんで!?」

そこに居たのは、俺の仲間の……ミナだった。

「アンタの事だから、どうせ拗ねて家出したんだろうと思ったのよ。まぁまさか、こんな事になってるとは思ってもいなかったけどね」

「家出じゃねーし!　ちょっと修行に行こうと思ってただけだっつーの!」

「はいはい、ところで良く分かんないんだけど、とりあえず倒せば良いのよね?　あれって魔人でしょ？」

俺の抗議の声なんて聞こえなかったかのように、ミナが魔人を見据えて睨む。

軽い口調だがミナの顔は真剣だ。アイツ等を本気で警戒してる。

「ああ、よく分かんねぇけどいきなり襲ってきやがった」

「なら敵ね。遠慮はいらないわ」

コイツ切り替えっていうか、状況判断が早いよなぁ。

「皆さん、私達があの魔人の相手をしますから、皆さんは他の敵をお願いします！」

「わ、分かりました！」

ミナの指示を受けて、バキンのおっさん達が俺達から離れて敵の戦士達の相手に向かう。

つっても、向こうも仲間が魔人だった事がショックらしく、動きが鈍い。

「それじゃあ、行くわよジャイロ！」

「命令すんなっつーの！　戦ってたのは俺だぞ！」

「なら指示は任せるわリーダー」

「おうよ！」

へっ、我ながら現金なモンだぜ！

味方が来てくれただけでこんなにも負ける気がしなくなるなんてな！

第132話　魔人さん焦る

◆ダルジン◆

なんだこの小僧は!?

タツトロンの町に向かっていた俺達は、小僧を先頭に据えた集団を発見した。

その規模からしておそらくは龍帝派の迎撃戦力と判断した俺は、即座に先制攻撃を行ったのだが
よもや避けられるとは思っていなかった。

そして小僧は俺が連れてきた反龍帝派の残党共を瞬く間に吹き飛ばして、その数を減らして行った。

人間共の戦力がどれだけ減ろうとも俺達にとっては痛くもかゆくもないが、この力は侮れん。

『ダルジンよ。この小僧の攻撃、なかなかに速いぞ』

小僧と切りあったアザムが厄介そうな感情を乗せて念話を送ってくる。

『人間に偽装したまま戦うのは面倒だ。正体を明かして一気に倒した方がよかろう』

ふむ、確かにな。

既に俺達が連れてきた人間共の数は龍帝派の数を下回っている。

正直言ってここまで弱いとは想定外だったぞ。

まぁ、俺達がここまで人間共の戦力を弱体化させたのだがな。

『よかろう。おそらくこの小僧は竜騎士かその見習いだ。ならばこの小僧を血祭りにあげる事で、我等の恐ろしさを人間共に知らしめてやるとするか』

『マナブレイカーで皆殺しにするのか？』

『ああ、折角奥の手のマジックアイテムを用意したのだ。人間共には楽しませてもらわんとな』

俺達の存在を明かすのは侵略の準備が完全に整ってからだ。

それ故、俺達の正体を知った者は確実に始末せねばならん。

アザムが正体を現し、小僧に襲い掛かる。

その速度は人間に反応出来るものではない。

あの小僧もこれで終わりだ。

なまじ優秀であった事が不幸だったな小僧。

「なにっ!?」

だが聞こえてきたのは小僧の断末魔の声ではなく、アザムの驚愕の声だった。

「おりゃあ！」

「ぐあぁぁぁぁっ!!」

それどころか悲鳴まで聞こえてきた。

なんだ!? 何がどうなったのだ!?

いやそれどころではない! はやくアザムを援護せねば!

「ぬぅん!」

俺の攻撃を警戒し、小僧が後ろに下がる。

「ダルジン、この小僧手練れだぞ」

『おいダルジン! この小僧ヤバいぞ!? なんだこの速さは!? とんでもなく痛いぞ!?』

余裕のあるフリをしながらも、念話で聞こえてくるアザムの声は慌てに慌てていた。

『落ち着けアザム、俺達は二人だぞ』

『おおそうか! 二人がかりなら勝てるな! ぐふふ、小僧め、この私を傷つけた報いを受けさせてやる!』

さすがに現金だと思ったが、まぁ相手が相手だからな。

この時代に俺達と互角に戦える戦士の存在など、危険にもほどがある。

『さぁ行くぞ!』

「だが、俺達二人を相手にどこまで保つかな?」

俺達の猛攻を受け、小僧の体が血に染ま……染ま……らない?

『って、なんでだ!?』

俺達の攻撃は小僧に何度も命中しているというのに、小僧の体には傷一つついていない。

なんだこの鎧は!?　寧ろ攻撃をしている俺達の武器の方が傷ついているのだが!?

これでも俺達の武器はかつて貴様等の祖先が作ったマジックアイテムなんだぞ!?

俺達は人間の戦力を弱らせる為に、様々な手段で強力なマジックアイテムを集めてきた。

これもその内の一つで、現代の人間共にとっては十分過ぎる程に脅威な筈だ。

しかも悪夢はそれだけではなかった。

「あら、それならもう一人足せば二対二ね」

『なんか増えたぁぁぁぁぁぁっ!?』

なんと小僧の味方と思われる魔法使いの娘まで現れたのだ。

い、いかん!?　これでは数の優位が無くなってしまう！

ああこら小僧！　何ピンチの時に仲間がやって来たみたいな感動的な表情になっているんだ！

寧ろ援軍が欲しいのはこっちだ！

「なら指示は任せるわリーダー」

「おうよ！」

『『おうよじゃないだろぉぉぉぉぉっ!!』』

「行くわよ！　フレイムソーサー！」

新しく現れた人間の娘が魔法を発動させると、俺達を囲むように無数の炎のリングが生まれる。

炎のリングはそれぞれが重なり合って、円を描いていた。

「焼き尽くしなさい！」

娘の命令を受け、炎のリングの内側から無数の炎の球が飛び出す。

「ぬぉっ!?　ファイアーボールを大量に放つ魔法だと!?」

「ぐぁぁっ!?」

アザムが攻撃を避けきれず炎の球の集中攻撃を受けてしまう。

「バカがっ！」

まずは炎の球を生み出すリングを破壊しようとするが、そこに小僧が飛び込んでくる。

「させねぇぜ！」

「なんだと!?」

この小僧、自分が巻き添えになるのが怖くないのか!?

「小僧、貴様も死ぬぞ!?」

「おあいにく様！　俺の得意な属性は火なんだよ！　だからアイツの魔法は俺の炎の属性強化でチャラに出来んのさ！　確か属性同調とか兄貴が言ってたっけか」

「属性強化だと!?　上位の身体強化を使えると言うのか!?」

かつて人間達が使っていたという高位の強化魔法をこんな子供が使うだと!?

よもや現代の竜騎士は皆このレベルの魔法の使い手なのか!?

「かぁっ!!」

俺は消耗を承知で大量の魔力を全方位に放つと、炎のリングを無理やりに破壊する。

「うぉっと!」

魔力の余波で小僧も下がったが、あまりダメージにはなっていないか。

まったく忌々しい。

だがこれで態勢は立て直せる。

俺は急ぎアザムに念話で作戦を伝える。

『仕方あるまい、こうなったら二手に分かれるぞ』

『なんだとっ!?』

表情は変わらずとも、アザムの意思に焦りと驚きが滲む。

『今の魔法を破るのに少々力を使い過ぎた。これ以上の長丁場は危険だ。故に俺は町へ向かい、マナブレイカーを発動させる。その間お前は連中の足止めを頼む』

『おいおいおいおい、無茶を言うな!?　ただでさえ小僧が厄介だったのに、もう一人加わったんだぞ!?』

『心配するな、足止めに徹して正面から戦わなければなんとでもなる。間合いの外から嫌がらせをするだけでも十分だ』

『いやしかしだな』

『このまま戦えばこちらが不利。しかし龍帝を始末出来れば連中も浮足立つだろう。向こうも町の危機とあれば俺を追わざるを得ん。それをお前が後ろから攻撃して足止めすれば、相手は本気で戦えぬという寸法だ』

『な、成る程。相手を焦らせつつ全力で戦えなくする訳だな！』

『うむ、ではやるぞ！』

『ところでその作戦、役目を逆にしても良いのではないか？』

『……』

俺は全力で跳んだ。

『おおぉぉぉぉい！　答えろぉぉぉぉぉっ！』

済まぬアザム。

お前の犠牲は無駄にはしないぞ！

第133話　追って追われて

◆ジャイロ◆

「なんだ!?　逃げたのか!?」

突然魔人の一人が空高く飛びあがった。

もう一人の仲間は地上に残っているってのにだ。

「嫌な予感がするわ！」

「させん！」

空に上がった魔人を追おうとミナが空に飛びあがろうとするが、残った魔人が攻撃してきてそれを遮る。

「奴を追わせはせんぞ。貴様等にはここで足止めを喰らって貰う！」

そう言うと魔人はミナに襲い掛かる。

「させるかよ！」

俺は魔人とミナの間に入って攻撃を受け止める。

「貴方達、何を企んでいるの!?」

ミナが魔人に聞くと、魔人はニヤリと笑みを浮かべる。

「ふっ、決まっている。我等の目的は龍帝を始末する事よ！」

「龍帝を？」

コイツ等の言う龍帝って多分決勝で戦ってる兄貴の事だよな？

けどコイツ等が兄貴を倒す？

「私達に苦戦してた貴方達が？　無理じゃないの？」

だよな。正直アイツが兄貴に勝つ光景が思い浮かばねぇ。

まぁ俺達もコイツ等に苦戦してたんだけどよ。

「龍帝は強いわよ。貴方達が何人集まっても勝てっこないわ。そもそも、アンタ達龍帝の正体を知ってるの？」

ミナの奴滅茶苦茶挑発するなぁ。

ただ、俺の後ろにいるミナはそれでも空に逃げた魔人を追おうとしてるみたいなんだが、魔人が俺を無視して後ろのミナに何度も攻撃を仕掛けて邪魔をしてやがる。

そのくせ俺が攻撃すると全力で避けるんだよな。

やりにくいったらないぜ。

「心配ないわ。町にはメグリが向かってるから、レクス達に事情を説明してくれる」

「マジか!?　いつの間に？」

「アンタがコイツ等と戦ってるのを見つけた時によ。私がアンタの援護で、メグリは町に戻って連絡する事にしたの。今頃冒険者ギルド経由で町長達にも伝わって、レクス達にも直接伝えてくれるわ」

「そうか、そんじゃあ試合は中止だな」

結局試合が中止になっちまうか。

兄貴達には悪ぃ事しちまったな。

「だからまずはコイツを速攻で倒して、逃げた奴に追いついて倒すわよ！　レクス達の試合を邪魔させたくないんでしょ！」

「え？」

「予防策は打ったけど、大会を中止させずに済むならそれに越したことはないでしょ？」

「あ、ああ……」

コイツ、そこまで考えて援護に来てくれたのか。

「お前、凄ぇなぁ」

「っ!?　ま、まぁ、感謝しなさいよね！　アンタの暴走の尻拭いは大変なんだから！」

「おう！　感謝するぜ！　それじゃあ全力でコイツを倒すぞ！」

「ええっ！」

よし！　やってやるぜ！

「あ、あれ？　焦らないのか？　なんで？」

へっ、メグリが報告に行ってくれたんなら、焦る必要なんざねぇぜ！

寧ろお前の方が焦ってんじゃねぇか！

「喰らいなっ！」

俺は魔力強化を全力で発動させると、魔人に真正面から突っ込む。

最速最短でケリをつけるぜ！

「だからって真正面から突っ込むんじゃないわよ！　エンチャントウインド！」

文句を言いながらミナが援護の魔法を飛ばしてくれる。

体が軽くなり、今まで以上に思い通りに体が動くぜ！

「お、おのれ！」

魔人も腹をくくったのか、マジな顔になって剣を振るう。

けど今頃マジになっても、もう遅いぜ！

「フレイムラッシュ！」

スピードを増した俺の攻撃は、魔人の反撃を受ける前に突き刺さる。

ミナの魔法で今まで以上に自由に動くようになった体は、連続攻撃の精度も上がっていて、反撃の為に振り下ろされた魔人の腕を焼き切る。

「ぐあぁぁぁぁぁっ！」

「止《とど》めだ！」

止めの一撃が魔人の心臓に突き刺さる。

「ぐはっ!?」

手ごたえありだ。

「へっ、相手が悪かったな」

俺の魔法剣はただ速く突くだけじゃない。

突いた傷口を焼く事で敵を体の内側から焼いてダメージを与える効果もあるんだ。

コイツの心臓は今まさに俺の魔法剣で焼かれていっている。

兄貴の話だと、高レベルの回復魔法か高級ポーションでないと治療は不可能なんだとか。

「お、おのれ……」

魔人が悔しそうに俺達を睨む。

もう遅いぜ、お前は終わりだ。

だが、突然魔人がニヤリと笑みを浮かべる。

「だ、だが甘かったな。これで龍帝は終わりだ……」

「はっ、兄貴がお前等なんかにやられるかよ。俺達にだって勝てなかったじゃねぇか」

「た、確かに、貴様等の強さは想定外だった……だが、それは正面から戦えばだ。我等には、あのマジックアイテムがある！」

「「マジックアイテム？」」

魔人の自信満々な様子に、俺達は首を傾げる。

たとえヤバいマジックアイテムを持っていたとしても、兄貴がそんな物に負けるとは思えねぇからだ。

それにメグリが町に向かってるから、兄貴達も気付いている筈。

「くくく……奴の持つマジックアイテムの名は、マナブレイカー。周囲の魔力を吸収して大爆発を引き起こすマジックアイテムよ」

「大爆発!?」

確かに街中で大爆発したらヤベェけど、けど、兄貴なら何とかしてくれる筈……

「待って、今なんて言ったの!?」

その時だった。魔人の話を聞いていたミナが顔を青くして叫ぶ。

「今、周囲の魔力を吸収するって言ったの!?」

「お、おいどうしたんだミナ？　何慌ててんだよ？」

「ほう、気付いたか。マナブレイカーが発動した魔法の魔力も吸収するという事に」

「なんだって!?」

発動した魔法の魔力を吸収する？　それってつまり……

俺はミナに視線を戻すと、ミナもこっちを見て首を縦に振る。

「つまりあの魔族が持っているマジックアイテムが発動したら、迎撃の魔法も爆発から皆を守る為の防御魔法も、全部吸収されるって事よ」

「なっ!?　やべぇ！　急いで止めねぇと！」

「ふはははははっ！　もう遅い！　何故わざわざこんな事を教えたと思う！　我等は密偵故戦闘能力は高くないが、その分飛行速度は他の同胞よりも優れているのだ！　今から追っても間に合わんぞ！」

俺達は死に体の魔人を無視して空に飛びあがる。

死にかけてるコイツにわざわざトドメを刺す時間も惜しい。

「雑魚は任せた！」

俺は飛び出す前にバキンのおっさんに後の事を任せる。

「ジャイロ殿達はどちらへ!?」

「町を守りに行くっ！」

◆

足止めをしてきた魔人を倒した俺達は、町に向かった魔人を追いかける。

「兄貴に新しい装備を作って貰って助かったぜ」

新しい鎧が俺の飛行魔法を補助してくれるおかげで、先行していた魔人に少しずつ近づいていく。

けどそれでもまだ足りない。

このままじゃ先に町に到着されちまう。

「くそっ！　止まりやがれ！」

「巻き込まれないように気を付けて！　チェイスライトニングランサーズ！」

魔人を足止めする為、ミナが魔法をぶっぱなす。

「最速の雷槍を喰らいなさい！」

ミナの声に反応して、生み出された何本もの雷の槍が凄ぇ勢いで飛び出す。

さすが雷の魔法は速いぜ！

「ちっ！」

雷槍の群れを回避する為にいやおうなしに魔人の速度が落ちる。

更に回避された筈のミナの魔法は、弧を描いて再び魔人に向かって襲い掛かった。

「くっ、追跡魔法か!?」

「その通りよ！　触れれば感電して動けなくなる雷光の槍の群れ、どこまで避けきれるかしら！」

よっしゃ、アレを避け続けるのはどう考えても無理だ！

となると魔法で迎撃するしかねぇ。

そうなりゃアイツが雷槍相手にモタモタしている間に俺達が追いつくぜ！

「ふっ」

その時だった、魔人の野郎が突然不敵な笑みを浮かべやがった。

「さすが龍帝の部下、なかなかの魔法。……だが俺には効かんな」

そう言って魔人が手に持っていた箱を開ける。

「まさか!?」

しまった、アイツにはアレがあったんだ！

「魔力を喰らえ！　マナブレイカー！」

箱から取り出した宝石を掲げると、魔人を襲っていた雷槍が溶けるようにかき消えちまった。

「嘘っ!?」

自分の魔法が無力化されて、ミナが驚きの声を上げる。

「お前達は人間にしてはよくやった。褒めてやろう」

魔人の野郎が上から目線で俺達を褒めてくる。

「手前ぇに褒められても嬉しくもねぇよ！」

「ふっ、そう言うな。健闘したお前達には褒美をやろう」

「褒美だぁ!?　飯でも奢ってくれんのかよ!?　手前ぇみたいな奴が店に入ったら店の人間もビビっ

て衛兵呼ばれちまうぜ！」

「ハハハハッ、そんなつまらんものではない。お前達にやる褒美は、龍帝が死ぬ瞬間を特等席で見る権利だ！」

魔人の動きが止まる。

気が付けば魔人はもう会場の真上に到着しちまっていた。

「しまった！」

「さぁ、人間の世が終わる瞬間を見るが良い！　終わりだ龍帝！」

「やめろぉぉぉっ！」

俺の制止を無視して、魔人が試合舞台に向かってマジックアイテムを投げつけた。

くそっ、ここからじゃとても間に合わない。

「兄貴ぃーっ！」

マジックアイテムがどんどん地上に近づいて行く。

くそっ、あの魔人の話が本当なら、兄貴の防御魔法がどれだけ凄くても爆発を防ぐ事は出来ねえ！

それどころか兄貴の魔法を吸い取って街中で大爆発をしちまう！

「逃げてメグリ！　リューネ！」

「ノルブ！　おっちゃん達！　町の皆！　逃げろぉぉぉぉっ！」

ああ、俺はバカだ。

アイツ等を見つけた時すぐに兄貴を呼んでもらえば良かったんだ。

俺が下らない拘りで一人突っ走った所為で、町の皆が……

どうしようもない程に最低な結果に、俺は心から後悔する。

カキィイイイン!!

その時だった。突然なんだか良い音が聞こえたと思ったら、地上からとんでもない速度で何かが飛んできた。

「ふはははははっ！　遂にこの世界から全ての竜騎士が滅ブベラァッ!?」

そして勝ち誇っていた魔人の顔面にぶち当たった。

「「へっ!?」」

そのまま魔人は空高くへと吹っ飛ばされ、遥か空の上で大爆発が起こった。

何が起きたのかさっぱり分からねぇ。

けど誰がやったのかは分かる。

「……兄貴だな」

理解が追いつかないまま、俺は脳裏に思い浮かんだ姿から兄貴の名を呟く。

「……うん、レクスね」

あの状況ですぐに事情を理解して対処するなんて、兄貴くらいしか無理だよなぁ……

俺達があれだけ苦戦して倒した魔人の襲撃を、兄貴はあっさりと解決しちまった。

「やっぱ、兄貴は凄ぇなぁ……」

本当に、兄貴は凄ぇよ。

兄貴は俺なんかとは違うんだな……

「なーに言ってんのよ！　アンタだって魔人を倒したでしょ！」

「うおっ!?」

いきなりミナの奴が俺の背中を凄ぇ力で叩いてきやがった。

「相手は魔人よ？　そんなのを一体でも倒したってだけで十分凄いわよ。覚えてないの？　私達が初めて魔人に遭遇したあの時の事を」

「……覚えてるよ。しっかりとな」

ああ、あの日の事は絶対忘れねぇ。

絶対死ぬと思った。吐きそうになる程ビビった。

けど、あの時は兄貴が居たから踏ん張れた。

兄貴が来るまで凌げればって。

「あの時と比べたら、格段の進歩じゃない私達？　普通たった二人で魔人なんて倒せないわよ？」

ん、まぁ……そう、かもな。

「だから胸を張りなさいよ！　俺達で魔人を倒したぜ兄貴ーっ！　ってね！　大体魔人が二体同時

に出るのがズルいのよ！　アンタに落ち度はないわ！」

ミナが俺の背中をバンバンと叩く。

いつもみたいにバカ呼ばわりしながら説教してくる時よりも、優しい感じだ。

コイツなりに気を使ってくれてんのかな。

ったく、普段は口うるせぇ癖に、こういう時ばっかり優しくしてくるんだからよ。

「アンタが外で戦ったから、私はメグリを町に向かわせることが出来たし、魔人の数を減らせたのよ。もし何も知らずに空からあのマジックアイテムを投げ込まれていたら、もっとひどい事になってたのは間違いないわ」

「……」

「だからね、アンタが戦った事は間違いじゃないって事よ」

「……ああ、分かったぜ。試合が終わったら兄貴に報告だ！」

「ええ、そうしなさい。ヘコんだアンタなんかより、そっちの方がずっとアンタらしいわ」

そうだな。俺だって強くなってるんだ。まだまだ兄貴には敵わねぇけど、それでもいつかは兄貴の背中に追いつける筈だ！

俺だけじゃあ無理かもしれねぇけど……俺にはコイツ等が居てくれるからな！

「おし！　んじゃせっかくだし、ここで兄貴達の試合を観戦するとすっか」

「ふふ、特等席ね。空から観戦なんて、国王様でもやった事ない贅沢よ」

「だな！」

俺達は空の上から兄貴達を応援する。

次にこの町に来る時は、俺があそこで兄貴と戦う事を決意しながら。

「ところでよ」

「ん？　なに？」

「お前魔法使いの癖に滅茶苦茶力が強くなったよな。さっき背中叩かれた時、骨が折れるかと思ったぞ。もう魔法使いじゃなくて素手で戦った方が強いんじゃねぇのか？」

「うっさいバカ！　静かに観戦してなさい！」

「ぐほぁっ!?」

痛ってぇー！　やっぱコイツ魔法使いの力じゃねぇよ！

けどまぁ、こっちの方が俺達らしいよな。

はぁ、町の上を吹く風が、俺を慰めてくれるようだぜ。

◆

『っ!?』

ノルブさんとの戦いの最中、突如空に異変が起きた事に僕は気付いた。

空に現れたソレの周囲の魔力が消えていく。

覚えのあるその現象がなんだったのか気付くより前に、それが高速でこちらに向かって飛んでくる。

「レクス！　町の外に魔人が現れた！　ジャイロとミナが戦ってる！」

そこに息を切らせたメグリさんがやって来る。

彼女の言葉と空から飛んでくる何かが、魔人と関係があると気付いた僕は、即座に迎撃行動に出た。

周囲の魔力が消えていく事から、それが魔力を吸収する性質を持つ兵器だと察した僕は、即座に剣の握りを90度変えて、飛んできたそれを剣の腹で受けた。

そして体全体を使って衝撃を吸収したあと、思いっきり振り抜いた。

魔力を吸収するという事は、通常の身体強化魔法には頼れない。

けど、この程度の重量物なら、十分技で対処出来る。

『ふんっ！』

ちょっと拍子抜けするくらいにあっさりと跳ね返せたソレは、空高く飛んでいき、そして何かに当たった後で爆発した。

ドォオオオオン!!

「な、なんだぁ!?」

「空で何かが爆発したぞ!?」

「ティランが何かしたのか!?」

念の為僕は、風の魔法を使って爆発した何かの破片が町に降り注がないように遠くへ吹き飛ばす。

『こんなものかな』

「ええと、あの、今何かあったんですか?」

と、戦っていたノルブさんが申し訳なさそうに聞いてきた。

『ええ、何かが飛び込んできたので打ち返したんです。メグリさんの話だと魔人が放った何かだったみたいですけど』

「な、なんだか分からないものを即座に跳ね返したんですか?」

『はい、よく分からなかったのでとりあえず跳ね返しておきました。爆発物である可能性を考慮して、ちゃんと衝撃を完全に吸収してから打ち返しましたので、受けた途端に爆発する危険はありませんでしたよ』

「それ、とんでもない技術なのでは?」

『いえいえ、コツを摑めば誰にでも出来ますよ』

完全衝撃吸収打法は衝撃に反応するタイプのマジックアイテム相手には必須の技術だからね!

「さらりと無茶振りをされました。しかも試合の最中に……」

何故かノルブさんがここではないどこかを見つめている。

『ええと、それじゃあ試合の続きをしますか？』

「え？　あっはい、そうですね」

こうして僕達は決勝戦を再開した。

それにしてもさっき飛んできたモノはなんだったんだろう？

第134話　決勝戦、龍姫決定！

◆リリエラ◆

私達は決勝の舞台へ上がる。

この戦いで龍姫が決まると、観客達も固唾を呑んで見守っている。

「「……」」

「遂に決勝戦か……」

「ああ、これで本当の意味で龍姫様が龍姫様だって決まる訳だな」

静かな会場では、観客達のそんな呟きも聞き取る事が出来た。

「……っていうか、私は龍姫じゃないんだけどね」

でも困った事に、街中でドラゴンを倒して以来、世間はすっかり私を龍姫と勘違いしたままなのよね。

うーん、本当にどうやって誤解を解いたものかしら。

「リリエラさん」

と、そこでリューネが小さな声で話しかけて来る。

「なに?」

「私、証明したいんです、自分が龍姫の後継者として相応しい存在だと。だから、全力で貴女に挑みます……リリエラさんも、本気で戦ってください」

リューネの眼差しは、真剣そのものだ。

「……」

参った、本当に参った。

正直言えば、この戦い負けちゃった方が良いのよね。

というか、龍姫疑惑を晴らしたいのなら、負けた方が良いと言っても過言じゃない。

だけど……困った事にわざと負けるのも問題があるのよね。

私は冒険者。己の力一つで生きていく冒険者にとって、評判はとても大事なもの。

それがたとえわざとであったとしても、一度負けてしまったらその事実は残る。

そして私はその相手よりも格下と見られてしまう。

だって見ていた人達は私がわざと負けた事は知らないんだから。

見てない人達なら猶更。どんな無責任な噂を流されるか分かったもんじゃない。

だから、龍姫と勘違いされる事が不本意だとしても、安易に負ける事は出来ないのよね。

Aランク冒険者の看板に泥を塗るような戦いをすれば、それこそ信用問題だわ。

でも、そういう信用問題も大事なんだけど……

それ以上に私が手を抜きたくないってのもあるのよねぇ。

なにせ私はこの子にとって……

「両者前へ」

審判の声を受けて、私は余計な事を考える事をやめる。

うん、考える時間はもうとうの昔に終わった。

これからする事は一つだけ。

私は前に出て槍を構える。

「……っ！」

それを見た彼女もまた、前に出て槍を構えた。

うん、戦う前に余計な会話なんていらない。

槍《これ》が私達の言葉なんだから。

「龍姫の儀、決勝戦！　リリエラ選手対リューネ選手、試合……」

「開始っっ!!」

審判が旗を持った手を真上に掲げる。

「「はぁっ!!」」

旗が振り下ろされた瞬間、私とリューネが前に飛び出す。

身体強化魔法を発動させた事もあって、私の方が前に出る速度は速い。

私の方が先に槍を突きだす。

けれどリューネは淀みのない動きで私の速度について来た。

「っ!?」

槍がぶつかったのは同時。

私の方が先に動いたというのに完全に合わせられた。

それはつまり、リューネの槍捌きの方が上という事。

互いの槍の先端がぶつかり、弾かれる。

お互いすぐさま槍を引き戻し突く。

余計な動きはしない。ただ真っすぐに突いて戻してまた突く。

「「……っ!!」」

速く速く速く、私は槍を突く。

ぶつかって弾かれる衝撃を引き戻す動作の一部に組み込む。

衝撃で火花が散る。

キラキラと散る火花が消える前に新たな火花が生まれ、槍のぶつかる狭い空間に光の花束が生まれる。

「す、凄ぇ……」

「綺麗……」

観客席から小さなざわめきが聞こえて来るけれど、その内容を理解する余裕は私達には無かった。

「「はぁっ!!」」

このままでは埒が明かないと悟った私達は、次の一突きを最後に大きく後ろに跳び退る。

「……ふぅふぅ」

「はぁはぁはぁ……」

つばぜり合いならぬ槍突き合いが終わり、会場が静寂に包まれた。

「う……」

「「「うぉぉぉぉぉぉぉっ！　凄すぎるぅぅぅぅぅっ!!」」」

堰を切ったように、観客席が一斉に声を上げる。

「何今の戦い!?　槍ってあんなに速く突けるもんなの!?」

「無理だろ、守備隊の訓練を見た事あるが、あんな速い突きを出来る奴はいなかったぜ!?」

「じゃあ冒険者は!?　ランクの高い冒険者ならいけるんじゃねぇの!?」

「B……いやAランクならどうだ？」

「いやいや、Aランクでも無理じゃねぇの？」

「もしかしてアレが伝説の龍帝流空槍術なのか……？」

「マジかよ。龍帝流を習うとあんな凄ぇ戦いが出来るようになるのかよ？　俺も龍帝流に弟子入りしようかな？」

「いやお前には無理だろ」

突き合いが終わった事で、ようやく周囲の言葉を理解する余裕が戻ってきた。

「けどそうね、龍帝流は確かに凄いわ」

うん、確かに私はレクスさんに龍帝流空槍術を習っている。

更に言えば彼から飛行魔法や、身体強化魔法、更に初級だけど攻撃魔法も習った。

はっきり言ってレクスさんに出会う前の私とは比べ物にならないくらい強くなっている。

「でも、あの子は私よりも後にレクスさんに弟子入りしたのよね」

私よりも後に弟子入りした以上、単純な修行時間では私の方が有利だ。

そう思っていた。

それに私は元Bランク冒険者で、今はAランク。

単純な実戦経験でも上という自負がある。

けど、そんな私とリューネは槍捌きにおいて拮抗していた。

圧倒的に有利な筈の私に、彼女は身体強化魔法も使わずに渡り合っている。

その理由は一つだ。

「あの娘は私と違って龍帝流空槍術だけをずっと昔から鍛えて来たのよね」

リューネの学んだ龍帝流空槍術は、過去の悲劇が原因で技術の多くが失われて久しいと言われている。

けれどそれでも基礎の修行はちゃんと行われていて、彼女は不完全ながらも多くの技を学んできた。

対して私は龍帝流空槍術を学び始めてほんの数ヶ月。

積み重ねが違う。

私が有利なのはあくまでもレクスさんから教わった多くの技術があるから。

でも、純粋な槍使いとしての技術は間違いなく彼女の方が上だわ。

そして、レクスさんと出会った事で、彼女は失われた筈の龍帝流空槍術の奥義を学ぶ機会を得る事が出来た。

今の彼女は、これまで足りなかったものが補われて、ものすごい勢いで成長している最中なのよね。

「だからこの戦い、決して私が圧倒的に有利って訳じゃない……か」

いやホント参ったわ。

「まさか自分がここまで自惚れていたなんてね、全然気付かなかったわ」

レクスさんというとんでもない人に教えを受けて、色々な修羅場をくぐって、ドラゴンを自力で倒して、自分はもの凄く強くなったと錯覚していた。

それこそSランク冒険者にも負けないくらいに。

その矢先にこれだもの。

自分がどれだけ自惚れていたのかよく分かるってもんだわ。

「世の中には自分より強い相手がウヨウヨいる、レクスさんが言っていた通りね」

成る程、レクスさんは正しかった。

あの口癖は自己評価が不自然に低い訳でも世間知らずな訳でもなく、いつどこで埋もれていた強者に遭遇するか分からないから、常に謙虚であれという戒めだったのね。

「凄いです龍姫さ……いえリリエラさん」

私の気持ちも知らずに、リューネがキラキラとした尊敬の眼差しをこちらに向けてくる。

寧ろそのセリフはこっちが言いたいわ。

きっと昔の私だったら貴女には勝てなかっただろうから。

「さぁ、ここからが本気よ！」

「はいっ！」

私は氷の属性強化を発動させると、試合舞台の床を凍らせる。

「っ!?　これは……」

そして足の裏に氷の刃を生み出し滑り出す。

「わわわっ!?」

対してリューネは凍った地面で戦うのは初めてなんでしょうね。

明らかに足元が滑る感覚に戸惑っているわ。

その隙に私はリューネの周囲を回りながら加速し、十分な速度を得ると同時に円を小さくしながら接近してゆく。

「行くわよ！」

リューネが凍った地面での戦いに慣れる前に、一気に勝負をかけるわ！

「はぁっ!!」

槍の間合いに入った瞬間、リューネの周りを旋回しながら全方位から槍の乱打を叩き込む。

「きゃあぁぁぁぁっ!?」

リューネは必死で私の攻撃をいなそうとするけれど、凍った地面の上では踏ん張る事も、ましてや私の居る方向に体を向ける事すら危うい。

有利である槍捌きも、足元が不安定じゃあその力を十全に発揮させる事は出来ないのよね。

……ほんとレクスさんはエグい手を教えてくれたものよね。

使っている自分が言うのも何だけど。

「くぅっ！」

私の槍を受けてリューネがバランスを崩す。

次いで叩き込まれた槍によって彼女の鎧に傷が入る。

けれどこれまで倒してきた魔物に比べたら、いまいち手ごたえが薄い。

……さすがレクスさんが手入れしただけあって、頑丈な鎧ねぇ。

でもこっちの武器もレクスさんが鍛えてくれた装備、道具の格としては負けていないわ！

「はぁぁぁぁっっっ!!」

属性強化を槍に施すと、槍の表面が魔力で満たされた氷に覆われてゆく。

魔力によって生み出された氷は、本来の氷と違って容易くは砕けない。

私が魔力を込めれば込める程、氷はより強固により鋭くなる。

氷は武器だけでなく、鎧まで覆っていき、私の鎧の形を変えてゆく。

「りゅ、龍姫様の鎧が……」

「綺麗、まるで宝石の鎧だわ……」

魔力を浴びて青みを帯びた氷を見た観客達が、私の鎧を宝石のようと讃えてくれる。

でもね、この宝石は綺麗なだけの宝石じゃないのよ。

「たぁぁぁぁっ！」

私の槍の一撃が、リューネの鎧の右肩を吹き飛ばす。

「うあぁっ！」

衝撃を堪えきれなかったリューネが氷で滑って転倒する。

「終わりよ！」

倒れたリューネに、油断なく槍を突きいれる。

「ま、まだです！」

けれどリューネは横に転がりながら攻撃を回避する。

そしてツルツルと滑りながら必死で立ち上がろうとする。

「させないわ！」

体勢を整えさせないよう、私はリューネに小刻みな連撃を加える。

「はわわっ!?」

せめて直撃を受けないようにと必死で攻撃をいなそうとするけれど、足場の踏ん張りがきかないリューネはどんどん後ろに押し込まれながら鎧が砕けてゆく。

「このぉー！」

「うわっ!?」

リューネが防御を捨てて反撃してきたけれど、腰の入っていない攻撃じゃあなんとか当てる事が出来たとしても鎧を覆う氷に当たるだけで鎧本体には届かない。

「それズルいですよぉー！」

ズルくないもん、私の魔法だからズルくないわ！

レクスさんに教えてもらった魔法だけどズルくない！

だって私も死にそうな目に遭いながら覚えたんだから！

「なら守りの薄い場所を！」

「そんな簡単に当たってあげる訳ないでしょ！」

私はリューネの攻撃を回避しながら一方的に攻撃を当ててゆく。

「ひうぅっ!?」

このまま押し続ければ、いずれリューネは舞台端に押し込まれて場外になる。

リューネは槍使いであって魔法使いじゃないし、レクスさんから教えてもらう約束をしたのは龍帝流空槍術だけ。

だからこの状況から劇的な反撃をする手段がない。

これはもう詰んだといっても過言じゃないわね。

……でも、油断はしない。

だってこの子は仮にもレクスさんの弟子だもの。

彼のとんでもなさと、この子が今まで鍛えてきた龍帝流の槍の冴えを知っている以上、万が一にも油断はしないわ！

「レクスさんの弟子としては、私の方が年季が入ってるのよ！　だから場外なんて狙わない！　ここで決めるわ！」

「う、受けて立ちます！」

そう言うと、リューネは槍を地面に突き刺して無理やり立ち上がる。

「くぅっ！」

当然その間は隙だらけで、無防備に私の攻撃を受けた鎧は砕け、貫かれ、吹き飛んだ。

立ち上がり体勢を整えただけでそれじゃあ犠牲が大きすぎよ。

でも、それでも姿勢を崩したまま、なすすべもなく削り倒されるよりはマシって考えたんでしょうね。

龍帝流空槍術の後継者として。

「でも、足場の不利は変わってないわよ！」

「いいえ、今対策が見つかりました！」

「なんですって!?」

この状況で何が出来るというの？

いいえ、何か出来るとしても、それを大人しくやらせる気はないわ。

「させないわよ！」

私は高速での回転を維持しながら、リューネを全方向から突く。

鎧の多くを失った彼女では、この攻撃から身を守る事は不可能。

大振りなんてしない。地味でも確実に仕留めるわ！

「なんのぉっ！」

次の瞬間リューネが行ったのは、全くの予想外の行動だった。

「えっ!?」

なんとリューネは、床に突き刺した槍の石突きを支えにするとそのまま真上に跳躍したの。

「はぁっ!?」

上に跳んでどうするつもり!?　貴女は私達と違って飛行魔法を使えない筈よ!?

「ふっ！」

跳躍したリューネは、石突きに触れていた手で槍を引き抜くと、そのまま地面に向かって槍の連打を叩き込んだ。

「だぁぁぁぁぁっ！」

「な、何を!?」

宙に浮いて無防備になったリューネを攻撃する事を忘れ、私は思わず困惑してしまう。

そして宙に浮いていられなくなったリューネがすぐに地面に降り立つ。

しっかりと背筋を伸ばした姿勢で。

「……地面が凍っているのなら、凍った地面を砕いてその下から滑らない地面を掘り出せばいいんです！」

「……あっ」

そうか、そういう事か！

私の魔法は地面の表面を凍らせたもの。

地面が氷になった訳じゃない。

だから氷を砕けば元通りの地面に戻るって考えたのね！

「やっぱり、強いわね貴女……」

うん、正直驚いた。

この追い詰められた状況で、この子は対抗策を見事に成し遂げてみせたのだから。

この冷静さと発想力、侮れないわ。

当たり前の答えっていうものは、パニックになった時ほど思いつかなくなるものなのよね。

「龍姫様に褒めて頂いて光栄です。でも私だってレクス師匠の地獄のような特訓を耐え抜いてきたんですよ！」

リューネの自慢げな表情に私は苦笑する。

「そうね、あの人の特訓を耐えたんだものね。なら大抵のピンチはアレに比べれば大した事じゃないわよね」

「ですです！」

そうだった、この子はレクスさんの特訓で何度もドラゴンに撥ね飛ばされていたんだったわ。

そりゃあ度胸も付くってもんよね。

「でもね忘れたの？　私は龍姫じゃないわよ」

「あっ、そうでした。龍姫は……」

「ええ、龍姫は……」

「……」

私達は無言になる。

その先の言葉は試合が終わった後に口にするべきだからだ。

「でも、簡単にそれを口にさせる気はないわ」

「ええ、私も貴女を倒さずして口に出来るとは思っていません」

私達は互いに槍を構える。

「行くわよ！」

「どうぞ！」

私はリューネに向かって飛び込む。

「入らせません！」

間合いに入らせまいと、リューネが連続で槍を突いてくる。

共に槍を武器にしている事で、間合いは同じ。

ただ同じ種類の武器でも個人の体格や使い方、それに武器の形状の差による重心の違いなどで間合いが変わってくる。

その微妙な差を奪われないように、リューネは全力で私に牽制をしてくる。

けれど私もまた、彼女の槍を恐れずに踏み込んだ。

槍の技術はリューネの方が上。

槍以外を含めた総合力では私の方が上。

ただ、リューネの装備は古代から伝わる本物の竜騎士の槍。

しかもレクスさんが鍛えた事で、その刃は魔法すらも切断する。

それ故、素人魔法使いの私じゃ魔法攻撃で勝負を決めるには至らない。

だから飛び込む。

「まだまだ、後輩に道は譲れないわ！　アイスアロー！」

互いの間合いに入る直前、私は氷の矢の魔法を放てるだけ放つ。

「なんの！」

足場が確保出来たリューネは容易く氷の矢を砕く。

けど構わない！　私は全速で飛び込み槍を突き出した。

「当たりませうひゃあっ⁉」

即座に私の槍を迎撃しようとしたリューネが突然バランスを崩す。

再び凍り付いた地面に足を取られて。

「なっ⁉　何故⁉」

「魔法で凍らせたんだもの。もう一度凍らせる事が出来るのは当然でしょ」

「そ、そうでしたぁーっ‼」

そう、氷の矢は彼女の意識を地面以外に集中させる為の囮。

彼女が冷たい氷の矢を迎撃している間に、地面を再び氷で覆わせていたのよ。

バランスを崩したリューネの槍を巻き上げ、天高く弾き飛ばす。

槍はクルクルと回転しながら試合舞台の宙を舞い、場外の地面に突き刺さった。

私は地面に倒れ込んだリューネの眼前に槍を突き出し、告げる。

「今度こそ私の勝ちね」

「……はい、私の負けですね」

リューネが敗北を認めると、審判が手旗を大きく掲げる。

「勝者リリエラ！」

ふー、結構危なかったわ。

世の中意外な実力者が隠れているものねぇ。

あと一歩が足りない、けどそのあと一歩が何とかなった時、一気に成長する。

そんな達人直前の人達と、これからも出会う事になるのかしら。

そして、そんな人達と出会ったレクスさんが、いつも通りおせっかいをする事で、世の中に達人が物凄い勢いで増えていきそうねぇ……

うん、本当に増えそうで怖い。

ともあれ、これで長かった大会も終わりね。

何か忘れているような気もす……

「「「うぉぉぉぉー！　龍姫様ーっ！」」」

突然、周囲から大きな声が上がる。

そして私は思い出した。

さっきまで自分が何を悩んでいたのかを。

「凄ぇー！　龍姫様凄ぇぜ！　凄すぎるぜ！」

「思わず魅入っちまったぜ！　龍姫様だけじゃねぇ、相手の子も無茶苦茶凄ぇよ！」

「あれが伝説の竜騎士の実力なのね！　素敵！」

「龍姫様ぁーっ！」

周囲は盛大な龍姫コール……

「しまったーっ！　勝っちゃったぁーっ!!」

なんという事なの！　結局こっちの問題は解決するどころかもっと大事になっちゃったー！

戦いに夢中になってそのあたりすっかり忘れてたぁーっ！

「遂に我が国に龍姫様が御戻りになられたんじゃなぁ……長生きはするもんじゃぁ」

「ええ、ええ……キラキラと輝きながら戦いになられた龍姫様の神々しいお姿、ありがたやありがたや」

ああっ、なんだかお爺ちゃんお婆ちゃん達が泣きながら手を合わせて拝んでる!?

「だから私は龍姫じゃないってぇーーっ！」

「「うぉぉぉぉぉぉっ！　龍姫様が俺達に手を振って下さったぞぉぉぉぉぉぉっ！」」

残念ながら、私の心からの叫びは興奮して勘違いした観客達の歓声にかき消されてしまったのだった……グスン。

第135話　ティラン対ノルブ

◆ノルブ◆

『じゃあ試合を再開しましょうか』

龍帝の儀の決勝戦が始まって少しした頃に、空から何かが試合会場に飛びこんできました。

けれどレクスさんが武器を大きく振ったと思ったら、その何かが空高く弾き飛ばされて大爆発してしまいました。

なにか大変な事が起きたんだと思うんですが、当のレクスさんは何事もなかったかのように試合を再開しようと言ってきました。

「ええと、良いんですか今の？　何か大変な事に巻き込まれたような気がするんですけど」

会場に飛び込んできたメグリさんの発言を聞くかぎり、今回も魔人が関わっていたみたいなので急いで対処しないといけないと思うんですが。

っていうか、こんなに頻繁に魔人に遭遇するってそれだけでももう異常事態ですよね？

『周囲に敵の反応はありませんから、大丈夫ですよ』

「ええっ!?　あー……いや……うーん……レ……いえティランさんがそう仰るなら……」

レクスさんの探査魔法で危険が無いと言うのなら、本当に問題はないんでしょうね。

もしかしてさっきの爆発は襲ってきた魔人を返り討ちにした影響とかだったりするんでしょうか？

……まぁレクスさんのする事なのであまり深く考えないようにしましょう。

でないと僕の精神が保ちませんから。

「ふぅ……」

僕は観念してメイスを構える。

攻撃は考えない。メグリさんの攻撃を回避する事の出来ない僕では、彼女よりも速いレクスさんの攻撃を避ける事は不可能です。

だからなんとしてでも最初の一撃を耐えて反撃します。

倒せるとは思っていません。

でもせめて一発くらいは反撃してみたいじゃないですか。

弟子として、師匠に成長しているんだと……

『では本気で行きますよ！』

「すみません本気で手加減して下さい！　お願いします！」

一撃くらい当てたいとか考えてすみませんでした！

試合なんかで死にたくありません！

慌てて身体強化魔法を防御専念で発動させます。

後の事なんて考えず、たった一発を耐える事だけを考えて。

でなければ、最悪命がありません！

『はぁっ！』

レクスさんが一瞬で距離を詰め、その剣が僕のメイスに当たります。

これはチャンス！

体で受けるよりも、武器で受けた方が明らかに守る上では有利だからです。

バキンッ！

と思ってたら僕のメイスがあっさりと折れました。

あ、あれー？　このメイスの軸、結構太いんですけど……

それに軸部分はレクスさんがブルードラゴンの角を加工したもので、更に強化魔法でより強固になっているのでミスリル製の武器より硬い筈なんですけどーーっ!?

などと考えている間にレクスさんの剣が僕にぶつかります。

胴体が真っ二つにされる恐怖に身をすくめましたが、幸いにも僕の僧服はレクスさんがドラゴンの鱗の粉末を固めた金属糸で作ってくれた特別製の僧服。

下手な鎧よりも遥かに強靱な品です。

頑丈とは聞いていましたが、まさか本当に剣で切る事が出来ないなんて驚きで……

ゴキボキゴキッ!!

はい！　真っ二つにはなりませんでしたが肋骨が音を立てて折れていくのが分かります！

痛い痛い痛い！　気絶しそうになるほど痛いですが、痛みで目が覚めて気絶すら出来ません！

いっそ殺して！

……ああ、そういえば試合前にリリエラさんとミナさんがうっかり殺さないように手加減しろと何度も念を押していましたっけ。

その後でレクスさんが「大会ってそこまで気を付けないといけないんですねぇ……ならいっそ刃を潰した試合用の武器を作った方が良いのかな？」とか言ってましたっけ。

それでティラン用の装備を作りに行ったんでしたね……ってなんでそんな細かい記憶を思い出せるんですか!?　もしかしてこれって走馬灯とかそういう何かはっきり見えちゃいけない記憶のような気がというか体が浮いて浮いて浮いて浮いて飛んでるぅーーーーーーっ!?

そう、気が付けば僕はレクスさんの振り抜いた剣に吹き飛ばされ、そのままの姿勢を保ったまま真横に飛んでいました。

あはは、目の前の風景が真横に流れていくって新感覚の光景……

「ぐはっ!?」

どこまでも飛んでいくかのような錯覚は試合会場の壁にぶつかった事でようやく止まったものの、その衝撃は凄まじく、僕は余りの痛みにとうとう意識が薄れていくのを感じていました。

薄れゆく意識の中、レクスさんの困惑する声が聞こえます。

『しまった、剣が折れちゃったよ。やっぱり素材がいまいちだと強度もいまいちだなぁ』

ありがとういまいちな素材さん。貴方のお陰で僕は命だけは助かりました……

ゴフッ……

◆メグリ◆

「ノルブ選手場外！　勝者ティラン選手！」

「「「「うぉぉぉぉぉぉぉっ!!」」」」

「す、凄ぇ！　あの鉄壁のノルブが吹き飛んだぞ！」

レクス達の試合が終わり、観客達が歓声を上げていた。

皆が知らない所で魔人がこの町を襲おうとしていた事も知らないんだから、皆本当にのんき。

「そうか、攻撃の効かないノルブは吹き飛ばせば勝てるのか！」

「いやその時点で無理じゃね？」

大丈夫、相手の死角に入って身体強化魔法で一点突破すれば急所狙いで十分行けるから。

「まさかあのノルブが倒されるとはなぁ……一体何者なんだティランは……」

何者かと言えば、私達の師匠かな。

「なぁ、やっぱりそうなんじゃないのか？」

「あ、ああ……やっぱそうなのかな……？」

「ティランが、龍帝陛下なんじゃないのか……？」

ノー、違う。

「ノルブの鉄壁を崩す程強いって事はやっぱりそうなんだよな……？」

「それに悪党共を片っ端からとっ捕まえてくれてる黒い鎧の騎士様達があの竜騎士って噂だもんな」

ううん、それはレクスが作ったゴーレム。

「じゃあやっぱり、龍帝陛下……」

「龍帝陛下だ……」

「龍帝陛下が龍帝の儀に優勝したんだ……」

「伝説の龍帝陛下が蘇ったんだ……」

「うぉぉぉぉっ！　マジかよ！　伝説は本当だったんだな！」

「龍帝陛下バンザーイ！」

「龍帝陛下ーっ!!」

「……っ」

笑いをこらえるのって実はとっても辛いと、私は今日初めて知った。

目立たないように鎧で正体を隠してるのに、その所為で思いっきり目立ってるとか、なんの冗談？

正直言えば、私達はレクスの正体がバレても問題だとは思わない。

寧ろ冒険者なら、ジャイロ程とは言わなくても名声を高めたいと思うのが普通。

だからレクスの振る舞いは本当に珍しい。

皆に勘違いされて王様扱いされたくないなんて、絵に描いたような善良さ。

その裏で本当の龍姫の後継者であるリューネを助け、国を乗っ取った宰相達や魔族を返り討ち。

弱きを助け、悪しきを挫き、見返りを望まないその姿は、まるで物語の英雄そのもの。

「「「「龍帝陛下ーっ!!」」」」

ふふっ、龍帝コールを受けて、試合舞台の上のレクスが困惑してる。

正直言えば、私達はレクス程の力があれば彼が王様になっても驚かないし、寧ろなって欲しいとすら思う。

だってレクスなら他のどの王様よりも良い王様になって皆を幸せにしてくれると思うから。

そうなると私達も嬉しい。

でもレクスはそれを嫌がるんだろうな。

レクスはいつだって自由な冒険者である事が、何より大事ですって言うだろうから。

「だからレクスは面白い」

ただ、何か忘れているような気が……？

第136話　表彰式と明かされる真実

◆観客達◆

「それではこれより龍帝の儀および龍姫の儀の表彰式を行います！」

試合舞台のど真ん中に立った町長が声を張り上げると、表彰式が始まる。

長々と続く町長の話には、俺だけでなく他の皆も早く話を終わらせてくれとソワソワしている。

俺達が見に来たのは、この表彰式の後なんだと。

俺達は確信していた。

この大会の表彰式で、絶対に凄い事が起きると。

この国に、昔話で聞いた伝説の王様が復活するんだという、一生に一度あるかないかの大事件が起こるんだと。

「優勝者、ティラン選手、およびリリエラ選手、前に！」

来た！

町長の長い話がようやく終わり、俺達は試合の度に選手達が出場してきた通路に顔を向ける。

俺達の期待を焦らすように、通路の奥から足音が聞こえて来る。

「「「あれ？」」」

けれど、そこに見えた姿に俺達は首を傾げる。

「龍姫様だけ？」

そう、舞台に現れたのは、龍姫様だけで、龍帝陛下の姿はどこにもなかったんだ。

表彰式の主役である龍帝陛下の姿が見えず、俺達は困惑する。

「あ、あれ？　ティラン選手は……？」

町長達も龍帝陛下の姿が無い事に動揺しているみたいだ。

龍帝陛下は一体どうしたんだろう、そう思ったその時だった。

突然周囲が暗く陰った。

雲にでも覆われたのかと思ったが、そうじゃなかった。

空の上から無数の羽ばたきが聞こえたからだ。

空を見上げれば、そこには巨大な翼の群れが空を覆い隠していた。

「あ、あれは……!?」

俺達は知っている。あの恐ろしい姿を。

このドラゴニアに暮らす者なら、あの姿を知らない奴はいない。

「ド、ドラゴンだぁぁぁぁぁぁぁ！」

そう、空を覆い隠していたのは数えきれないほどのドラゴンの群れだった。

「うわぁぁぁぁっ！　喰われるぅぅぅぅ！」

「ひっ、ひぃぃぃぃぃぃっ!?」

以前ワイバーンを引き連れたドラゴンが襲ってきた時の比じゃない。

空の全てがドラゴンだったんだ。

それも緑、青、赤、黒と目がチカチカする程の多くの色のドラゴンの姿。

青色のドラゴンくらいなら街道沿いで見た事があるが、黒や宝石色に輝くドラゴンが人里にやってくるなんて聞いた事が無い！

あの中の一頭だけでも町が１００回滅ぶぞ!?

『「グルォォォォン!!」』

ドラゴン達が唱うように雄叫びを上げる。

「ひぃっ!?」

「に、逃げろっ！」

「いやーっ！　助けてーっ！」

会場だけじゃない、ドラゴンの雄叫びを聞いて町中から悲鳴が上がっていた。

だがこの状況でどこに逃げれば良いんだ？

どれだけ必死で走っても、あの翼で追いかけられたら一瞬で捕まっちまうってのに。

そして誰が助けてくれるんだ？

相手はドラゴンだぞ？　国の騎士団が総出で挑んで一頭倒せるかどうかって相手だぞ？

そんな化け物の群れの中で、俺達は恐怖に竦んでただただへたり込む事しか出来ないでいた。

『静まれぇぇいっ‼』

その時だった、町中にくぐもった声が響いたんだ。

ドラゴンの雄叫びも、町中の悲鳴すらかき消して。

「「オオォォン‼」」

するとこれまでバラバラに飛んでいたドラゴン達が突然秩序だった動きに変わる。

まるで王に従って行進する騎士団のように。

「お、おいアレはなんだ⁉」

誰かが空を指さすと、試合会場の真上から二つの光が舞い降りて来る。

太陽の光を受けて輝くそれは、金と銀の翼を羽ばたかせていた。

「あ、あれは……」

俺達は気付く。

空を舞うドラゴン達はあの一対の翼を迎える為に道を開けたのだと。

「ゴールデンドラゴンとシルバードラゴンだ……」

「「グォォォォォン!!」」

誰かが漏らした呟きが正解だと言わんばかりに、二頭のドラゴンが雄叫びを上げる。

正直言って恐ろしくて逃げ出したい。

だが、この体は恐怖のあまり動けないでいた。

俺だけじゃない、この場にいる全員が、伝説のドラゴンの姿を本能的に恐れているんだ。

たとえアレが、以前俺達を助けてくれた存在と同じだとしても……

そしてゴールデンドラゴンとシルバードラゴンが試合舞台へと静かに舞い降りた。

「ひっ!? は、はひ……」

逃げ遅れた町長が、丁度二頭のドラゴンに挟まれる形になっていた。

そしてドラゴンの背から誰かが降りてくる。

俺達はその姿を見て、背中があわ立つ。

「ティランだ……」

「龍帝陛下だ……」

そう、そこに現れたのは、俺達が待ち望んでいた人、ティランこと龍帝陛下その人だった。

「「「「龍帝陛下ぁぁぁぁっ!!」」」」

◆

あー危なかった。

まさかドラゴン達が町に現れた事でここまで大騒ぎになるとは思ってもいなかったよ。

前世や前々世じゃ、ドラゴンの群れが町の上を横切っても、あー飛んでるなーって渡り鳥の群れが横切る感じだったんだけど。

あれかな？　ドラゴンの素材保護法が制定されて、ドラゴンに馴染みのある人が減ったのが原因なのかもね。

ともあれ、町が大騒ぎになっちゃったから、僕は慌ててドラゴン達を静かにさせるようにゴールデンドラゴンにお願いした。

そして予定よりもちょっと早いけど、ティランとして試合舞台の上に舞い降りたんだ。

皆が信じる龍帝として、これからの事を伝える為に。

僕がゴールデンドラゴンから降りると、町の人達の表情が安堵に変わる。

うん、ゴールデンドラゴンに乗る龍帝の姿を見せた事で、皆もドラゴン達が敵じゃないって分かってくれたみたいだね。

「「「龍帝陛下ぁーっ！！！」」」

この龍帝コールには慣れないけど。

そしてシルバードラゴンからも、リューネさんが降りて来る。

「え？　なんで龍姫様じゃない人間がシルバードラゴンから降りて来るんだ？」

とそこで、会場の人達がシルバードラゴンからリューネさんが降りて来た事に首を傾げる。

「確かあの子は……そうだ、決勝で龍姫様と戦ったリューネ選手だ！」

「そうだ、リューネ選手だ！」

「でもなんでリューネ選手が？」

どうやら皆シルバードラゴンを従えていたのはリリエラさんと思っていたみたいだね。

けどこれこそが龍姫の儀の決勝戦で負けてしまったリューネさんが龍姫の後継者だと認めて貰う為の作戦なんだ。

『静まれ皆の者！』

僕は龍帝の振りをして会場の皆に語り掛ける。

『此度は皆に伝える事があってやってきた』

「龍帝陛下が俺達に……？」

「一体何を……？」

「この先は私がお話しいたしましょう」

そう言って、前に出たのはリューネさんだ。

ここから先、龍帝は目立たずリューネさんに主役を譲る。

「私の名前はリューネ・ライゼル・ヴォア・ドラゴニア……ドラゴニア王家の血を引くものです」

「「……え、ええーーーっ!?」」

衝撃の告白を聞いて、町の皆が驚く。

うん、さっき町中に声を響かせた拡声魔法をリューネさんにもかけてあるから、この会話は町中に響いているんだ。

纏めて説明した方が手間が省けるからね。

「リュ、リューネ選手が王族だって!?　マジかよ!?」

「けどそう考えれば、リューネ選手がシルバードラゴンに乗って現れた理由も納得がいくってもんだ」

「皆さんも驚かれた事でしょう。ですがこれは事実なのです。私は数百年前に国を追われた王族の末裔なのです……」

そう言って、リューネさんは以前僕達に話してくれたように、自分の祖先に起きた出来事を町の人達に語り始めた。

「――こうして宰相に国を乗っ取られた私の祖先は、王位を取り戻す為に、彼等の言葉を逆に利用する為に、竜騎士となってドラゴンを倒す為に野《や》に下ったのです」

「「……」」

町の人達はリューネさんの衝撃的な告白にどう反応して良いのかと困惑しているみたいだ。

ドラゴニアでは龍帝が戦争で死んだあと、いつか龍帝が戻る日まで宰相が代理として国を運営するという宣言をしたという話は、昔話で皆知っている事みたいだから猶更驚いただろうね。

「宰相達は龍帝騎士団を失い弱体化した国を立て直す事はしませんでした。龍帝騎士団は当時のドラゴニアが他国に対して示す事の出来た最大の武力の象徴なのにです！」

うん、普通に考えれば国内最強戦力を再建しないなんてありえない事だよね。

「龍帝騎士団は王家に仕える騎士達、つまり滅びた王家に仕える騎士団という矛盾した存在が生まれてしまいます。しかしそれだけなら戦力の立て直しを渋る理由にはなりません。ドラゴンを倒し、ドラゴンと共に空を舞う竜騎士の戦力は非常に強力なのですから」

前世でも竜騎士は強力な戦闘力を持つ存在として有用だったし、なによりドラゴンという野生の脅威をまるまる味方に出来るという事は、単純に考えても敵の数を減らして味方を増やせるっていうメリットがある。

だからやらない選択肢はないよね。

「宰相達が問題としたのは、我々王族が生きていた事です。龍帝騎士団が再建されれば、騎士団は仕えるべき王族の生き残りを探す事が使命の一つとなるでしょう。しかしそこで騎士団が我々王族の生き残りの存在を知り接触したならば、宰相達の祖先がかつて生き延びた王族達に行った蛮行が明らかになるのです」

そうなんだよね、王族が見つかったら自分達の反逆がバレちゃうから、宰相達は龍帝騎士団の再建なんて出来る訳が無い。

まぁそれも、当時の魔人との戦いで他の国も疲弊していたから出来た選択みたいだけど。

「なんてこった、俺達はそんな事も知らずに龍帝陛下が戻ってきたって浮かれていたのかよ……」

「リューネ選手、いやリューネ様の気持ちも知らずに俺達は……」

平民である皆にリューネさんの気持ちを知れと言うのは無理だ。

けど、リューネさんがその小さな体で必死に戦ってきたのは試合を見て来た皆が知る事だ。

玉座を奪われた美しいお姫様から明かされる衝撃の真実に、心を動かされない人はいない……らしい。

うん、このあたりの曝露劇については、メグリさん達の発案なんだよね。

皆の同情を買って味方をゲットしようって。

「ですが皆さんが気に病む事はありません。全ては宰相達反龍帝派の蛮行が原因なのですから！」

「「リューネ様……!?」」

「何も知らずにのうのうと暮らしていた俺達を、リューネ様は許してくれるっていうのか……!?」

「何てお優しい……」

自分達を責めないと言われ、町の人達がリューネさんの優しさに感動する。

このあたりはノルブさんの発案なんだよね。

許す優しさも大切ですよって。

「安心してください皆さん。既に国を私物化していた宰相達は龍帝陛下の家臣達によって捕らえられました」

「「さ、宰相様達を!?」」

「マジかよ!?　一体いつの間に!?」

「龍帝陛下凄ぇ！」

いやそこは僕を褒めなくて良いからね。

「そして私は力を示しました！　シルバードラゴンを従え、正式に竜騎士となったのです！」

「グルォォォォン!!」

リューネさんが槍を掲げると、後ろで控えていたシルバードラゴンが吠える。

これはシルバードラゴンがリューネさんに従っていると伝える為のパフォーマンスだ。

シルバードラゴンに理解して貰うのには苦労したけどね。

「私は王位を継ぎ、最強の騎士であった龍帝騎士団を再建し、真のドラゴニアを蘇らせる事をここに宣言します！」

「「う、うぉぉぉぉぉぉっっ!!」」

リューネさんの王位継承宣言に町中から興奮の声が上がる。

伝説の存在だった龍帝の末裔であるリューネさんがシルバードラゴンを従え、王位に就き、龍帝騎士団が復活する。

伝説が現実になったかのような光景に、皆大興奮だ。

「龍帝陛下ーっ!!」

「リューネ様ーっ！　うぉーっ！　龍姫様は本当に実在してたんだっ！」

「龍姫様ーっ！」

「この国の伝説は本物だったのね！」

皆が興奮しながら口々に龍帝とリューネさんを称える声をあげる。

「あれ？　けどリューネ様が王位を継ぐのなら、龍帝陛下はどうなるんだ？」

と、そこで誰かがふと首を傾げながらそんな事を口にする。

「あっ、言われてみれば……」

皆にもその疑問が伝わり、どうするんだろうと僕に視線を向けてくる。

そう、これが僕達の作戦なのさ。

『我には為すべき使命がある。故に、政は龍姫に任せる事とする！』

「龍帝陛下の使命!?」

「龍帝陛下が王位を任せる程の使命って一体どんな使命なんだ!?」

皆が王位を捨てる程の使命とは何なのかとこちらを見つめてくる。

……まぁそんな使命なんてないんだけどね！

こう言っておけば、本物の龍帝じゃない僕が王位に就かなくて良い理由が出来る上に、龍帝のお墨付きかつリューネさんが王位に就く後ろ盾が出来るという二重の利点が出来る。

更に言えば、龍帝がリューネさんを龍姫として認める事で、リリエラさんの龍姫疑惑も解消されるって寸法だね！

『伝えるべき事は伝えた。そろそろ我はゆかねばならん！』

これ以上この場に居ても余計な事を喋っちゃいそうだし、僕はさっさと姿を消す事にする。

大きく空に跳躍すると、ゴールデンドラゴンが飛びあがって僕を背中に乗せる。

そんな事まで指示してないのに律儀だなぁ。

『さらばだ！』

そう言うと、僕達は龍峰へと向かって飛んでいった。

ふー、これで厄介事は全部終わったね。

……んー、何か忘れている気がするけど。

◆メグリ◆

「りゅ、龍帝様が飛んでいっちまった……」

レクスがゴールデンドラゴンと一緒に飛んでいくのを、観客達は呆然と見送っていた。

「な、なぁ、これどうなるんだ？　龍帝様は飛んでいっちまったし、龍姫様は龍姫様じゃなかったし……」

「お、俺に分かるかよ……でも、本当にどうするんだろうなぁ？」

困惑していたのは観客達だけじゃなく、閉会式を進行していた町長や運営もだった。

「ええと……優勝者である龍帝様が飛んでいってしまったので……ええと、どうしましょうか龍姫様？」

困り果てた町長がリューネにどうしようと縋りつく。

「そうですね。では龍姫の儀は龍、いえリリエラ選手を表彰してください」

っていうか運営が丸投げはどうかと思うけど。

「え？　よろしいのですか？」

龍姫であるリューネが居るのに、リリエラを表彰して良いのかと町長が困惑する。

「かまいませんよ。あくまで儀式ですからね」

「あ、ありがとうございます龍姫様。で、では優勝者であるリリエラ選手の表彰を行います。リリエラ選手前に！」

こうして、リリエラの表彰が終わり、次いで龍帝の儀の表彰をどうするかと相談が再開される。

「どういたしましょうか龍姫様？」

「そうですねぇ……そうだ！　準優勝のノルブ選手を繰り上げで表彰してはいかがでしょう？」

「おお、それは良いアイデアですな！」

「っ!!」

身の危険を察知したノルブが一目散に外へと逃げ出した。

なかなか良い反応。ノルブもレクスに鍛えられているだけある。

「あっ、ノルブが逃げた」

「身体強化魔法まで使って、本気で嫌なのね」

「ノルブ選手ー？　ノルブ選手居ませんかー？」

結局逃げたノルブが見つからなかったので、リューネが代理として表彰される事になった。

「では龍帝陛下の代理として龍姫様を表彰させて頂きます」

「はい、龍帝陛下の代理となれることを光栄に思います」

「「うぉぉーーーっ！　龍姫様ーっ！」」

「龍帝陛下ばんざーい！」

なんとか無事に表彰式が終わり、会場の皆が歓声をあげる。

長い試合もこれでようやく終わりか……

「あのー、ところでもう一つ問題があるんですが」

「え？」

これで全部終わったと思ったその時、町長がポツリと呟いた。

「え？　なんかあったっけ？」

「さぁ？」

町の人達も何かあったかと首を傾げている。

「もう全て終わったと思うんですが、一体どんな問題があるんですか？」

リューネが首を傾げて質問すると、町長は申し訳なさそうに答える。

「ええとですね、龍姫の儀は元々町で行われていた儀式で龍姫様役を選ぶ為の大会だったのです。そして龍帝の儀も同様の理由で開催されました……のですが、龍帝陛下はつい先ほど飛んで行ってしまいました。龍姫様役はリリエラ選手が居るので良いのですが、龍帝陛下役はどうしましょう？」

「「「「……あっ」」」」

その時、会場に居た全員が思い出した。

この大会の本当の開催理由を。

うん、正直試合に夢中で忘れていた。

……今度こそノルブを連れて来る？

第１３７話　さよなら龍の国

タツトロンの町を出た僕達は、龍峰の近くにある見晴らしの悪い岩場にゴールデンドラゴンを着陸させる。

そして潜んでいると、タツトロンの町の方角からリリエラさん達がやってきた。

空からはシルバードラゴンに乗ったリューネさんの姿も見える。

「皆お疲れ様」

「レクスさんもお疲れ様。カッコ良かったわよ龍帝陛下」

リリエラさんがニヤリと笑みを浮かべて、龍帝の振りをした僕をからかってくる。

「からかわないでくださいよ。アレは演技なんですから」

そう、試合が終わった後、これからどうしようかと悩んでいた僕達は、龍帝本人からリューネさんに王位を譲る事にすればいいんじゃないかという結論にたどり着いた。

そして龍帝には何か凄い使命があるって事にしておけば、龍帝が今後姿を現さなくなっても不自然じゃないだろうとも考えたんだ。

うん、これで謎の選手ティランの正体は謎のままになったね！

「これで問題は全部解決した……のかしら？」

「はい！　レクス師匠が王都の反龍帝派をあらかた捕らえて下さったので、私が玉座に就く事を妨害する者はほぼ居ないと思います！」

とそこでリューネさんが目を伏せる。

「どうしたんですかリューネさん？」

「あ、いえその、龍帝派の方から王都の主要な役職は反龍帝派が牛耳っていたと聞いていたので、私が即位しても国は大丈夫なのかな……と」

ああ成る程、リューネさんは反龍帝派を排除した事で一時的に国力が低下する事を恐れているんだね。

「確かに、悪徳貴族が役職を独占していたのなら、その役職のノウハウも独占してる筈。まともな人が新しく役職に就いても、仕事に慣れるまで時間がかかる。特に他国とのパイプが切れるのが厄介」

と、意外な事にメグリさんが問題を言葉にする。

「メグリさん詳しいですね」

「盗賊だから、情報は大事。裏社会と密接に関わる貴族は結構いるし」

成る程、盗賊という職業なのに貴族の情報に詳しいのは、盗賊だからこそ貴族の裏事情に詳しいからなんだね。

　裏社会についても前世でもあんまり付き合いがなかったからなぁ。

「それに私が即位したとして、王都以外の領主達がすぐに従うか分かりません。最悪反龍帝派の領主達が反旗を翻す可能性もありますから」

「うーん、それはシルバードラゴンが居ればなんとかなると思うんだけど……」

「シルバードラゴンの居ない所で毒殺や暗殺をされたらどうしようもない」

「あ、そっか」

　ミナさんの発言を聞いたメグリさんが、シルバードラゴンに頼る事の問題を指摘する。

「ひぃぃぃ……や、やっぱり龍姫様が玉座に座った方が……」

「あら、龍姫は貴女でしょうリューネ」

「そうなんですけどぉ……」

　メグリさん達の会話に怯えたリューネさんが青い顔になってリリエラさんに龍姫の座を譲ろうとするけれど、リリエラさんは良い笑顔でそれを断る。

　というか、譲っちゃ駄目じゃないリューネさん？

「レクス師匠ーっ！　何か反乱とか暗殺とかされない良い方法はありませんかーっ!?」

「ええっと……それじゃあこの毒消しの首飾りと……ああそうだ、タツトロンの町と王都の治安維持の為に残してきたゴーレムの命令権をリューネさんにあげますよ。あれなら休む事無く働き続ける事が出来ますから、国が安定するまでの急場しのぎの護衛として使えますよ」

「さらっと解決策が出ちゃった!?　っていうか、良いんですかレクス師匠!?　毒消しのマジックアイテムとか人間の言う事を聞くゴーレムって物凄く高価なマジックアイテムですよね!?」

「いえいえ、そんな大したものじゃないですよ。強力な魔物相手じゃ時間稼ぎくらいにしかならない程度のものですしね。毒消しの首飾りも調合された猛毒には対応出来ないので、あくまで気休めですよ」

うん、作ったは良いけど、あの大量のゴーレム達をどうしようと思ってたところだから、リューネさんが引き取ってくれるなら丁度いいや。

毒消しのマジックアイテムも、作ろうと思えばちゃちゃちゃっと作れるしね。

「いえ、そもそもマジックアイテムが貴重なんですが……ゴーレムの軍団とか、それこそ平民から一気に伯爵あたりの地位に昇爵出来るレベルの財宝ですよ!?」

あはは、大げさだなぁ。

この程度のゴーレムならちょっとした国で普通に防犯用に使われるレベルだよ。

確かにこの時代、一部のマジックアイテムや魔法は失われているみたいだけど、大国なら決して珍しいものでもないと思うしね。

「はい、この指輪を使えばゴーレム達に命令をする事が出来ますから」

僕は予備に作っておいた命令用のマジックアイテムと毒消しの首飾りをリューネさんに手渡す。

「はわわ……こんなとんでもない物を頂けるだなんて……レクス師匠には本当にお世話になりっぱなしです」

リューネさんが潤んだ瞳で僕に感謝の言葉を告げて来る。

「いいえ、僕は師匠から授かった龍帝流空槍術の術理をお返ししただけですよ。これはそのおまけです」

「お、おまけがとてつもなく巨大なんですが……と、ともあれレクス師匠には本当にお世話になりました。いつかまたレクス師匠がこの国を訪れた際は、国を挙げておもてなしをさせていただきます！」

「うん、それは遠慮したいかな」

「きっぱりと拒絶!?」

国賓とか、絶対碌でもない事にしかならないからね。

僕は普通で良いんだよ。

そしてリューネさんは皆とも別れの言葉を交わす。

「龍姫様にも、本当にお世話になりました」

「だから龍姫は貴女だって」

「ジャイロさん達の事は、修行中一緒に地獄を見た仲間として、本当に心の支えになっていました！」

「おう！　俺達もお前といっしょに修行出来て良かったぜ！」

「というか、道連れ扱いなのね私達」

「寧ろ私達も道連れにしてたけど」

「まぁ何はともあれ、お互い生き延びる事が出来て良かったですねぇ。ええ試合とか試合とか試合とか」

「落ち着けノルブ。大丈夫だ、お前はちゃんと生きてるから」

なんだろう、ノルブさんの言葉に妙な重みを感じるんだけど。

「皆さん、本当にありがとうございました！　名残惜しいですが、反龍帝派が捕らえられた事で政務に支障が出始めているそうなんです。ですから王都を安定させる為にも、私は行かなければなりません！」

リューネさんが龍姫の正統な後継者だと宣言した事で、龍帝派の人達はリューネさんに接触をしたらしいね。

まぁ元々神輿として担ぐつもりだった龍帝がどっかに飛んで行っちゃったんだから、そうするしかないんだけど。

「頑張ってくださいねリューネさん」

「はい！　王位を取り戻す事は先祖代々の悲願でしたから！　私、全力で頑張ります！　ありがとうございました！」

リューネさんは何度も僕達にお礼を言いながらシルバードラゴンへと騎乗すると、最後にもう一度お礼を言って王都へと飛んでいった。

僕達はそんな一人と一頭の姿が見えなくなるまで見送ると、今度は自分の番だとゴールデンドラゴンへと振り返る。

「そろそろ僕達もお別れだねゴールデンドラゴン」

「グルルルゥ……」

ゴールデンドラゴンが名残惜しそうに首を伏せる。

「僕は本物の龍帝じゃないからね。いつか君が本物の龍帝と出会う時の為に別れるべきだと思うんだ」

「なにそのカップルの別れの言葉みたいなセリフ」

「しかも男の一方的な都合っぽい」

すいません後ろの人達、あんまり茶化さないで下さい。

「……君が真に仕える主と出会う為に、竜騎士の契約を解約するべきだと思うんだ」

「あっ、言いなおした」

「グルル……」

ゴールデンドラゴンは少しの間目を伏せていたけれど、気を取り直したのかすぐに体を大きく広げて、空へと首を上げて吠えた。

「グォォォォォォォン!!」

そして大空へと舞い上がると、別れを惜しむように上空を何度も回り、やがて龍峰へと戻って行った。

「ふー、これでこの国でする事は全部終わったね。あとはもう帰るだけかな」

そう思っていた時だった。

「……ところで、ティランの賞金ってどうなるの?」

「「「え?」」」

ボソリとメグリさんが呟き、僕は自分がティランの報酬を受け取ってない事に気付く。

「そういえば……」

そういえば賞金を受け取る事は考えてなかったなぁ……

「金貨400枚……」

「けどまぁ僕はもう大金を持ってる訳ですから、今更賞金を受け取らなくても……」

「勿体ない! 今からでも貰いに行こう!」

メグリさんが賞金を受け取るべきだと詰め寄って来る。

「いやー、大いなる使命があって姿を消した龍帝が報酬を受け取りに戻るのはちょっと……」

「使命よりお金の方が大事」

うわー、目が据わっているよ……

「だったらあの黒い騎士のゴーレムに受け取りに行かせたらどう？　あのゴーレムなら龍帝陛下の家臣として町の人達に認識されてるでしょ？」

「採用！　ナイスアイデア！」

よかった、これでメグリさんの機嫌を損ねなくて済みそうだ。

「でもあのゴーレムって喋れなくねぇ？」

ポツリと、ジャイロ君が思い出したと呟くと、メグリさんの首が回ってこっちに視線を向ける。

「受け取り……」

「いやいやいや、だから龍帝が受け取る訳には」

「お金っ！　大事っ！」

そんなこんなの騒動があり、僕はゴーレムを一体解体して普通の鎧にし、こっそり賞金の受け取りに行く事になったんだよね。

うーん、恥ずかしい。

「ところで、賞金を受け取りに行ったら町長が凄い形相でリリエラさんの事を探していましたよ？」

「あー気にしなくて良いわ。大したことじゃないから」

「その割にはかなり必死そうだったんですけど……」

「レクスさん、私達は一か所に定住する事の無い根無し草なのよ。今日の知り合いが明日には旅立つのが冒険者っていうものよ」

うわっ、何それカッコいい！

大剣士ライガードが物語で出会ったヒロイン達と別れる時の決め台詞みたい！

良いなぁ、今度僕も使ってみよう。

結局、町長がリリエラさんを探していた理由は有耶無耶になってしまったんだけど、まぁいいや。

「リリエラ、龍姫の儀の儀式に参加するのを嫌がってすっぽかした」

「しっ、そっとしておいてあげなさい」

何かメグリさん達が小声で話してたけど、何を話していたのかな？

まぁいっか、帰り道に覚えてたら聞けばいいや。

「……さて、それじゃあ僕達も王都に帰りましょうか」

「「「「はーい！」」」」

「予想外の大事件に巻き込まれちゃったけど、終わってみれば危険な敵との戦いもなかったし、案外平和に終わったなぁ」

「いやそう思ってるのは兄貴だけだぜ？」

「そうよ、私達は魔人と戦う事になってヒヤヒヤものだったんだから！」

「そもそもその前にドラゴンと戦ってたし」

「僕に至ってはレクスさんとの試合ですよ。本当に死ぬかと思いました」

「龍姫と勘違いされるとか……本当に誤解を解く事が出来て良かった……」

なんだか皆疲れてるなぁ。

帰ったら特製ポーション料理でも振る舞おうかな？

「でも終わってみれば、命の危険もなかったし修行にはちょうど良かったんじゃない？」

「兄貴」「「レクス」「「レクスさんの修行が一番命の危険を感じたから！」」」

あはは、あの程度の修行で皆大げさだなぁ。

こうして、僕達は龍国ドラゴニアでの修行を終え、懐かしの我が家に帰る事にしたんだ。

そしてその数週間後、ドラゴニアに正統な女王が即位したという情報が世界中に流れ、多くの人々が驚く事になったんだって。

更に女王はどこかから連れて来た強力な騎士達を従え新たな龍帝騎士団を設立して、瞬く間に即位直後の混乱を収めて見せたそうだよ。

それにしても、即位直後でそんな凄い騎士団を設立するなんて、さすがは龍姫の正統な後継者だなぁ。

きっと世の中に埋もれていた才能ある人達を発掘したんだろうね。

これで神聖ドラゴニアもしばらくは安泰だね！

◆ゴールデンドラゴン◆

あの人間達は去った。

銀色のも自らが契約したあの人間の娘と共に去った。

………

それはつまり……

我は自由という事だぁぁぁぁぁぁぁっ!!

やったね我! 遂に本当の自由をゲットだ!

てっきりあの人間が寿命で死ぬまでこき使われるのかと思ったが、何故かあの人間は我に(人間の言葉は分からんので多分)別れを告げて去って行った。

これはアレだな。

今日はお祝いだな。

普段は面倒だからあまり遠出はせんのだが、今日はめでたい日だ。

ちょっと良い感じの獲物でも狩って豪勢な食事としようではないか。

さーてそれじゃあちょっとお出かけとしゃれこもうかな。

「……」

「……」

何故か銀色のと目が合った。

あれー？　おかしいな？　なんで出て行った筈の銀色のと目が合うのだ？

「では行くとするか黄金の」

え？　どこに？

「ドラゴンと人間が手を取り合っていた戦士の国が蘇るのだ。ならばドラゴンの王である黄金のが居なければ話になるまい」

え？　え？　聞いてないよそんなの。

「それに、我等は永久の契りを交わした仲だもの……な」

銀色のが頬を染めながらそんな事を言うが、我そんな契りを交わした記憶ありませんよ？

いや本当にありませんよ？

「さぁ！　我等の新しい門出だ黄金の！」

や、やめろ！　首を咥えるな！　無理やり引っ張るな！

我は自由なのだ！　自由になったのだ！

「おめでとうございますー」

「こりゃあめでたいのう」

「我等ドラゴンの未来は明るいですなぁ」

「そうそう、龍峰は俺がキッチリシメておくんで、後は任せてくださいよ！」

おいお前等！　全く心が籠ってない棒読みで言うな！

あと黒竜！　貴様どさくさに紛れて何自分の縄張り扱いしておる！

この龍峰は我の縄張りだぞ！

「では行くとしようか。安心せよ。人間共の巣にはちゃんと我等が暮らしやすい巣を用意させておいた故にな」

あー！　さてはお前、その為に一人だけで出て行ったのか!?

っていうか我は人間臭い場所でなど暮らさぬぞ！

暮らさぬぞーっ！

「いざ我等の愛の巣へ！」

やーめーろー！　首を引っ張るなぁぁぁぁぁぁぁぁっ！

◆龍帝派の貴族達◆

「いい加減白状しろ！　宰相はどこだ！」

「だから私が宰相だと言っているだろう！」

「しらばっくれるな！」

幾度となく繰り返された本物の宰相と尋問官のやり取りが続く。

「なぁ、一体いつまで繰り返すんだろうなぁコレ……」

目の前のやりとりを見ながら、同僚が溜息を吐く。

「さぁなぁ。ただ、龍帝陛下の使いの方があの男を影武者とおっしゃったんだ。なら我々はあの男を影武者として扱うしかあるまい」

「だなぁ」

　こうして、王都にシルバードラゴンを引き連れた龍姫様がいらっしゃるまで……いや正しくは龍帝陛下はお戻りになられないという驚きの報告や、代わりに龍姫様が王位を継ぐことになったとか、そういった色々な騒動がようやく終わったと思ったら今度はゴールデンドラゴンがやって来たとか色々あり過ぎて、うっかり皆が忘れていた事に気付くまで、宰相の処遇については忘れられたままだったりしたのだが。

「だから私が本物の宰相なのだと言ってるだろぉぉぉぉぉ！」

「だから本当の事を言えと言ってるだろぉぉぉぉ！」

　うん、二人共お疲れ様だ。

十二章後半おつかれ座談会・魔物編

アザム	((´∀`))「ふはははははっ！　後半は我等魔人の独壇場だな!!」
反龍帝派騎士団 A	(o '∀')ﾉ「ピッチャーライナーで撃退された人ちーっす」
反龍帝派騎士団 B	(o '∀')ﾉ「弟子からガチ逃げした人ちーっす」
アザム	ヽ(ﾟДﾟ)ﾉ「逃げてなぁぁぁぁぁぁい！　アレは戦略的転進だぁー!!」
反龍帝派騎士団 B	└(┐Lε:)┘「しっかし今回魔物の出番なかったねぇ」
バーザス	_(┐「ε:)_「代わりに後半冒頭出オチで負けました」
アザム	_(:3」∠)_「(誰だコイツ?)」
反龍帝派騎士団 A	_(:3」∠)_「我々も味方（と思っていた魔人）から攻撃されて吹っ飛びました」
ダルジン	((´∀`))「ふっ、所詮人間など使い捨てよ」
アザム	(#^ω^)「お前に足止め押し付けられた事、忘れとらんぞ(ビキビキィッ!!)」
ダルジン	(;ﾟдﾟ)「ギクリ」
アザム	(#^ω^)「お前俺に言う事があるよな?」
ダルジン	(´ε`;)「いやほら……えっと、適材適所?」
アザム	(#^ω^)「よし殺す」
反龍帝派騎士団 A	_(:3」∠)_「おっと醜い仲間割れ」
ダルジン	└(┐Lε:)┘「同族同士で盛大にお家争いしてる人族が言う?」
反龍帝派騎士団 B	_(┐「ε:)_「今まさに殺されかけている人が言うと重みが違うわぁ」
アザム	(#^ω^)「グググググッ」
ダルジン	└(┐Lε:)┘「ギギギギギッて見てないで助けろー！」
バーザス	_(:3」∠)_「おあとがよろしいようで」

現代編

『リューネ様の探し人』

現代編『リューネ様の探し人』

タットロンの町を襲った魔族達の企みを阻止した僕達は、無事リューネさんの即位を見届け、我が家への帰路についていた。

と言っても人気のない場所まで行ったら転移ゲートですぐなんだけどね。

そしていざ帰ろうとゲートを展開した時にジャイロ君がこんなことを言い出したんだ。

「結局俺達ってタットロンの町と龍峰にしか行かなかったよな。それってつまんなくねぇ？」

「え？　何突然？」

「だってよー、こないだだって兄貴とリリエラの姐さんは俺達を置いて空島に行ったり、Sランクの危険領域で大冒険してきたりしたじゃん？」

まぁ間違いじゃないけど、それはお互いの都合が合わなかったからだし。

「でもそれを言ったら今回は私達もこの国に来たじゃない」

と拗ねるジャイロ君をミナさんが窘める。

「そりゃ修行の為だろ？　折角ドラゴンを沢山倒して懐もあったかいんだしよ、ちょっとくらい遊んだり観光してってもいいんじゃねぇの?」

「観光ねぇ」

ジャイロ君の提案を受けた皆は納得半分呆れ半分といった感じだ。

でも確かにジャイロ君の言う事にも一理ある。

僕も前世じゃ仕事の為だけに世界中を飛び回っていたけど、行った先の国では全然のんびり出来なかったからね。

そういう意味じゃせっかく出向いた国の事を碌に知る事が出来なかったと言っても過言じゃない。

戦闘の為に必要な知識ばかりは沢山覚えたんだけどなぁ。

「うーん、そうだねぇ」

どうやら僕は知らず知らずのうちに前世のせわしないやり方に染まっていたみたいだ。

これじゃあ修行の名目で皆を前世の僕と同じような境遇にしてしまいかねない。

何より、今世の僕の目標、冒険者になってのんびり地味に暮らす事が出来ないじゃないか!

「よし! それじゃあドラゴニアの他の町にも行ってみよう!」

「おおーっ! さすが兄貴! 話が分かるぜ!」

「ええ!? 良いのレクスさん!?」

僕の決定に皆が驚きの声を上げる。

「大丈夫ですよ。ジャイロ君の言う通り、僕達の懐はかなり温かいですから。それに、色んな場所に行って経験を深める事が出来るのが、僕達冒険者の醍醐味ってものでしょう？」

なんて、大剣士ライガードの名台詞を言ってみたりしてね。

なにせこの国でもやたらと下級ドラゴンの素材が高く売れたからなぁ。

「まぁレクスがそれでいいなら私も文句はないけど」

「ん、私もこの国の珍しい物とか見てみたい」

「そうですね、最近は色々と忙しかったですし、少しのんびりしていくのも良いと思いますよ」

「……そうね。タツトロンの町じゃ龍姫だなんだと言われて心の休まる暇がなかったものね」

皆の意見も纏まったようだし、それじゃあ行こうか！

「でもどこに行くの？　この辺りでタツトロンの町以外に楽しめるような町ってあったかしら？」

「行きの旅じゃ見なかった」

「となると反対方向？」

皆はこの辺りに観光出来る町はあっただろうかと頭を悩ませる。

「その辺りは僕に考えがあるから大丈夫ですよ。実はリューネさんを狙う反龍帝派の調査の為に国中の町や村に密偵型のゴーレムを送り込んでいたんです。そのついでに転移用のマーカーを仕込んでおいたので、好きな町や村に転移する事が出来るんですよ」

「おー！　さすが兄貴！」

転移マーカーを仕込んでいた事を教えると、ジャイロ君は無邪気に喜んでくれたんだけど、他の皆は何故か凄く複雑な表情をしていた。

「他国の全ての町に自由に行けるって、よく考えるとかなりヤバい話よね……侵略とはそういう話で」

「しっ、深く考えちゃ駄目よ」

◆リューネ◆

「次！」

「はいっ！」

私と対峙した若い騎士は、その手に携えた槍を構えると真正面から向かってくる。

その一撃には一切の駆け引きなどなく、ただただ力に任せた一撃だった。

ドラゴンとは比べ物にならない程弱々しい力押しに対し、私はほんのわずか相手の軸をずらす事で騎士の体を大きく放り投げた。

「ぐえっ！」

自分の身に何が起きたのかも分からず、若い騎士は地面に叩きつけられる。

「す、凄い……ディロスはウチの騎士団で一番の力自慢だぞ!?　それをあんな小さな体で……」

「さ、さすがは龍姫様……」

それを見ていた騎士団の騎士達が私に畏怖と尊敬のまなざしを向けてくる。

若い騎士と訓練をしていた私は、騎士団の実力の低さに頭が痛くなっていた。

というのもドラゴニアの騎士団は、反龍帝一派の陰謀で竜騎士としての技術をほぼ完全に失ってしまっていたからだ。

正直レクス師匠の修行を受ける前の私よりも弱いかもしれない。

うーん、これを鍛えて一人前の竜騎士にしないといけないのかー……

はぁ……これは一年二年でどうにかなる問題じゃないですよ。

それこそ私の一生をかけて行う大事業になる予感があった。

「こうなるとレクス師匠にゴーレムを譲り受けたのは正解ですね」

私は王都の警護を行ってくれているゴーレム達に思いを馳せる。

本当にあのゴーレム達には世話になっています。

反龍帝一派は決して小さくない派閥だったので、彼等が失脚した今は国がかなり揺れているんですよね。

そうなると当然治安も悪くなります。

中には反龍帝一派が隠して……というか予算の問題などから意図的に放置していた問題まで見つかりました。

そういったもろもろの問題に昼夜の関係なく働いてくれるゴーレム達には感謝の念しかありませ

ん。

けれどどれだけ強くてもゴーレムは自分の意思を持たない人形。

どうしても人間の知恵が必要になる場面はあります。

レクス師匠のゴーレムは人の悪意を見抜いて賊を捕らえる事は出来ますが、それでも証拠もなく犯人を捕らえる訳にはいきません。

賞金首や現行犯なら話は別ですが。

なので、そういった問題をどうするかが今後の問題なんですよね。

「でもこれは私がやらなければならない事。レクス師匠に甘える事は出来ません！」

見ていてくださいレクス師匠！　リューネは頑張って国を復興させますよ！

「リューネ様ー！」

そんな決意を抱いていたら、大臣達が慌てた様子で訓練場にやってきました。

「どうしたのですか？」

新しく国の中枢を担うようになった龍帝派の彼等は、毎日が大忙しです。

けれど、このように慌てて駆け寄ってくるほど忙しくは無い筈ですが？

「知らせもなしに外出するのはおやめくださいと言ったばかりではないですか！」

「はい？」

何です？　一体何の話でしょう？

「ザヴァル子爵から連絡がありました。龍帝流空槍術と思しき凄まじい槍の使い手の女性が領内で大立ち回りをして指名手配中だった犯罪組織を壊滅させたと！」

「ええっ!?」

何ですかそれ？

「我が国で龍帝流空槍術を使える女性竜騎士はリューネ様だけでございます！　であればリューネ様の事でしょう！」

確かに現時点で龍帝流空槍術をまともに使えるのは、国内では男女含めて私一人です。ですがザヴァル領になど即位前でも行った事はありませんよ？

「それは一体いつの話なんですか？」

「五日前との事です。ですがリューネ様でしたらシルバードラゴンを使えば半日もかからないのではありませんか？」

「それはまぁそうですが……」

とはいえ、それはさすがに早計というもの。五日前と言えば……

「そして三日前はゲルデンス伯爵の領地でも魔物退治に参加していらしたそうですね？　Bランク冒険者達が束になっても敵わない魔物を一人で倒した女性冒険者が居たそうですよ？」

「は？」

いやいや、待ってください。ゲルデンス領と言えば、王都から二週間、ザヴァル領からは三週間かかる場所にある土地ですよ!?

「それだけではありません！　ガーデラン国との国境沿いにあるロルドンの町で起きた事件でもデタラメに強い冒険者が事件を解決したとの報告がありました」

「それは私完全に関係なくありませんか？」

「いえ、仲間の女性冒険者もデタラメに強かったとの事です」

「「リューネ様！　お一人で勝手に出歩くのはやめてください！」」

「いやいやいやいや、待ってくださいよ!?」

た、確かに即位した直後は息抜きに城下町を歩いたりしましたが、大臣達に泣きながらやめて欲しいと止められてやめたじゃないですか!?

自分よりも年上の男性達が足元にしがみ付いて泣いて懇願してくる姿はかなり怖いんですからね!?

「そ、それは私じゃないですよ！　知っているでしょう、このところはメイド達がずっと私に張り付いていますし、朝は書類仕事、午後からはこの通り騎士団の訓練をしています。とてもではないですが、他の町に行く事なんて出来ませんよ」

私は理詰めで大臣達を論破してゆく。

「た、確かに」

「そう言われてみれば……」

「ですが、そうなると一体誰がそのようなとんでもない事を」

「「「うーん」」」

確かに、聞くだけでも普通の冒険者の仕業とは思えないですね。

Aランク冒険者あたりなら出来るかもしれませんが、それにしても遠く離れた町でほぼ同時にというのは無理があります。

たとえSランクだったとしても……

「って、Sランク？」

そんな時、私の脳裏にある考えがよぎりました。

「まさか、レクス師匠？」

「レクス？　それは一体何者ですか？」

耳ざとい大臣達が誰の事だと聞いてきました。

「私に龍帝流空槍術を教えてくださった師匠です」

「なんと!?」

そこまで気付いた事で、ようやく私の中で欠けていたパズルのピースが埋まりました。

そう、これらの町で騒動を起こしたのは、間違いなくレクス師匠達なのでしょう。

「ですが一体何故……？」

レクス師匠は面倒を嫌いこの国を後にした筈。

だというのにこの国に残るどころか、厄介事に積極的に関わってすらいる。

「……まさか、私の為に⁉」

もしかして、レクス師匠達は私の為にこの国の問題を人知れず解決してくださっているのですか⁉

恐るべき真実に気付いた興奮で、体が我知らずに震えてしまいます。

なんという事でしょう。私の師匠はそこまで弟子の事を思っていてくれたなんて……！

「これは……レクス師匠をお迎えに上がらねば！」

「リューネ様？　先ほどから考え込まれてどうなされました？」

ずっと黙っていた私に不安を感じたのか、大臣達がオロオロしながらこちらに話しかけてきます。

ですが今はそれどころではありません。早く行動を開始しないと！

「……各領地に通達しなさい。私自らが視察に向かうと」

「「「はっ⁉」」」

「な、何を仰います⁉　まだまだリューネ様にはやらねばならない事が山ほどあるのですよ！」

「その通りです！　今日だけでも目を通して頂かないとならない書類がこんなに！」

「会議だって詰まっているのですよ！」

「分かっています。しかしレクス師匠は我が師。師匠が我が国の為に活動してくださっているのです。ならば弟子である私がお礼に赴かない訳にはまいりません！」

とはいえ、今レクス師匠がどこにいるのか分からないのが問題です。

「まずは直近でレクス師匠と思しき人物達が活躍した場所に行き、その後の足取りを探すべきでしょう」

「それならば使いの者を出せばよいだけでしょう！」

確かに、普通の貴族ならそうするでしょう。

しかしそれは私にとって都合が……いえ、レクス師匠には逆効果です。

「いいえ、レクス師匠は権力や金銭では動きません。それ故に、弟子である私自ら礼を尽くさないと」

何しろ超高級素材であるドラゴンを軽々と狩れるのですからね。

「し、しかし……」

「何より、レクス師匠は龍帝流空槍術を誰よりもご存じのお方です。レクス師匠にお越しいただければ、我が国の騎士団の実力は一足飛びに強くなることでしょう！」

「「おおっ!!」」

私達の話を聞いていた騎士団から歓声が上がる。

よしよし、これで騎士団は私の味方ですね。

「レクス師匠をお迎えにあがります！」

こうして私はレクス師匠を追って旅立つのでした。

ええ、決して書類仕事に嫌気がさした訳ではありません。

……ホントですよ？

◆

「さて、ここにレクス師匠が居る筈ですが……」

近衛騎士達を率いた私は、ロルドンの町へとやってきました。

この町が最も新しくレクス師匠と思しき人物の報告がされた場所だからです。

「シルバードラゴンに乗ってくれば、もっと早く着いたんですが……」

けれど私は馬車に乗って何日もかけてこの町にやって来たのです。

「そういう訳にもいきません。我が国でドラゴンに乗る事が出来るのはリューネ様のみ。ドラゴンは主以外を乗せませせぬからな。そのような状況で女王一人を国境沿いの町に行かせる訳にはいきませぬ。何より、ドラゴンでの移動は目立ちすぎます。ドラゴンが町に降りる姿を見られては、隣国に要らぬ刺激を与えてしまいます故」

そう近衛騎士団長が私を諌めます。

ええ、それを分かっているからこそ、私も馬車での移動を受け入れたのです。

「それに、視察の名目で来たのですから、ここに来るまでに通った各領地の領主達と面会もして貫わなければなりませんでした。領地に引っ込んでいた貴族にリューネ様の顔を覚えさせるのは悪い事ではありませんからな」


そうなんですよね。私が即位するにあたって、国中の貴族に参加するよう命じました。

大半の貴族は反龍帝派に勝利した私に取り入ろうと参加してきましたが、中には年齢などを理由に後継者や兄弟を名代にして参加しなかった貴族家当主も居ます。

そういう人達ににらみを利かせる為に、たまたま視察ついでに町に寄る訳です。

どうせ文句なんて言えないから気にする必要もないと思った当主達は仰天。

大慌てで私の機嫌を取る為に当主自ら歓待に来る訳です。

この辺りは私の我が儘を大臣達が上手く政務に組み込んでくれた形ですね。

「リューネ様、冒険者ギルドに確認をとってまいりました」

と、そんな中で、冒険者ギルドに確認に行った近衛騎士が戻ってきました。

「どうでしたか？」

久々……という程ではないものの師匠との再会を期待する私に対し、近衛騎士はなんとも歯切れの悪い様子です。

「それが、件の冒険者は既にこの町を出てしまったとの事です」

「そう……ですか」

ですよねー。あれだけ領主達と面会をしてくれれば、そりゃあ時間がかかるというものです。

とはいえ、龍姫としてのお役目を考えるとこれでもまだ早い方で……

私が無念の溜息を吐いていると、ドアがノックされ近衛騎士が入ってきました。

「リューネ様、王都から通達です。トラヴァル山の鉱山街に現れた魔物が腕利きの女性冒険者一人に討伐されたそうです。魔物はかなりの大きさで、とても一人で討伐出来るようなものではなかったと」

「本当ですか!?」

これはまさか龍、いえリリエラさんなのでは!?

「近衛騎士団長、トラヴァル山はここからどれくらいの距離ですか?」

「はっ、あの山はこの国境の町から二日といったところですね」

二日、それなら今からでも間に合いそうですね！

「分かりました。領主との接見を終えたら翌朝すぐに発ちます」

「はっ！」

ふふふ、今度こそレクス師匠にお会い出来ますよ！

◆

「うーん、この町は特に見る所もなかったね」

鉱山の町にやって来た僕達は、何か珍しい鉱石が無いかと期待していたんだけど、この町で採れるのはあまり質の良くない鉄ばかりだった。

「魔物も大して強くなかったしなー」

そうそう、町を観光していたら、鉱山から魔物が出てきたんだよね。

なんでも坑道を拡張していたら洞窟に繋がっちゃったみたいで、そこから魔物が出てきたみたい。

で、それを聞いて興奮したジャイロ君が魔物退治を兼ねて洞窟探検に向かったんだよね。

「もっと凄ぇ魔物が居るかなって期待してたのによー」

でも残念ながら洞窟の中の魔物は大して強い魔物じゃなかったみたい。

「うーん、これはなかなかの収穫」

逆にメグリさんはご機嫌だ。

洞窟で倒した魔物の素材が結構良い値段で売れたみたい。

「それは良いんだけど、早く次の町に行かない?」

そんな中、リリエラさんだけはフードをかぶってキョロキョロと周囲を警戒していた。

「あはは、リリエラさんはまた龍姫と勘違いされちゃいましたもんね」

そう、リリエラさんは町に入り込んだ魔物を倒したことで、また龍姫と勘違いされちゃったんだよね。

更に言うと、リューネさんの即位式の噂が国中に広まった直後だった所為で、リューネさんと勘違いされちゃったんだ。

「分かりました。それじゃあ予定よりちょっと早いですけど、宿は次の町で取りましょうか」

そして僕達は次の町へと転移した。

◆リューネ◆

「この町にレクス師匠が！」

鉱山街にたどり着いた私は早速レクス師匠を探すようにと近衛騎士に命じます。

大丈夫、これまでの情報からレクス師匠達の平均滞在時間は分かっていますから、まだこの町に居る事は確実。

「たまたまこの町だけ早く後にしたという事は無い筈！」

私は期待に胸を高鳴らせながらレクス師匠発見の報告を待ちます。

そして待つことしばし、ガチガチに緊張した町長の言葉を適当に聞き流していると、近衛騎士が帰ってきました。

「それで、レクス師匠はいずこに？」

「……それが」

けれど何故か近衛騎士の様子がおかしい。

「件の人物はどこにも見当たらず、おそらくはもう町を出た後かと」

「……え？」

あ、あれぇー？　平均滞在時間は？　まだこの町に居るんじゃないんですか？

すると新たにもう一人近衛騎士が部屋に入ってきました。

「リューネ様、ヴェロトルの町で……」

「つ、次です！　次の町に行きますよ！」

こ、今度こそです！　今度こそレクス師匠を見つけて見せますよ！

◆

ドラゴニア中を巡った僕達は、最後に残った町の食堂でのんびりしていた。

「随分色んな町を巡ったわねー」

さすがに短期間で色んな町を巡り続けたので、皆もちょっと疲れ気味だね。

「そうね、面倒事に巻き込まれる事も多かったけど、結構楽しかったわね」

うん、ドラゴニアを巡っている間に随分色んな事件が起きたよね。

街道に現れる大盗賊団。森に眠っていた伝説の魔物の復活。そして犯罪組織による町同士の抗争。

どれも大事件だったよ。

「本当に冒険者って色んな事件に遭遇するよねー」

「待って待って、普通の冒険者はこんな短期間に一つの国で何度も大事件に遭遇したりしないから！」

と、リリエラさんがそんな事は無いと否定してきた。

「あれ？　そうなんですか？」

大剣士ライガードの冒険でもよく事件に遭遇していたし、これくらいが普通だと思っていたんだけどな。

「こんなにポンポン大事件が起きてたら、あっという間に世界が滅ぶわよ」

あはは、それはさすがに言い過ぎですよ。

「けどあの町のアイアンリザード料理は美味かったよなー」

「ですね、まさかあんな恐ろし気な魔物が絶品料理になるとは思ってもいませんでした」

「皮は素材になって肉は美味しく食べられる。アイアンリザードは素晴らしい」

ジャイロ君達は町を渡り歩いた際に食べた料理の話で盛り上がっていた。

確かに、高級食材でもないアイアンリザードをあんなに美味しい料理にするなんて、料理人は凄いよね。

お肉にしっかり出汁が染み込んでいたし、思い出しただけでまた食べたくなってくるよ。

「さて、それじゃあそろそろ帰ろうか」

「「「「はーい」」」」

名残は尽きないけど、メリハリはきちんとしないとね。

ドラゴニアの町々を巡った僕達は、後ろ髪を引っ張る未練を切り捨てるように、転移魔法で我が家に帰ったのだった。

◆リューネ◆

「くっ、この町でも既に旅立たれた後でしたか！」

レクス師匠の足跡を辿った私達でしたが、またしても一足遅かったようです。

「リューネ様、そろそろ城に戻りましょう。視察をでっち上げて国内を歩き回るのももう限界です」

お目付け役の近衛騎士がこれ以上龍姫である私が出歩くのは問題だと諫めてきました。

「あと少し、あと少しでレクス師匠に追いつけそうなんです！」

「駄目です。そう言ってもう何度目の延長ですか。これ以上はなりません」

そう言って家臣達は完全に帰り支度に入り始めてしまいました。

うう、何故なんですレクス師匠！　何故何も言わずに自分達だけで行動するのですか!?

私もレクス師匠と一緒に世直しの旅をして修行をしたいですよー！

「レクス師匠ーっ！　どこですかー！」

「はいはい、帰りますよリューネ様。目を通して頂く書類も溜まっているのですからね」

「書類はもういやーっ」

あとがき

作者「二度転生7巻のお買い上げありがとうございます！　作者です！」
モフモフ「そ……リュ－ネ「新ヒロインのリュ－ネで－す！」
モフモフ「我のセリフ－ッ!!」
作者「という訳で人生初の前後編でした」
リュ－ネ「作者の調整能力が下手だったお陰で二巻連続でヒロインですよ！　これはもう新ヒロインと言っても差支えないのでは!?」
モフモフ「おいバカやめろ。出番の少ないヒロインが柱の陰から凄い形相で睨んでいるぞ！」
作者「とまぁそういう訳で何とか龍国編は終わった訳だ」
リュ－ネ「この巻を書くにあたって苦労した事ってあるんですか？　まぁ二巻連続でヒロインをこなした私が出る巻で苦労なんてしなかったと思いますけど！」
モフモフ「本編とキャラが違う！　いやまさか、これが本性か!?」
リュ－ネ「なにせ本編では苦労してきましたから」

作者「実際リューネは冒険者としてはB～Aランク相当の実力者だぞ。魔物相手限定ならだが」
モフモフ「意外と強いんだな。もっとへっぽこだと思っていたぞ」
リューネ「えへへー」
作者「竜騎士の基本がドラゴンを倒せる事だから、武術に関しては英才教育だったんだよ。失伝している技術もかなり多いが、それでも下手な国の近衛騎士クラスの実力がある」
モフモフ「マジでエリートじゃん。そらレクスのトンデモ教室に参加出来る金を用意出来る訳だ」
作者「ただその分対人関係および対人戦闘はおろそかになっていた訳だ。一応は騎士の末裔だから最低限のマナーは出来るけどな」
モフモフ「おいおい、ヒロインの立場なくないか？」
リューネ「やっぱり私が真のメインヒロインって事ですね！」
モフモフ「だからヒロインがもの凄い顔で……」
作者「けどまぁ、そのツケを支払う為に今は王族としての正しいマナーを叩き込まれている最中だから、控えめに言わなくても地獄だぞ」
リューネ「……（スン）」
モフモフ「一瞬にして目が死んだ!?」
リューネ「部屋に入る順番、話しかける順番、爵位や役職によって身に着けていい装飾品、パーティでの立ち位置、男女のマナーの違い、同じ言葉でも使って良いシーンと駄目なシーン……」

モフモフ「おおぅ!? 一体どうした!?」
作者「今まで習ってきたのは騎士の立場で許される程度のマナーだからな。しかも本来上級貴族レベルのマナーは幼い頃から習慣になるレベルで染み込ませるものだ。それをこの年齢から完璧にこなそうとすれば、詰め込みを越えたパブロフの犬状態になるまで叩き込むしかないんだよ……」
モフモフ「ｏｈ……」
作者「だからほら、そこのなんちゃって真ヒロインの背後に本編では登場しなかったマナー講師他が勢ぞろいしてる」
リューネ「ひぃっ！ いやぁー！ レッスンはもう嫌なのぉーーーー!!（ズルズルズル）」
モフモフ「引きずられていった。そしてヒロインがこれ以上ない程の笑顔で見送っている」
作者「という訳でそろそろお別れの時間だ。八巻から新章に移りますよー」
モフモフ「そろそろ今まで出番の薄かった連中が活躍するかな？」
作者「という訳でまた次巻～！」
モフモフ「また次巻～！ ところで二ケタ巻くらい出たら我のスピンオフ出る？」
作者「三ケタなら可能性あるんじゃね？」
モフモフ「業界の前人未踏レベルじゃねーか！」

世界へ!
ヘルモード
~やり込み好きのゲーマーは
廃設定の異世界で無双する~
二度転生した少年は
Sランク冒険者として
平穏に過ごす
~前世が賢者で英雄だったボクは
来世では地味に生きる~
贅沢三昧したいのです!
転生したのに貧乏なんて
許せないので、
魔法で領地改革
領民0人スタートの
辺境領主様
戦国小町苦労譚
毎月15日刊行!!
https://www.es-novel.jp/

ようこそ異
反逆のソウルイーター
～弱者は不要といわれて
剣聖（父）に追放
されました～
転生した大聖女は、
聖女であることをひた隠す
冒険者になりたいと
都に出て行った娘が
Sランクになってた
即死チートが
最強すぎて、
異世界のやつらがまるで
相手にならないんですが。
俺は全てを【パリイ】する
～逆勘違いの世界最強は
冒険者になりたい～
アース・スターノベル
EARTH STAR NOVEL

霊峰黒嶽へようこそ
は、ひた隠す
転生した大聖女は、
ひた隠す
A Tale of the Great Saint
コミカライズ3巻
大好評発売中!!!
漫画:青辺マヒト
コミックアース・スターにて
連載中!!
https://www.comic-earthstar.jp/

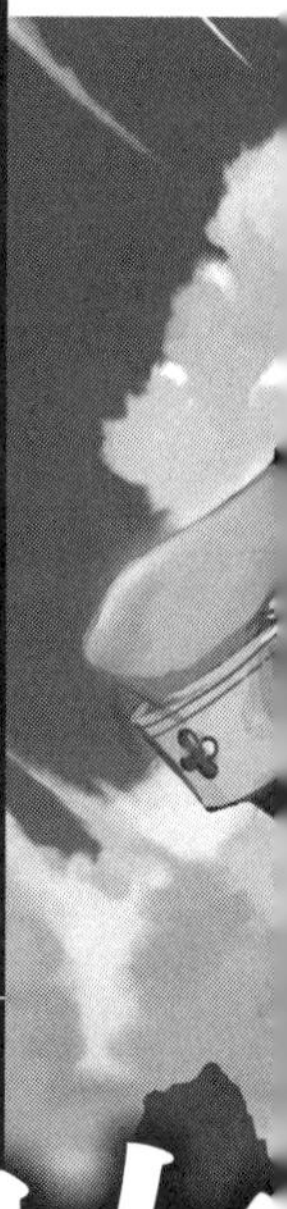

あらすじ

サザランドから王都に戻ってきたフィーアは、
特別休暇を使って姉に、
そして、こっそりザビリアに会いに行こうとするけれど、
シリルやカーティスにはお見通しで……。

さらに、出発日前日、緑髪と青髪の懐かしい兄弟に再会。
喜ぶフィーアだが、何故か二人も
霊峰黒嶽への旅路に同行することに！？

2兄弟＋とある騎士団長とともに、いざ出発！
楽しい休暇が、今始まる！！

転生した大聖女
聖女であることを

十夜 Illustration chibi

シリーズ累計
50万部
突破!!

続々重版中!
4000万PV越えの超人気作!!!

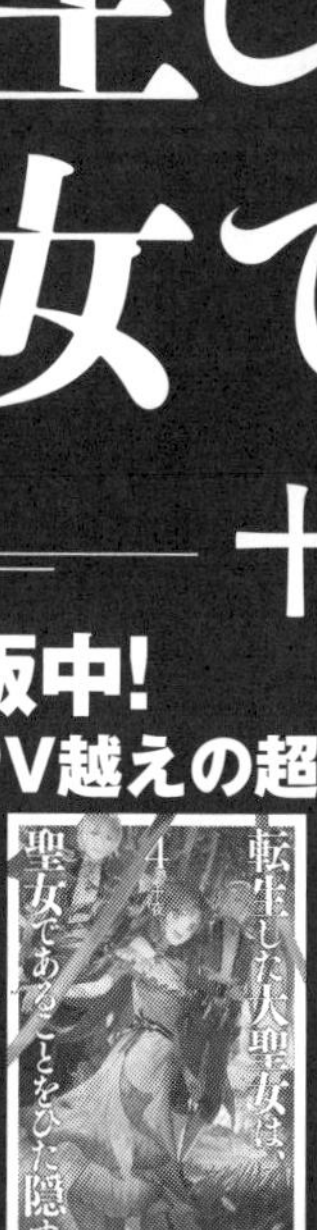

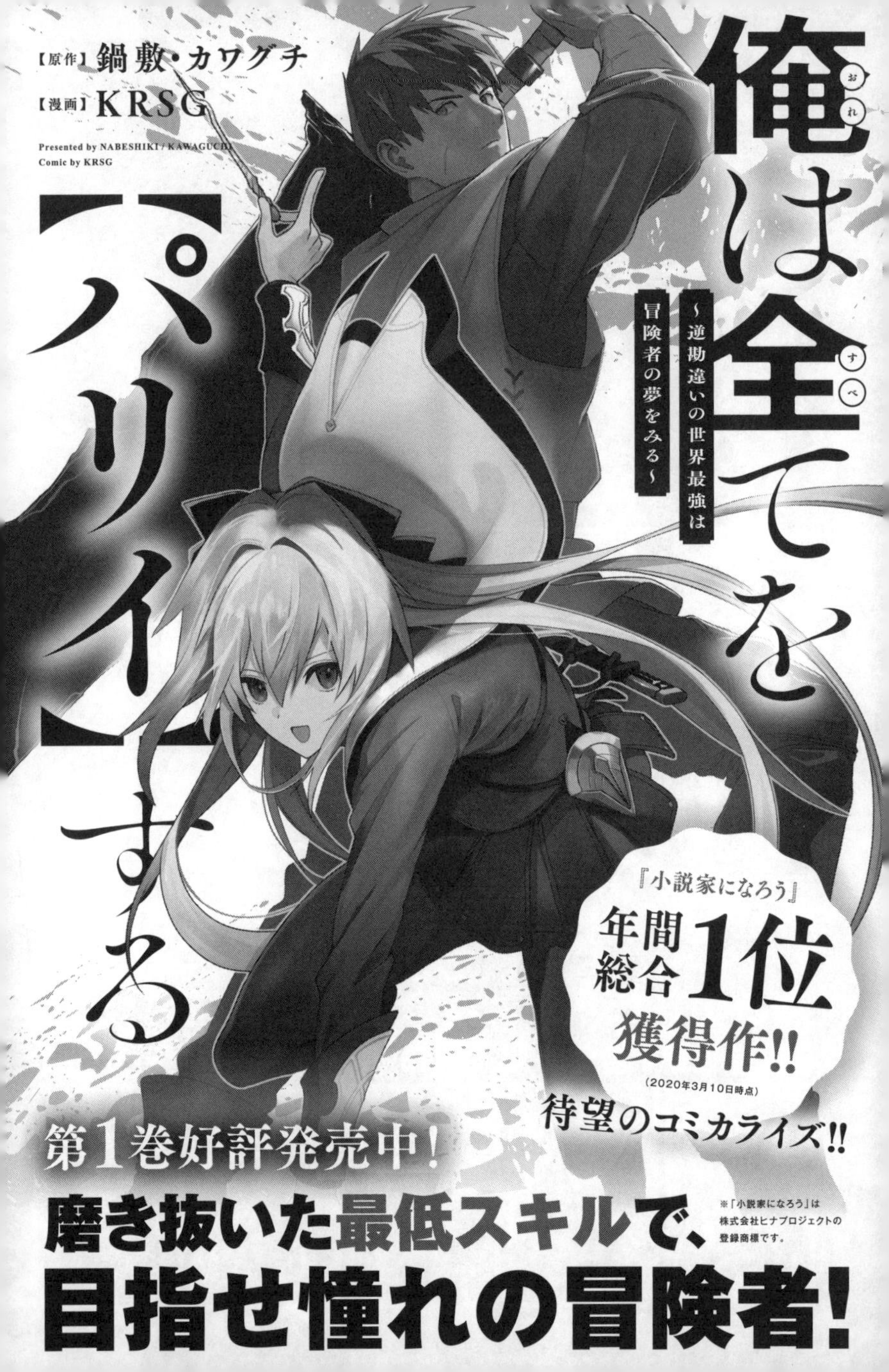
【原作】鍋敷・カワグチ
【漫画】KRSG
Presented by NABESHIKI / KAWAGUCHI
Comic by KRSG
俺《おれ》は全《すべ》てを【パリイ】する
~逆勘違いの世界最強は冒険者の夢をみる~
『小説家になろう』
年間総合1位獲得作!!
(2020年3月10日時点)
待望のコミカライズ!!
第1巻好評発売中!
磨き抜いた最低スキルで、
目指せ憧れの冒険者!
※「小説家になろう」は株式会社ヒナプロジェクトの登録商標です。

千の剣も、ミノタウロスも神速の槍も

【パリイ】!!!…

STORY

憧れの冒険者を目指し凄まじい修行を行う青年・ノール。その最低スキル【パリイ】は千の剣をはじくまでに！ しかしどれだけ極め尽くしても、最低スキルしかないので冒険者にはなれない…。なので謙虚に真面目に修行の傍ら、街の雑用をこなす日々。しかしある日、その無自覚の超絶能力故に国全体を揺るがす陰謀に巻き込まれる…。皆の役に立つ冒険者に、俺もなれる！？あくまで謙虚な最強男の冒険者への道、ここに開幕！

EARTH STAR NOVEL

二度転生した少年はSランク冒険者として平穏に過ごす
～前世が賢者で英雄だったボクは来世では地味に生きる～ 7

発行 ―― 2021年8月18日　初版第1刷発行

著者 ―― 十一屋　翠

イラストレーター ―― がおう

装丁デザイン ―― 冨永尚弘（木村デザイン・ラボ）

発行者 ―― 幕内和博

編集 ―― 古里 学

発行所 ―― 株式会社 アース・スター エンターテイメント
〒141-0021　東京都品川区上大崎3-1-1
目黒セントラルスクエア　7F
TEL：03-5561-7630
FAX：03-5561-7632
https://www.es-novel.jp/

印刷・製本 ―― 中央精版印刷株式会社

ISBN 978-4-8030-1544-7